Luca Ventura

Der blaue Salamander

Der Capri-Krimi

ROMAN

Diogenes

Die Karten der Insel Capri und des Golfs von Neapel
wurden gezeichnet von Julian Meyer
Das Zitat auf S. 241 stammt aus dem Lied
›Tu, soltanto tu‹ von Al Bano & Romina Power, erschienen
1982 auf dem Album ›Che angelo sei‹
Covermotiv: Foto von Jon & Taja
Copyright © Jon & Taja / Ascent Xmedia /
Getty Images

»Ich werde sie mit ins Grab nehmen.« Die alte Dame unterstrich mit dem Glas in der Hand die Endgültigkeit ihrer Aussage und verschüttete dabei den Portwein. »Es ist testamentarisch verfügt.«

Rosalinda war wie betäubt. »Sie wollen die Handtasche wirklich mit ins Grab nehmen?«, fragte sie ungläubig. »Warum?«

»Weil sie mir gehört«, antwortete Signora De Lulla. Ihre Lippen waren ein einziger Strich. »Die Blaue Salamander war von Anfang an nur für mich bestimmt, und für niemanden sonst. Giorgio wollte es so.«

»Aber dann ist sie doch für immer verschwunden«, flüsterte Rosalinda entsetzt. »Es wäre ein riesiger Verlust. Auch für die Welt. Jawohl. Es wäre für die Welt ein riesiger Verlust.«

»Genau so soll es sein.«

Rosalinda betrachtete die alte Frau, ihren voluminösen Körper, das Seidengewand mit den albernen Rüschen, die weiche Haut mit den Altersflecken und die Ohrläppchen, die im Laufe der Jahre mit all den Klunkern, die daran schon gehangen hatten und immer noch hingen, eine groteske Länge erreicht hatten.

»Aber«, versuchte es Rosalinda noch einmal, »die Blaue

Salamander könnte eine wunderschöne Erinnerung sein. An Sie persönlich und an Ihre große Karriere.«

Signora De Lulla lächelte nachsichtig – und schüttelte den Kopf. Ihr gelbes Haar ergab mit den toupierten Wellen genau die gleiche Frisur wie auf den alten Fotos, die Rosalinda sich hier Abend für Abend angeschaut und dazu die alten Geschichten angehört hatte. Nun war es amtlich: alles umsonst.

Rosalinda stand vom Sofa auf und verabschiedete sich, und die Signora schaute erschrocken hoch, als ahnte sie, dass dies der letzte Besuch von Rosalinda gewesen war und es nun keine weiteren Begegnungen mehr geben würde.

Sie würde den Weg allein hinausfinden, erklärte Rosalinda und ging. Als sie durch die Schiebetür verschwand, drehte sie sich nicht noch einmal um.

Wie im Traum wanderte sie um den großen Esstisch und die vielen Stühle herum, an der klobigen Standuhr und dem Gemälde mit dem kitschigen Abbild von Giorgio De Lulla selig vorbei. In der Eingangshalle, beim Rollator, wo auch der Pelzmantel hing, blieb sie stehen. Die klassische Musik aus den Lautsprechern war weit weg und das Licht gedämpft.

Es wäre so einfach und eine echte Chance, vielleicht die einzige, die sie noch hatte. Aber sie hatte Skrupel. Noch nie in ihrem Leben hatte sie einen Diebstahl begangen.

Sie schaute sich um. Alles war still, nirgends regte sich etwas. Vor Angst schnürte es ihr die Kehle zu, doch sie fasste einen Entschluss.

Sie ging nicht zum Ausgang, sondern die Treppe hinauf in den ersten Stock, in die Privatgemächer von Signora De

Lulla, als wäre es die normalste Sache der Welt. Das Herz klopfte ihr bis zum Hals, und ihre Knie zitterten.

Sie betrat ein Zimmer mit einem Messingbett. Die Fenster waren mit Gardinen verhängt und die Läden geschlossen. Sie wusste, dass die Signora die Tasche hier oben in einer Truhe aufbewahrte. Sie ging nach nebenan in einen Raum, der halb so groß war wie das Schlafzimmer, blieb stehen und orientierte sich.

Der Kasten unter dem Fenster war mit Lilien bemalt. Sie brauchte ihre ganze Kraft, um den schweren Deckel zu öffnen. Ihre Wangen glühten, als sie die Blaue Salamander endlich in den Händen hielt.

Sie fühlte sich ganz anders an und sah noch spezieller aus, als Rosalinda sie in Erinnerung gehabt hatte, und war nicht zu vergleichen mit all den Taschen, mit denen sie in ihrem Leben schon gearbeitet hatte, in all den Lederwerkstätten, in denen sie die Kreationen anderer Designer realisierte.

Obwohl sie so schnell wie möglich von hier verschwinden sollte, betrachtete sie Vorder- und Rückseite, untersuchte den Überschlag, die Breite der Seitenböden und die Anordnung der Steckfächer. Die Handtasche war ein Meisterwerk.

Sie schloss den Deckel der Truhe und hörte im selben Moment ein Geräusch. Es war ein Knistern oder ein Rascheln. Nur ganz leise, und doch wusste Rosalinda im selben Moment, dass sie nicht alleine war.

Langsam drehte sie sich um. Im Gegenlicht sah sie eine schwarze Silhouette. Sie umklammerte die Tasche, presste die Blaue Salamander an sich. Sie wollte schreien, aber über ihre Lippen kam kein Laut.

Rizzi streckte sich und versuchte, ans Ende des Asts zu gelangen. Der Pfirsich leuchtete in der Morgensonne, wippte auf und nieder, dann hatte Rizzi ihn in der Hand. Mit einer kleinen Drehung löste er die Frucht vom Zweig.

Nachdem sein Vater schon zweimal von der Leiter gefallen und beide Male wie durch ein Wunder mit kleineren und größeren Prellungen davongekommen war, hatte er Vito schlichtweg verboten, in seinem Alter noch auf Bäume zu klettern. Ob er sich daran hielt, war die andere Frage. Umso gewissenhafter pflückte Rizzi in den Morgenstunden vor Dienstbeginn so viele Früchte, wie er konnte, und genoss dabei die Sicht über die Gärten und das satte Grün, das sich jenseits der terrassenartigen Anlage und der abschließenden Mauer in sanften Erhebungen fortsetzte und dort abbrach, wo das Meer begann.

»Genug für heute«, rief Vito. »Komm runter. Hast du gehört?«

Sie machten sich ans Verladen der Pfirsiche, Artischocken, Tomaten, Auberginen, Kartoffeln und Zucchini, und Vito zählte zufrieden die Transportkisten.

»Du weißt, was heute für ein Tag ist?«, fragte Vito, während er die Kisten auf der Ladefläche zurechtrückte und die Klappe einrasten ließ.

»Natürlich weiß ich es, Papà.« Rizzi wusch sich an der Pumpe Gesicht, Hände und Oberkörper.

»Gehst du zu ihm?«, fragte Vito.

»Klar. Wie jedes Jahr.« Rizzi trocknete sich ab und ging in den Schuppen, um seine Uniform anzuziehen.

Es war kurz nach halb neun Uhr, als Rizzi mit seinem Motorroller den Feldweg hinunterfuhr. Vito in der Ape vor ihm bog mit den Obst- und Gemüsekisten in die Via Corigliano ab und hob den Arm grüßend zum Seitenfenster heraus, während Rizzi hupte, beschleunigte und am Ende der Via Marucella um die Ecke in die Via Marina Grande fuhr.

Die Sonne stand bereits über dem Monte Tiberio, sammelte Kraft und ließ spüren, dass es heute wieder ein heißer Tag werden würde. Vom Meer wehte ein leichter Wind, und die Luft roch würzig nach Salz und Majoran, wie sie nur am Morgen duftete. In der Kurve, bevor es auf dem letzten Stück über den Kreisverkehr nach Capri-Stadt hinaufging, drosselte Rizzi das Tempo und hielt bei den großen Containern.

Das Friedhofstor stand offen, ein Gartenschlauch verlief in mehreren Windungen quer über den Parkplatz, und Gartenabfälle standen zum Abholen bereit. Rizzi nahm nicht den Hauptweg zur Treppe und der höhergelegenen Terrasse, sondern ging seitlich an der Mauer und den Urnengräbern entlang, grüßte die bucklige Annina, die hier erst vor zwei Monaten ihren Bruder beerdigt hatte, und machte einen Bogen um Giovanni, der seit Constanzas Tod seine ihm verbliebene Lebenszeit an ihrem Grab zu verbringen schien und nach Menschen Ausschau hielt, mit denen er schwatzen konnte.

Wo die Klappstühle lehnten, bog Rizzi in den Seitenweg mit den Rosensträuchern und blieb nach ein paar Schritten an der kleinen Grabplatte aus weißem Marmor mit der goldenen Inschrift stehen.

Er nahm seine Mütze ab, kniete nieder und wischte mit der flachen Hand Blätter, Sand und Staub beiseite. Der Stein fühlte sich warm an, und selbst aus dieser Perspektive war das Meer zu sehen, ein blauer Streifen, hier und da versetzt mit kleinen Schaumkronen.

Elf Jahre wäre Vito Marcello heute geworden. Sie hatten ihn nach Rizzis Vater und dem Vater von Matilda benannt und ihm die Hand gehalten, als sein Herz aufhörte zu schlagen. Das Organ war zu klein, zu schwach und nicht richtig entwickelt gewesen. Sein Sohn hatte nie das Meer gesehen, nie den Wind gespürt oder die Sonne. Er hatte nur die Hände seiner Eltern gefühlt, Rizzis und Matildas Hand, und ihre Tränen, die sie über ihm vergossen. Vielleicht hatte er in den letzten Minuten seines kurzen Lebens ihre Stimmen gehört, wie sie beruhigend, tröstend und voller Liebe auf ihn einsprachen. Das war alles, was sie für ihn hatten tun können, und das Gefühl der Ohnmacht hatte Rizzi fast umgebracht. Und doch waren die wenigen Tage eine klitzekleine Strecke gewesen, die er mit seinem Sohn hatte erleben dürfen. Diese Erinnerung empfand Rizzi mittlerweile als Trost.

Er faltete die Hände, als er aus den Augenwinkeln jemanden den Weg hinunterkommen sah, eine Gestalt in weißem Kleid mit schwarzen Punkten und rotem Gürtel. Ohne aufzuschauen, glaubte er, ihren Duft zu riechen, und spürte ihren Arm, der seinen streifte, als sie neben ihn trat. Dann fühlte er ihre Hand, die zögernd nach seiner fasste, und erwiderte den Druck ihrer Finger.

»Ciao«, sagte er.

»Ciao«, antwortete Matilda.

So standen sie nebeneinander und dachten an ihr gemeinsames Kind. Vito Marcello war ein Teil von ihnen, etwas Einzigartiges, das sie für immer miteinander verband.

Matilda ließ seine Hand los, nestelte in einem Beutel, den sie an der Grabplatte abgestellt hatte, und holte eine Thermoskanne hervor, kleine Becher und einen Teller. Sie nahm die Folie ab, und ein bunt dekorierter Kuchen kam zum Vorschein.

Sie setzten sich auf den Rand der Grabplatte, Rizzi in seiner Uniform, Matilda in ihrem weißen Kleid. Sie schnitt den Kuchen an, und er goss den Espresso in die kleinen Becher.

Sie aßen Kuchen, tranken Kaffee, und der Wind verwehte die Zuckerstreusel auf der Grabplatte, farbige Körner, die über den Marmor kullerten und sich in der goldenen Inschrift sammelten. Dass sie hier saßen wie eine Familie, war so seltsam wie selbstverständlich und vielleicht nur deshalb möglich, weil sie irgendwann aufgehört hatten, sich gegenseitig Vorwürfe zu machen oder zu fragen, warum sie einander in der Trauer keine Stütze gewesen waren. Statt füreinander da zu sein, hatten sie sich voneinander entfernt, jeder gefangen in seinem Kummer. Er hatte oft darüber nachgedacht, wie ihr Leben wohl verlaufen wäre, wenn Vito Marcello gesund zur Welt gekommen wäre und ein Leben gehabt hätte. Hätte er Geschwister bekommen, wären sie eine heile Familie gewesen? Matilda war nach der Trennung nach Procida gezogen, hatte einen Kapitän geheiratet und zwei gesunde Kinder bekommen. Und wenn sie jetzt, einmal im Jahr, auf dem Friedhof, am Grab von Vito Marcello, zusammenkamen, fragten sie einander nichts, als hätten sie eine Grenze gezogen, die nicht übertreten werden durfte. Sie waren dann wie in einem Kokon, in ihrer eigenen Zeitrechnung. Rizzi empfand es so und Matilda wohl auch. Oder nicht?

Sie hob fragend den Kopf, als hätte er etwas gesagt, und strich sich mit zwei Fingern eine Strähne hinters Ohr. Die Geste war ihm tief vertraut, und wie sie ihn dabei anschaute und um ihre Lippen ein Lächeln spielte, versetzte es ihm einen Stich ins Herz.

Wie jung sie damals gewesen waren. Er auf der Polizeischule und Matilda in der Ausbildung. Ahnungslos und voller Tatendrang, hatten sie sich stark und unverwundbar gefühlt. Sie waren füreinander die erste große Liebe gewesen, das Zentrum der Welt.

»Ich bin so froh, dich zu sehen«, sagte Rizzi.

Matilda reichte ihm den Teller mit dem Kuchenstück und sagte: »Ich freue mich auch.«

»Wie geht es dir?«

»Gut«, erwiderte Matilda. »Und dir?« Wieder dieser prüfende Blick.

Rizzi schaute über die Gräber hinweg zu dem hauchdünnen Strich zwischen Himmel und Meer. Noch nie hatten sie einander in den zehn Jahren, die seit ihrer Trennung vergangen waren, diese simple Frage gestellt. Was sollte er antworten? Er rang nach Worten, doch es tauchten Fragen auf, die er Matilda stellen wollte, viele Fragen.

Den leeren Kuchenteller in der Hand, brachte er noch immer keinen Satz hervor, als sich sein Telefon in der Hosentasche bemerkbar machte. Ohne zu zögern, fast erleichtert, nahm er das Gespräch an.

Es war Teresa Villa vom Polizeiposten. Er lauschte ihren Worten. »Beichtstuhl?«, fragte er ungläubig. »Bist du dir sicher, dass du dich nicht verhört hast?«

»Bitte fahr hin«, antwortete Teresa am anderen Ende. »Beeil dich.«

Rizzi legte auf. »Entschuldige, ich muss gehen«, sagte er, während er hastig das Telefon wegsteckte. Er gab Matilda einen Kuss auf die Wange. Bevor er hinter den Rosenbüschen um die Ecke verschwand, blieb er stehen, wandte sich noch einmal um und winkte. Dann rannte er los.

2

Als Rizzi die schwere Kirchentür hinter sich zuzog, umfingen ihn in der Dunkelheit kühle Luft und eine Ruhe, die nach dem Trubel draußen, der Hitze und dem gleißenden Licht wohltuend war. Er nahm seine Sonnenbrille ab und sah, wie durch die Fenster oben in der Kuppel das Tageslicht ins Hauptschiff fiel. Der blumengeschmückte Hauptaltar war bedeckt von einer purpurfarbenen Decke mit goldenen Fransen, dahinter thronte die Orgel. Es war totenstill, abgesehen vom Quietschen, das Rizzis Schuhsohlen auf dem glatten Marmorboden verursachten.

Der Beichtstuhl stand an der Nordseite, zwischen zwei Nebenaltären, halb verdeckt von Säulen und einem Tischchen für die Gesangbücher. Die zotteligen Vorhänge waren zugezogen, links und rechts lugten darunter die Holzbänkchen der Kabinen hervor, auf denen man während der Beichte niederzuknien hatte. Das Törchen zum Teil des Pfarrers war halb geöffnet. Man musste schon näherzutreten und dabei in einem bestimmten Winkel in den Beichtstuhl hineinschauen, um die Turnschuhe zu sehen, die in einem sauberen Weiß strahlten. Rizzi öffnete entschlossen das Törchen – und prallte zurück.

Zu sagen, dass die Leiche dort saß, traf es nicht, vielmehr war sie dort abgelegt worden wie ein Gegenstand, den man hatte beiseiteschaffen wollen. Der Kopf mit dem kurzgeschorenen Haar war zur Seite gefallen, und die blauen Augen, die Rizzi mit leerem Blick anschauten, quollen ein wenig hervor. Rizzi kannte sie. Es waren die Augen von Rosalinda Fervidi, die normalerweise blitzten – meistens übermütig, manchmal wütend und immer sehr lebendig.

An Rosalindas Hals war eine rötliche Spur zu erkennen, die an den Rändern ins Violettfarbene überging. Jemand musste sie voller Hass gewürgt haben, mit einer Kraft, die man sich kaum vorstellen konnte.

Als hätte er einen Schlag in die Kniekehlen bekommen, sank Rizzi erschüttert nieder und nahm betroffen seine Mütze ab.

In diesem Moment erhob sich vor dem Altar eine schwere Gestalt vom Boden. Es folgte ein Ächzen. Der Stoff seiner Soutane schwang hin und her, während Padre Ivano sich näherte und im Gehen das Kreuz schlug.

Rizzi stand auf. »Padre«, begann er und kämpfte mit den Tränen, während der Pfarrer ihm seine Hand aufs Haupt legte, was die Sache für Rizzi nicht leichter machte. »Was ist hier passiert?«

Der Pfarrer starrte seltsam entrückt in die toten Augen von Rosalinda. »Sie muss dort schon während der Morgenandacht gelegen haben«, sagte er in einem Ton, wie Rizzi ihn von Padre Ivano normalerweise gar nicht kannte. Er klang ehrlich erschüttert und seltsam menschlich. »Als ich die Morgenandacht hielt«, wiederholte er ungläubig, »muss sie dort schon gelegen haben.«

»Wann haben Sie sie entdeckt, Padre?«

Padre Ivano kratzte sich am kahlen Kopf und rückte das

altmodische Brillengestell auf seiner spitzen Nase zurecht. »Ich war in der Sakristei, als ich Salvatores Schreie gehört habe«, sagte er. »Wie am Spieß hat er geschrien.«

Hinter ihnen war die Kirchentür zu hören, und für wenige Sekunden brandeten laute Stimmen von draußen ins Innere der Kirche. Dann klappte die Tür zu, und es wurde wieder still.

Im prächtigen Portal mit den goldenen Ornamenten erschien Rizzis Kollegin Antonia Cirillo und kam in schnellen Schritten näher. »Buongiorno«, grüßte sie – und blieb abrupt stehen, als sie die Leiche im Beichtstuhl sah.

»Rosalinda Fervidi«, erklärte Rizzi und fügte hinzu: »Sie ist die Enkelin von Dino Fervidi aus der Via Lo Capo, drüben aus Moneta.«

Cirillo trat vor, nahm ihre Mütze ab, und die dunkelblonden Haare fielen ihr auf die Schulter. Sie beugte sich zu der Toten hinab, schien sie mit ihrem Blick zu scannen, ohne sie dabei zu berühren. »Sie wurde erwürgt«, stellte Cirillo fest. »Oder stranguliert. Sieht nach einem breiten Kabel aus.«

Padre Ivano murmelte ein Gebet und bekreuzigte sich, und auch Rizzi schlug reflexartig das Kreuz.

»Ist die Mordkommission benachrichtigt?«, fragte Cirillo und zückte ihr Telefon, als Rizzi verneinte. Sie entfernte sich, um mit gedämpfter Stimme Teresa Villa am Polizeiposten zu beauftragen, die Kriminalpolizei in Neapel zu informieren.

»Wenn ich Sie richtig verstanden habe, Hochwürden«, wandte Rizzi sich an Padre Ivano, »haben also nicht Sie Rosalinda gefunden, sondern Salvatore.«

Padre Ivano berichtete, er sei sofort aus der Sakristei herbeigeeilt, als er Salvatore so hatte schreien hören, und beim Anblick der toten Rosalinda habe er, ohne auch nur eine Sekunde zu zögern, den Polizeiposten angerufen. Padre Ivano faltete die Hände. »Dein Kollege, Matteo Savio, war zum Glück sofort hier. Er hat die Leute aus der Kirche gescheucht und das Portal geschlossen. Ich habe eine Weile gebraucht, um mich zu sammeln, und mich dann zum Altar begeben, um für Rosalinda zu beten.«

»Ich schlage vor, wir holen Salvatore jetzt herein. Ich habe ihn gesehen, er wartet draußen«, sagte Cirillo, während sie ihr Telefon in der Brusttasche ihrer Uniformbluse verschwinden ließ, und schaute Padre Ivano herausfordernd an – ein Blick, den der Pfarrer nicht gewohnt war und irritiert quittierte.

»Ich kümmere mich darum«, sagte Rizzi.

Während er zwischen den Bänken hindurch zum Ausgang ging, hörte er, wie Cirillo den Padre mit gezielten Fragen ins Kreuzverhör nahm, und hatte dabei kein gutes Gefühl. Auch wenn es unprofessionell war, als Polizist so zu denken, war Padre Ivano für Rizzi doch irgendwie unantastbar und eigentlich immer mit Samthandschuhen anzufassen.

Als er die Kirchentür öffnete, trat draußen unter der versammelten Menge eine gespenstische Ruhe ein. Die Leute hatten von dem Vorfall in der Kirche gehört, waren herbeigeeilt und standen nun hier, um zu erfahren, ob es wirklich wahr war: Rosalinda – tot? Ermordet? Wer hatte es getan? Im Türspalt stehend, zog Rizzi die Aufmerksamkeit der Leute auf sich und schaute in die fragenden und bestürzten

Gesichter, als erwarteten sie von ihm eine Ansage. Er kümmerte sich nicht darum, setzte im gleißenden Licht seine Sonnenbrille auf und sah, wie Agente Tiziano Gatti, von der Piazzetta kommend, die Stufen hinaufsprang und sich einen Weg durch die Menge bahnte, um das Polizeiteam zu verstärken.

Salvatore kauerte in seiner leuchtenden Straßenkehrer-Weste vor der Kirche am Boden. Das Haar hing ihm wirr ins unrasierte, tränenüberströmte Gesicht. Agente Savio stand bei ihm, aber auch Blumenhändler Giuseppe Ruffini und Marco Sasso, Besitzer diverser Lebensmittelgeschäfte und des Feinkostladens um die Ecke. Die drei Männer schirmten Salvatore, so gut es ging, gegen die Leute ab, von denen nun einzelne wieder aufgeregt zu murmeln begannen. Edoardo Caruso, der pensionierte Finanzbeamte, rief: »Erri! Was geht hier vor? Stimmt es, was Salvatore sagt, oder hat er Halluzinationen?«

Rizzi antwortete nicht, sondern hob nur die Hand, winkte Salvatore heran und sagte: »Komm zu mir.«

Der Straßenkehrer rappelte sich hoch und gehorchte mit gesenktem Kopf, obwohl seine Beine ihm fast den Dienst versagten und er wohl umgefallen wäre, wenn Giuseppe Ruffini und Marco Sasso nicht zur Stelle gewesen wären, um ihn zu stützen.

»Keine Sorge.« Rizzi legte Salvatore einen Arm um die Schultern und schob ihn durchs Portal in die Kirche hinein, schloss sogleich die Tür zu und sagte in die Stille: »Wir brauchen nur ein paar Informationen von dir.«

Salvatore stand da, steif wie ein Brett, mit weit aufgerissenen Augen, als würde er gleich mit dem Leibhaftigen konfrontiert werden, und Rizzi fragte sich, ob es wirklich eine gute Idee war, den Mann hier, am Ort des Verbrechens und im Angesicht der Toten, zu vernehmen, statt ihn später in Ruhe auf ein Gläschen in seinem Zuhause, der kleinen Kammer an der Via Madre Serafina, aufzusuchen. Dass Salvatore sich halb um den Verstand gesoffen hatte, war kein Geheimnis und das Ergebnis einer langen Kette von freudlosen Ereignissen in einem freudlosen Leben.

»Kommen Sie.« Cirillo winkte Salvatore mit derselben Handbewegung heran, mit der sie am Engpass in der Via Marina Grande den Verkehr zu regeln pflegte.

Rizzi ging einen halben Schritt hinter Salvatore, während Padre Ivano wieder das Kreuz zu schlagen begann.

»Keine Angst«, sagte Cirillo.

Salvatore blieb stehen, hielt zum Beichtstuhl einen Sicherheitsabstand von mehreren Metern und starrte unverwandt auf Rosalinda, von der in diesem Winkel nicht viel mehr als die weißen Turnschuhe zu sehen waren.

»Bitte erzählen Sie«, begann Cirillo. »Was haben Sie hier heute Morgen gesehen?«

Fragend schaute Salvatore zu Rizzi, der ihm aufmunternd zunickte. Dann öffnete er den Mund, zeigte die wenigen Zähne, die ihm noch geblieben waren – und schloss ihn wieder.

»Was hast du in der Kirche gemacht, Salvatore«, fragte Rizzi, »hier hinten beim Beichtstuhl? Ich nehme an, du wolltest nicht beichten. Oder doch? Sprich mit uns, Salvatore.«

»Ich habe draußen gefegt«, brach es aus dem Straßenkehrer heraus. »Nur gefegt«, wiederholte er und stammelte:

»Das ist die Wahrheit, Erri, nichts als die Wahrheit. Bitte, ihr müsst mir glauben.«

Rizzi legte Salvatore eine Hand auf die bebende Schulter. »Und dann?«, fragte er. »Hast du dich ausgeruht, stimmt's?«

Salvatore nickte und äugte schuldbewusst zu Padre Ivano hinüber.

»Bist rein in die Kirche, hast dich hingesetzt und wolltest ein kleines Schläfchen machen. Richtig?«, fragte Rizzi.

Salvatore nickte wieder, breitete hilflos die Arme aus, zeigte verzweifelt in Richtung Beichtstuhl, stammelte etwas – und brach wieder in Tränen aus.

»Schau ihn dir an«, sagte Rizzi zu Cirillo. »Er ist völlig fertig mit den Nerven. Das bringt jetzt nichts.«

»Es wäre besser, wenn der Mann seine Aussage selbst macht und du ihm nicht die Antworten in den Mund legst«, entgegnete Cirillo leise – und wandte sich an Padre Ivano, der seltsam unbeteiligt die Ringe an seinen wulstigen Fingern betrachtete.

»Padre«, begann Cirillo, »wann schließen Sie abends die Kirche ab, und wann wird sie morgens wieder aufgeschlossen?«

»Nun.« Padre Ivano schaute an Cirillo vorbei zum Beichtstuhl, dann hinüber zur Kanzel, zum Kruzifix, legte den Kopf ein wenig schief und sagte: »Es hat sich in der letzten Zeit eingespielt, dass ich mich nicht selbst ums Absperren und Aufsperren kümmere, sondern ein hilfreicher Geist, der immer um die Kirche herum ist.«

»Von wem sprechen Sie?«, fragte Rizzi.

»Nun«, wiederholte Padre Ivano und lächelte hilflos. »Ich spreche von Salvatore.«

»Salvatore hat einen Schlüssel für die Kirche?«, fragte Cirillo überrascht.

»Stimmt das, Salvatore?«, wandte Rizzi sich an den Straßenkehrer. »Du schließt abends die Kirche ab?«

»So ist es«, stotterte Salvatore und richtete sich ein wenig auf, bevor er wieder in sich zusammensank, anfing zu weinen und sagte: »Aber gestern hab ich's nicht gemacht.«

»Warum nicht?«, fragte Cirillo.

»Weil …« Salvatore verstummte, schaute auf seine Schuhspitzen und schwieg betreten.

»Weil du besoffen warst«, stellte Rizzi fest.

»Erri«, erklärte Salvatore im flehenden Ton und knetete dabei die Ränder seiner orangefarbenen Weste. »Es war eine Ausnahme. Padre, das müssen Sie mir glauben. Normalerweise schließe ich ab. Ich schließe immer ab. Sie können sich auf mich verlassen!«

Rizzi konnte sich vorstellen, wie das aussah. Wenn Salvatore betrunken war, schloss er »ausnahmsweise« die Kirche nicht ab, und weil Salvatore ziemlich oft betrunken war, weil sich – gerade abends – immer jemand fand, der ihm einen ausgab, und Salvatore nicht viel brauchte, um sich die Kante zu geben, war die Kirche vermutlich ziemlich oft über Nacht nicht zugesperrt.

»Ich fürchte«, erklärte Padre Ivano langsam und feierlich, »hier liegt doch einiges im Argen.«

»Allerdings«, erwiderte Cirillo und wandte sich an Salvatore. »Haben Sie gestern Nacht Rosalinda Fervidi gesehen? Oder eine Person, die Ihnen im Nachhinein verdächtig vorkommt? Bitte denken Sie nach. Die Person könnte mit dem Mord zu tun haben oder selbst der Täter oder die Täterin sein. Sie könnte auch für andere eine große Gefahr darstellen. Haben Sie mich verstanden, Salvatore?«

Aber Salvatore heulte nur, er habe niemanden gesehen, was Cirillo sage, mache ihm Angst, und schnäuzte sich in das Taschentuch, das Rizzi ihm reichte.

Als Rizzi, mit Salvatore am Arm, gefolgt von Cirillo, vor die Kirche trat, war der Platz vor dem Portal mit einem Flatterband abgesperrt, unter dem jetzt der Inseljournalist Michele Pellicano hindurchtauchte und für alle vernehmlich fragte: »Führst du Salvatore ab? Hast du ihn vorübergehend festgenommen? Ist er tatverdächtig?«

»Blödsinn«, sagte Rizzi im Vorbeigehen. »Davon kann keine Rede sein.«

»Was hat er getan?« Michele blieb ihm auf den Fersen und hielt sein Smartphone am ausgestreckten Arm wie ein Aufnahmegerät.

»Aus dem Weg.« Rizzi schob Michele beiseite. »Du behinderst die Ermittlungen.«

»Dann gib mir wenigstens ein paar Infos«, rief Michele, der seine weiße Schirmmütze verkehrt herum aufgesetzt hatte. »Komm schon, Erri«, drängte er. »Sonst schnappt mir noch die Festlandpresse die Geschichte vor der Nase weg und schreibt einen Haufen dummes Zeug.«

Bevor Rizzi anfangen konnte, die Situation wenigstens in groben Zügen zu schildern, schaltete Cirillo sich ein und erklärte knapp: »Halten Sie sich an die Polizeipressestelle in Neapel wie alle anderen auch.«

Rizzi wandte sich, mit Salvatore am Arm, an den Kollegen Gatti und bat ihn, in der Kirche, beim Beichtstuhl,

Posten zu beziehen und den Bereich nicht aus den Augen zu lassen, bis die Kriminalpolizei aus Neapel und die Beamten von der Spurensicherung eingetroffen waren. »Alles in Ordnung?«, fragte er, mit Blick auf den unerfahrenen Gatti, dem Jüngsten im Team, und den Schweißperlen unter dessen dunklem Haaransatz.

»Kein Problem«, behauptete Gatti, klimperte mit seinen langen Wimpern, legte die Hand auf die Klinke der Kirchentür, zögerte kurz, bevor er sie öffnete – und verschwand.

Rizzi wies unterdessen den Kollegen Savio an, der gewohnt breitbeinig dastand, weiter dafür zu sorgen, dass niemand in den abgesperrten Bereich oder in die Kirche eindrang, als plötzlich die Schaulustigen auf der anderen Seite des Flatterbands auseinandertraten und für jemanden eine Gasse bildeten.

Ispettore Luigi Lombardi kam in gemessenem Schritt die Treppe zur Kirche hinauf. Der Chef der Capri-Polizei trug die gebügelte Uniform mit allen Abzeichen und goldenen Epauletten. Seine Miene mit dem gefärbten Oberlippenbart war ehrlich bestürzt.

»Ist es wirklich wahr, Agenti?«, fragte er, als er in einem Abstand von einem halben Meter vor Rizzi und Cirillo stehen blieb. »Unsere Rosalinda Fervidi?« Als Rizzi stumm nickte, murmelte der Ispettore bestürzt: »Ich kann es nicht glauben.«

Rizzi nahm ihn beiseite und berichtete halblaut, dass Salvatore derjenige war, der Rosalinda tot im Beichtstuhl entdeckt hatte, und der Pfarrer sofort den Polizeiposten angerufen hatte. Als Todesursache müsse man davon ausgehen, dass Rosalinda Fervidi erwürgt oder stranguliert worden war.

Während Ispettore Lombardi aufmerksam zuhörte, musterte er Salvatore, der, von Cirillo festgehalten, mit glasigen Augen und leise schwankend in der Sonne stand.

»Ispettore«, erklärte Rizzi eindringlich. »Salvatore ist, neben Padre Ivano, unser Hauptzeuge und verständlicherweise völlig aufgelöst. Ich schlage vor, ihn vollständig abzuschirmen, bis die Kriminalpolizei eintrifft.«

»Genau das wollte ich auch gerade vorschlagen«, antwortete Ispettore Lombardi und drückte Salvatore mitfühlend die Hand. »Teresa soll sich darum kümmern.«

»Einverstanden«, lobte Rizzi und fuhr fort: »Außerdem sollten wir so schnell wie möglich die Angehörigen benachrichtigen, bevor sie es von anderer Seite hören.«

»Dass wir Dino Fervidi das nicht ersparen können, bricht mir das Herz.« Lombardi legte den Kopf in den Nacken, schaute bekümmert in den blauen Himmel und dachte wohl, wie Rizzi, an die enge Beziehung zwischen dem alten Fischer Dino und seiner Enkeltochter Rosalinda, die schon als Kind mit ihm aufs Meer hinausgefahren und als Erwachsene zu ihm gezogen war, damit er nach dem Tod der Großmutter nicht allein leben musste. »Auch wenn er es vielleicht schon erfahren hat, möchte ich ihm die Nachricht persönlich überbringen«, erklärte Rizzi.

»Tun Sie das.« Lombardi nickte zustimmend in die Runde, straffte sich und fragte: »Meinen Sie, Agenti, dass ich die Leiche von Rosalinda persönlich in Augenschein nehmen sollte, bevor die Kriminalpolizei eintrifft?« Er schaute fragend von Rizzi zu Cirillo und wieder zurück.

Beide schüttelten den Kopf.

»Gut.« Lombardi schien erleichtert. »Dann werde ich

mich jetzt zum Hafen begeben, um die Kollegen aus Neapel in Empfang zu nehmen«, erklärte er, »und mich um unseren Kronzeugen kümmern.« Er nahm Salvatore am Arm und rief über seine Schulter zu Rizzi und Cirillo: »Gute Arbeit, Agenti!«

Als Ispettore Lombardi und Salvatore in eine Richtung davongingen und Rizzi und Cirillo in die andere, entstand eine Verwirrung auf dem Platz, da die Schaulustigen nicht wussten, wem sie ihre Aufmerksamkeit schenken und folgen sollten. Am Ende waren es Ispettore Lombardi in seiner prächtigen Uniform und Salvatore in der leuchtenden Weste des Straßenkehrers, die als ungleiches Paar die meisten Leute hinter sich herzogen, während Rizzi und Cirillo um die Ecke bogen und Savio, die Arme vor der Brust verschränkt, mit Sonnenbrille und undurchdringlicher Miene vor dem geschlossenen Kirchenportal Stellung bezog.

3

Wo die Gasse breit genug war, gingen Rizzi und Cirillo nebeneinander, und wenn ihnen Leute entgegenkamen oder es in einem Durchgang so eng wurde, dass sie einander mit den Armen oder Schultern berührten, ließ der eine dem anderen den Vortritt. Sie schwiegen, als würden sie, jeder für sich, die Ereignisse der vergangenen neunzig Minuten verarbeiten.

Nach dem Rummel in der Via Le Botteghe mit all den Tagesgästen wurde es im Bereich der Via Croce ruhiger. Spatzen schimpften in den Oleanderbüschen, und irgendwo war ein *carrello* zu hören, der kleine, schmale Elektrotransporter mit dem Blinklicht auf dem Dach, der beinahe lautlos, mit einem leisen Surren, durch die Gassen fuhr und Waren in die entlegenen Geschäfte und Hotels transportierte. Aber Rizzi bekam das Fahrzeug nicht zu Gesicht, sonst hätte er, wie man es als Einheimischer tat, um eine Mitfahrgelegenheit für sich und seine Kollegin gebeten.

Sie hatten noch nicht einmal ein Drittel des Weges zurückgelegt, und Rizzi spürte, wie ihm in der Hitze das Hemd am Leib klebte, als Cirillo fragte: »Was hat Rosalinda Fervidi ausgemacht? Hatte sie irgendeinen besonderen Charakterzug?«

»Sie hat sich in den Augen der Leute benommen wie ein

Junge und ist als Kind auch als ein solcher durchgegangen«, erzählte Rizzi und rupfte im Vorbeigehen eine vertrocknete Mandarine vom Ast. »Sie hat Fußball gespielt, ist von Klippen gesprungen, hat Mutproben bestanden, solche Dinge.«

Beim großen Kaktus verließen sie den Weg und nahmen den Abzweig über einen steinigen Trampelpfad, der sachte durch die Macchia bergauf führte. Hibiskus und Jasmin wucherten durch den Maschendrahtzaun hindurch, und vernachlässigte Orangenbäume trugen noch die Früchte vom vergangenen Jahr. Für Capri war es das Ende der Welt, und viel mehr als das Meer konnte nicht mehr kommen.

Als Rizzi schon dachte, er hätte sich bei der Abzweigung geirrt, und wieder umdrehen wollte, entdeckte er den Zitronenbaum, über den – nicht besonders professionell – ein schwarzes Netz geworfen war. Ein Stück weiter war eine Pforte, die aus einem Bettgestell mit verrosteten Sprungfedern bestand. Anstelle von Scharnieren war um den Pfosten herum ein Seil gespannt, wie Rizzi es bei der Ape zum Festzurren der Transportkisten benutzte. Typisch Dino. Der Mann behalf sich mit allem, was gerade da war oder was er irgendwo fand, und wenn niemand aufpasste, würde der Ort hier draußen irgendwann zu einem Schrottplatz verkommen. Zum Schrottplatz mit dem schönsten Ausblick der Welt.

Rizzi schirmte seine Augen mit der flachen Hand gegen die Sonne ab und sah plötzlich eine Gestalt im Gegenlicht, die ihnen entgegenkam, ein Mann, der den Pfad entlangrannte, um Pinien, Sträucher und Pfennigbäume herum, als wäre der Teufel hinter ihm her. Er hatte dunkelblonde krause Haare, war nur mit Shorts bekleidet und hielt in der Hand ein Stück Stoff, wahrscheinlich sein T-Shirt.

»Wo ist sie?«, schrie er. »Was haben sie mit ihr gemacht?«

Rizzi breitete die Arme aus und fragte: »Wer sind Sie?«

Das Gesicht des Mannes war tränenüberströmt. »Ich will zu Rosalinda! Sie ist meine Schwester. Ich will zu ihr!«

Cirillo trat vor, nahm ihre Mütze ab und sagte: »Es tut uns aufrichtig leid. Aber Sie können nichts mehr für Rosalinda tun.«

Der Mann heulte auf, sackte zusammen und wäre vornüber auf seine Knie gefallen, wenn Rizzi ihn nicht festgehalten hätte. Er legte ihm den Arm um die Schultern, die von einem Tattoo verziert waren, einem Salamander, der mit dem Schwanz die Achselhöhle des Mannes berührte und mit seiner Zungenspitze fast ans Ohrläppchen reichte.

»Wie heißt du?«, fragte Rizzi.

»Umberto Fervidi.«

»Wo ist dein Großvater? Ist er zu Hause?«

Rosalindas Bruder stammelte weinend unverständliches Zeug und versuchte sich loszureißen, aber Rizzi hielt ihn fest. »Bring uns zu deinem Großvater«, bat er. »Komm. Wir gehen zu Dino.«

»Ich will wissen, was passiert ist!«, schrie der Mann aus Leibeskräften. »Ich will sie sehen!«

»Du kannst jetzt nicht zu ihr«, sagte Rizzi. »Hast du gehört? Die Kirche ist abgesperrt. Die Kriminalpolizei ermittelt.«

»Lass ihn«, sagte Cirillo mit einer Handbewegung. »Lass ihn gehen.«

In diesem Moment riss der Mann sich los, stolperte,

stürzte, rappelte sich auf und rannte mit dem T-Shirt in der Hand davon.

Sie gingen weiter durch die flirrende Hitze, bis ein zweistöckiges Haus auftauchte, das über einem felsigen Hang thronte. Daneben lugte ein Anbau hervor, den es hier früher nicht gegeben hatte. Vielleicht handelte es sich um den ehemaligen Schweine- oder Hühnerstall, dessen Bretterwände irgendwann durch Mauern ersetzt und schließlich dem Haus angegliedert worden waren – natürlich illegal und ohne Genehmigungen, wie man es hier so handhabte. Rizzi nahm sich vor, das eventuell mal zu überprüfen, wenn die Trauerzeit abgelaufen war.

»Buongiorno«, rief er mit lauter Stimme, als sie sich dem Haus näherten.

Zwischen zwei Pfosten war eine Leine gespannt, an der verwaschene Unterhosen und T-Shirts hingen. Nicht weit davon entfernt standen ein quadratischer Tisch und verschiedene Stühle, die früher einmal im Haus gestanden haben mussten und schon bessere Zeiten gesehen hatten. Ergänzt wurde die Sitzgruppe von einem verrosteten Grill, in dem Brennnesseln und Löwenzahn wucherten.

»Ich bin's, Enrico!« Rizzi klopfte an die Haustür, die nur angelehnt war und sich lautlos öffnen ließ.

Drinnen war der Boden mit orange geblümten Fliesen gekachelt, und an Cirillos Reaktion bemerkte er, dass sie so etwas nicht erwartet hatte. Es sah sauber und aufgeräumt aus, wenn man mal vom Tisch absah, der übersät war mit Unterlagen und Papieren.

»Dino?« Rizzi schaute die schmale Stiege hinauf, die ins Halbdunkel führte, und spürte einen Stoß in die Rippen.

Cirillo zeigte mit dem Bügel ihrer Sonnenbrille zum Fenster hinaus. Zwischen dem Grün war ein blau schimmernder Streifen zu sehen, das Meer. Davor, unter den Zypressen, schaukelte sachte eine Hängematte.

Rizzi räumte Aschenbecher, Feuerzeug und eine Blumenvase von der Fensterbank, öffnete das Fenster und sprang über die Laibung nach draußen.

»Hallo«, rief er, während er durchs kniehohe Gras zur Hängematte ging. »Dino?«

Der alte Mann antwortete nicht, und Rizzi blieb stehen.

Was ausgesehen hatte wie ein zusammengerollter Körper in einer dunklen Daunenjacke, entpuppte sich als leerer Schlafsack.

»Hast du eine Idee, wo er sein könnte?«, fragte Cirillo, die hinterhergekommen war.

Rizzi überlegte. Den Pfad über die Felsen hinunter zum Wasser kannten nur Eingeweihte, und die Stufen in den Felsvorsprüngen, die hier und da den Abstieg erleichterten, hatte wahrscheinlich Dino oder einer seiner Vorfahren in den Stein gehauen. Rizzi ging los, und Cirillo folgte ihm. »Pass auf, wo du hintrittst«, warnte er.

Cirillo antwortete nicht, setzte ihre Schritte aber exakt so, wie er es tat, nur langsamer und vorsichtiger.

Ginster, Kakteen und dornige Büsche versperrten die Sicht, und das war gut so, denn der Abgrund war schwindelerregend.

»Wo gehen wir hin?«, fragte Cirillo. »Ich bin keine Bergziege. Das ist lebensgefährlich. «

»Bleib, wo du bist«, befahl Rizzi, tastete sich am Felsen entlang und dachte, dass es wohl tatsächlich besser wäre umzukehren, als er zwischen den Felsen das Meer aufleuchten sah. Sie waren dem Ziel viel näher, als er vermutet hätte. Vor ihm, ein paar Sprünge entfernt, lag jetzt Geröll, eine Rampe, die zwischen zwei Felsen geradewegs ans Wasser führte. Dort, zwischen den Klippen, wo es schattig und dunkel war, lag in der Spalte ein Fischerboot. Aber von Dino keine Spur.

Rizzi legte die Hände trichterförmig an den Mund und rief: »Dino!«

»Was willst du?«, hörte er eine Stimme, die gar nicht so weit weg war. »Willst du mir sagen, dass Rosalinda tot ist?«

Rizzi drehte sich um, aber er musste erst seine Sonnenbrille abnehmen, bis er den Mann zwischen den Felsen entdeckte. Dino hockte wie ein Habicht auf einem Vorsprung und passte sich mit seiner braunen Haut perfekt seiner Umgebung an. Wenn nicht die hellblaue Hose gewesen wäre.

»Ich muss mit dir reden«, sagte Rizzi.

»Lass mich in Ruhe.«

»Ich komme jetzt zu dir«, sagte Rizzi, ohne zu wissen, wie er das anstellen sollte. Cirillo tauchte neben dem Felsen auf, nicht weit entfernt, auf einer Höhe mit Dino.

»Wozu machst du dir die Mühe?«, fragte Dino, als Rizzi sich hochstemmte und der alte Mann ihm seine Hand entgegenstreckte.

»Es tut mir unendlich leid«, keuchte Rizzi. »Ich kann es selbst gar nicht glauben.« Er ließ sich neben Dino auf dem Stein nieder. In einer Felsspalte steckte eine Flasche und hinter Dinos Ohr eine Zigarette. Rizzi legte dem alten Mann seine Hand auf den Arm: »Die Kriminalpolizei kommt aus Neapel und nimmt die Ermittlungen auf.«

»Danke, dass du hergekommen bist«, sagte Dino mit rauer Stimme. »Ich weiß es zu schätzen. Aber es ändert nichts.« Er lachte bitter. »Als Umberto es mir gesagt hat, dachte ich, er hat den Verstand verloren. Und jetzt steht das Telefon nicht mehr still. Ich hab's ausgeschaltet. Ich will niemanden sprechen. Ich will nur wissen, was passiert ist. Wer es war und warum. Unsere Rosalinda war herzensgut. Sie hat niemanden etwas zuleide getan.«

»Wir werden das alles herausfinden«, sagte Rizzi. Nach einer Pause fügte er hinzu: »Aber was ich nicht verstehe, Dino« – er saß so dicht bei dem Mann, dass es ihm schwerfiel, ihn anzugucken –, »warum hast du dich nicht bei der Polizei gemeldet, als du es erfahren hast? Warum kommst du nicht an den Tatort, um dich mit eigenen Augen davon zu überzeugen und zu hören, was passiert ist? Dino, schau mich an. Warum versteckst du dich hier vor der Welt?« Rizzi verstummte erschrocken. Die Schultern von Dino zuckten, sein ganzer Körper bebte. Der Mann weinte lautlos und begann erst zu schluchzen, als Rizzi ihn in seine Arme schloss.

»Hast du sie gesehen?«, presste Dino hervor.

Rizzi nickte, während er Dino festhielt.

»Ich will sie nicht sehen und auch mit niemandem sprechen.«

»Aber ich muss dir jetzt trotzdem ein paar Fragen stellen.«

Nachdem Dino sich geschnäuzt hatte, fragte Rizzi: »Weißt du, ob Rosalinda Probleme hatte?« Und als Dino nicht antwortete, schob er hinterher: »Oder ob sie in Schwierigkeiten steckte.«

Dino schüttelte den Kopf. »Ich weiß von keinen Schwierigkeiten. Aber eins weiß ich: Rosalinda hat sich verändert. Erinnerst du dich, wie sie früher, als sie klein war, die Jungs in der Gasse angeschrien und heruntergeputzt hat? Wie unerschrocken und furchtlos sie war.«

Rizzi nickte – und lächelte. Rosalinda hatte sich mit ihrer Stimme oft Respekt verschafft. Sie wollte ernst genommen werden und sich nicht wegducken, wenn ihr jemand dumm kam. Oder wenn sie irgendwo eine Ungerechtigkeit witterte.

»Sie ist so still geworden.« Dino starrte an Rizzi vorbei in die Ferne. »Wann genau es angefangen hat, kann ich dir nicht sagen. Nicht von heute auf morgen. Es war ein schleichender Prozess.«

Stumm saßen sie da. Nur die Wellen, die unten an die Felsen schlugen, waren zu hören.

»Hat Rosalinda bei dir gewohnt?«, fragte Rizzi. »Hat sie sich um dich gekümmert?«

»Das hat sie schon lange nicht mehr.«

»Was ist passiert?«

»Sie war in der letzten Zeit meistens in Anacapri, bei Alessandra. Stattdessen ist Umberto hier eingezogen. Ich liebe Umberto, er ist mein Enkel, aber meine Rosalinda kann er mir nicht ersetzen. Rosalinda und ich« – Dino breitete die Arme aus, als wollte er sie umarmen –, »wir waren beide sonderbar auf unsere ganz eigene Art.« Er sah in diesem Moment so verzweifelt aus, so am Boden zerstört, dass es Rizzi fast das Herz brach. Er erhob sich und streckte seine Hand aus.

»Musst du zurück?«, fragte Dino, schaute zu Rizzi auf und ergriff seine Hand.

»Ich bin im Dienst«, sagte Rizzi. »Wir müssen die Kollegen aus Neapel bei ihrer Arbeit unterstützen. Ohne uns sind sie aufgeschmissen. Aber ich verspreche dir, dass wir alles tun, was in unserer Macht steht, um den Menschen zu finden, der Rosalinda das angetan hat.«

Dino erhob sich. »Ich bringe dich mit dem Boot rüber. Dich und deine Kollegin. Dann habt ihr nicht den weiten Fußmarsch. Was hältst du davon?«

Rizzi schaute sich suchend um. Cirillo hatte sich ein paar Meter weiter auf einem Stein niedergelassen, saß in Hörweite und hatte ihr Notizbuch auf den Knien. »Antonia«, rief Rizzi. »Was hältst du von einer Fahrt mit dem Wassertaxi?«

»Klingt gut«, antwortete Cirillo und klappte ihr Notizbuch zu.

Dino ging voraus, Cirillo folgte, und Rizzi bildete die Nachhut. Bei den Sprüngen von einem Felsen zum nächsten reichte Dino Cirillo die Hand, bis sie unten am Boot angelangt waren.

Cirillo nahm vorne am Bug Platz, legte den Kopf in den Nacken und schaute mit ihren blauen Augen die Klippen hinauf, als könnte sie kaum glauben, dass sie eben dort oben entlanggekraxelt waren.

Dino am Heck warf den Motor an und übernahm das Ruder, und Rizzi, in der Mitte stehend, die Arme zu den Steinwänden ausgestreckt, half, den Kahn aus der engen Felsspalte zu manövrieren – was wahrscheinlich gar nicht nötig gewesen wäre. Wie beim Abstieg über die Felsen hinunter zum Meer kannte Dino auch hier jeden Stein und jede Tücke.

Sie schipperten mit halber Kraft an den Felsen entlang, die hier, an der Nordseite, im Schatten lagen. Wilde Pistazien, Rosmarin und andere Sträucher bildeten auf dem Kalksandstein und an den Hängen einen dichten immergrünen Teppich und rundeten das Zerklüftete und Karge zu etwas Harmonischem und Fruchtbarem. Boote mit bunten Sonnensegeln, voll besetzt, passierten, und aus den Lautsprechern drangen Wortfetzen herüber, Jahreszahlen, Meterangaben und die Namen der Grotten Ricotta und Bove Marino. Als wäre alles wie immer und nichts geschehen.

»Ich werde Alessandra befragen«, sagte Dino, als hätte er sich zu etwas durchgerungen und einen Entschluss gefasst. »Sie wird mehr darüber wissen, was passiert ist und auch ob Rosalinda in Schwierigkeiten gesteckt hat.«

»Nur zur Erinnerung«, meldete sich Cirillo von ihrem Platz am Bug, »die Ermittlungen überlassen Sie bitte uns.«

»Aber ich muss mit ihr sprechen«, protestierte Dino. »Sie ist wie eine zweite Tochter für mich.« Hilfe suchend wandte er sich an Rizzi. »Du weißt, dass sie und Rosalinda ein Paar waren?«

»Ja«, antwortete Rizzi. »Das wissen alle. Und natürlich sollst du mit ihr sprechen. Aber du sollst nicht ermitteln. Hast du verstanden? Meine Kollegin hat recht. Die Ermittlungen überlässt du uns.«

Das Boot nahm an Fahrt auf. »Rosalinda hat einiges einstecken müssen in ihrem Leben«, berichtete Dino. »Sie hat nie darüber gesprochen, jedenfalls nicht mit mir. Aber da waren viele Verletzungen. Ich weiß, dass Alessandra davon nichts wissen wollte. Für sie war immer alles in schönster Ordnung.«

»Sie müssen verstehen«, rief Cirillo in den Fahrtwind und beugte sich zu Dino hinüber, »dass wir alles, was Ihnen im Zusammenhang mit Rosalinda und ihrem gewaltsamen Tod durch den Kopf geht, erfahren müssen. Auch die kleinsten Details, von denen Sie vielleicht denken, dass sie überhaupt keine Rolle spielen.«

Dino fixierte die Bugwelle, den kleinen schaumigen Kamm auf dem Wasser, und es war nicht ersichtlich, ob er zuhörte oder mit seinen Gedanken ganz woanders war. Zwei Polizeiboote kreuzten – eines hielt auf Capri und den Hafen Marina Grande zu, ein zweites fuhr von dort weg und nahm Kurs auf Neapel.

»Hat Rosalinda in letzter Zeit irgendetwas erwähnt, was Sie gewundert hat, einen Namen oder eine Begebenheit?«, fragte Cirillo, ihre Mütze zwischen die Knie geklemmt, eine Hand an der Reling.

»Wenn ich es mir recht überlege«, sagte Dino und klang dabei ganz bitter, »hat Rosa so gut wie gar nicht mehr mit mir gesprochen. Sie war still und schweigsam, wie ein Mäuschen, und ich Dummkopf habe es nicht bemerkt. Habe einfach nicht so genau hingesehen.« Er drehte am Griff des Außenbordmotors, drosselte das Tempo und nahm Kurs auf die Hafeneinfahrt und die korinthische Säule.

»Was könnte der Grund für Rosalindas Zurückhaltung sein?«, fragte Cirillo.

Dino presste die Lippen zusammen und schüttelte den Kopf. Er wusste es nicht.

Eine Jacht mit Radaranlage blockierte die Hafeneinfahrt und zwang ein *aliscafo* zu warten, während dahinter schon das nächste und übernächste Tragflächenboot angefahren kamen, die um diese Zeit, dicht getaktet, aus Neapel, Sorrent oder Ischia eintrafen. Dino steuerte backbord daran vorbei. Touristen mit Sonnenhüten winkten vom Oberdeck und zeigten mit ihrer Fröhlichkeit, dass die furchtbare Nachricht, das Verbrechen, das auf der Insel stattgefunden hatte, wohl noch nicht durch die sozialen Medien zu ihnen durchgedrungen war.

Dino Fervidi manövrierte sein Boot durch die Hafenanlage, legte an und half Cirillo von Bord. Als Rizzi sich von ihm verabschiedete, sagte er: »Ich weiß nicht, wie es weitergehen soll, Erri. Aber irgendwie wird es weitergehen. Und weißt du was?« Er schaute Rizzi traurig an. »Das ist das Schlimmste.«

4

Rizzi kannte hier unten am Hafen, an der Piazza Vittoria, niemanden von den Leuten, die in der Bar bedienten, schwitzend mit dem Tablett herumliefen und an der Espressomaschine hantierten. Es waren wohl alles Saisonkräfte vom Festland, die hier angeheuert hatten, morgens ankamen und abends wieder verschwanden, ohne die Insel zu kennen oder irgendeinen Bezug zu ihr zu haben. Die Insel war zu klein und gleichzeitig zu berühmt, als dass die Einheimischen den Bedarf an Arbeitskräften decken konnten. Rizzi grüßte, streckte zwei Finger in die Höhe und legte seine Mütze auf der Theke ab.

»Subito, Agente!«, rief der Barista und begann, mit dem Kaffeesieb zu hämmern.

Rizzi bestellte außerdem zwei Panini aus der Glasvitrine, kontrollierte dann den Nachrichteneingang auf seinem Telefon und sah, dass Gina zweimal, sein Vater einmal und seine Schwester Barbara in Neapel fünfmal angerufen hatten, ließ den Apparat wieder in der Hosentasche verschwinden – und bemerkte erst jetzt, dass Cirillo ihm gar nicht gefolgt war.

Er suchte mit den Augen die Piazza ab und entdeckte sie im Trubel zwischen den Taxis, wo sie sich ihrerseits suchend umschaute.

»Antonia!«, rief er, ohne seinen Platz an der Theke zu verlassen. Aber bei dem Lärm draußen, dem Gehupe der Taxis, dem allgemeinen Geschrei und Geplärre, hörte sie ihn nicht. Er nahm Daumen und Zeigefinger und stieß einen gellenden Pfiff aus.

»Was ist los?«, fragte er, als sie eintrat und der Barista die Panini und die beiden Tässchen servierte.

»Mir war nicht klar, dass wir Pause machen.«

»Willst du gar nichts essen?« Rizzi trank seinen Espresso in einem Zug aus, umwickelte die Brote, belegt mit Tomate und Mozzarella, mit einer Papierserviette, reichte ihr eins davon und langte nach seiner Mütze. »Lass uns gehen.«

In diesem Moment landete eine Hand auf der Theke, und ein Mann in weißem Hemd und gebügelten Chinos, den Vollbart sorgfältig gestutzt, stellte sich ihm in den Weg. Es war Andrea Scotto von der Kriminalpolizei aus Neapel.

»Ich bin bereits auf dem Rückweg und hatte mich schon gefragt, wo denn die Capri-Kollegen ihre Zeit verbummeln«, rief er und hob fragend die Augenbrauen. »Was ist los mit Ihnen, Agente? Sie sehen mitgenommen aus.«

»Buongiorno«, meldete sich Cirillo, stellte ihr Tässchen auf dem Tresen ab und trat hinter Rizzi hervor. »Wie ist der Stand der Ermittlungen?«

»Da fragen Sie den Richtigen.« Scotto wirkte überrascht, als hätte er mit Cirillo gar nicht gerechnet oder sogar vergessen, dass es sie überhaupt gab.

»Gibt es erste Anhaltspunkte oder Erkenntnisse, zum Beispiel zur Tatwaffe?«, hakte Cirillo nach.

Scotto fuhr sich durchs kurz geschnittene Haar und krempelte seine Ärmel so weit hoch, dass die Ansätze seines gebräunten Bizepses zu sehen waren. »Das Opfer wurde erwürgt«, sagte er, »besser gesagt, stranguliert. Möglicherweise mit einem Kabel.«

Rizzi warf Cirillo einen wissenden Blick zu, schließlich wiederholte Scotto genau das, was sie am Morgen ohne den ganzen Ermittlungsapparat auch schon gedacht hatten.

»Haben Sie eine Vermutung oder etwas gefunden, was als Tatwaffe in Betracht kommt?«, insistierte Cirillo.

»Die Spurensicherung ist noch dran«, antwortete Scotto und stopfte das Hemd in seiner Hose zurecht. »Und bevor wir irgendwelche voreiligen Schlüsse ziehen, sollten wir abwarten, was die Obduktion ergibt. Aber ich wollte etwas anderes sagen.« Er beugte sich etwas vor und senkte vertraulich die Stimme. »Sie haben sehr gut reagiert, Agenti, und genau das Richtige getan. Ich glaube zwar nicht, dass Fluchtgefahr besteht, aber man weiß nie, was diesem Bruder in den Sinn kommt und ob ihm bei nächster Gelegenheit gleich wieder die Sicherungen durchbrennen.« Scotto signalisierte dem Barista, dass auch er einen Wunsch hatte, und bestellte ein Tonic.

»Von welchem Bruder sprechen Sie?«, fragte Rizzi. »Bei wem haben wir gut reagiert, und wo besteht keine Fluchtgefahr?«

»Na, bei wem wohl?« Scotto nahm die Limette, die am Glasrand klemmte, lutschte sie aus und legte sie beiseite. »Sie haben ihn doch selbst festgesetzt.«

»Festgesetzt?«, wiederholte Rizzi alarmiert. »Reden Sie von Salvatore, unserem Straßenkehrer?«

Scotto schaute nach draußen, hob wortlos das Kinn und lenkte Rizzis Blick zur Mole. Zwei Beamte bugsierten Salvatore über die kleine Brücke aufs Polizeiboot und gaben ihm einen Schubs, als er sich sträubte.

»Er wird nach Neapel überstellt«, erklärte Scotto. »Da hat er die Gelegenheit, in aller Ruhe in sich zu gehen. Und morgen früh verhören wir ihn.« Er wischte sich die Hände an einer Serviette ab. »Was ist, Agenti?«, fragte er. »Irgendetwas nicht in Ordnung?«

»Wir gratulieren zur vorübergehenden Festnahme«, sagte Cirillo – und es klang so überzeugend, dass Rizzi sie ungläubig anschaute.

»Danke«, erwiderte Scotto.

Cirillos Lächeln erstarb, als Rizzi erklärte: »Verzeih, Kollege, aber so funktioniert das nicht.« Er legte Scotto eine Hand auf die Schulter. »Ihr kommt hier einfach aus Neapel angerauscht und verzapft in kürzester Zeit den allergrößten Mist.«

Scotto schaute auf die Hand auf seiner Schulter, bis Rizzi sie wegnahm, steckte sein Telefon ein und sagte: »Nicht so leicht, mit einem solchen Kollegen zusammenzuarbeiten, oder?« Er grinste Cirillo an.

Sie erwiderte sein Lächeln nicht, sondern fragte: »Wie können wir uns nützlich machen? Sollen wir uns arbeitsteilig die Wohnung von Salvatore vornehmen?«

»Wohnung ist gar kein Ausdruck für das Loch, in dem der Mann haust.« Scotto legte einen kleinen Geldschein auf den Tresen. »War mir gar nicht klar, dass es so etwas auch bei euch auf Capri gibt.« Er leerte sein Glas, schielte dabei einer Frau hinterher, die vorbeistöckelte, und erklärte: »Wir haben seine Straßenkehrerweste beschlagnahmt, die er nach eigener Aussage heute Morgen getragen hat. Und wenn wir auf dem Stück auch nur eine DNA-Spur des Opfers finden, war's das.« Scotto klopfte auf den Tresen. »Bitte nehmen Sie es mir nicht übel, Agenti. Geht nicht gegen Sie persönlich. Aber ich muss los und meine Arbeit machen.« Er setzte seine Sonnenbrille auf, nickte Cirillo zu und machte sich auf den Weg, ohne Rizzi weiter zu beachten.

Rizzi ging ihm nach. »Nur zur Einordnung, Kollege«, sagte er. »Salvatore kann keiner Fliege etwas zuleide tun.«

»Er wäre nicht der Erste, von dem man glaubt, er sei die Sanftmütigkeit in Person«, erwiderte Scotto, ohne stehen zu bleiben, »und bei dem dann im Vollrausch die Sicherungen durchbrennen, glauben Sie mir.«

»Welches Motiv soll Salvatore haben, Rosalinda Fervidi umzubringen?«

Scotto blieb stehen und nahm seine Sonnenbrille ab. »Ich tippe auf versuchte Vergewaltigung. Wollen wir wetten? Wir wissen aus zuverlässiger Quelle, dass er das Opfer gekannt hat, wahrscheinlich sogar besser, als er es zugibt.«

»Wir kennen uns hier alle«, erwiderte Rizzi unbeeindruckt.

»Er war betrunken, voll bis obenhin.« Scotto fuchtelte mit den Händen in der Luft herum. »Hat die Signale falsch verstanden und ist zu weit gegangen. Zack – das war's.«

»Und wie soll er den Mord bewerkstelligt haben?«, fragte Rizzi. »Ich meine: Habt ihr eine Tatwaffe gefunden?«

»Nein, aber ich habe da so meine Theorie.«

»Nämlich?«

Scotto schaute in die Ferne und schien mit sich zu ringen, ob er diese Unterhaltung mit Rizzi überhaupt führen sollte. Dann sagte er: »Seine Schnürsenkel.«

»Was ist damit?«

»Er hat keine. Er läuft in Sneakers ohne Schnürsenkel herum.«

»Und Sie glauben, er hat sie benutzt, um Rosalinda damit zu erdrosseln?« Rizzi schüttelte verständnislos den Kopf.

»Diese Unterhaltung führt zu nichts«, erklärte Scotto. »Mein Bericht mit allen relevanten Informationen geht Ispettore Lombardi morgen im Laufe des Tages zu. Und falls wir eure Hilfe brauchen, ergehen entsprechende Anweisungen. Und jetzt entschuldigen Sie mich bitte.«

Kurz blieb er stehen, als würde ihm noch etwas durch den Kopf gehen, und Rizzi dachte, vielleicht wollte er alles, was er gesagt hatte, zurücknehmen und erklären, es sei natürlich nur ein Witz gewesen, ein schlechter Scherz, den Straßenkehrer Salvatore der Tat zu bezichtigen. Aber nichts dergleichen geschah. Scotto zog vielmehr sein Telefon aus der Tasche und schlenderte mit dem Apparat über die Mole, durchs Getümmel, zum Polizeiboot.

5

Wo ist Ispettore Lombardi?« Rizzi sprach laut und deutlich in sein Handy und betonte dabei jedes einzelne Wort. Er folgte Cirillo mit schnellem Schritt an den Reisenden vorbei zum Eingang der *funicolare*. »Warum geht er nicht an sein verdammtes Telefon?«

Leute mit großen Koffern versperrten den Weg, und Rizzi hätte sie am liebsten alle beiseitegeschubst. »*Permesso!*«, rief er. »Bitte machen Sie Platz!«

Teresa am anderen Ende der Leitung klang zerstreut. »Ispettore Lombardi«, sagte sie, »ist nach meiner Information« – sie schien etwas im Computer nachzuschauen.

»Bist du noch dran?«, fragte Rizzi.

»Ispettore Lombardi ist … – also, er müsste immer noch auf der Piazzetta beziehungsweise in der Kirche sein, zusammen mit Signor Scotto aus Neapel.«

»Scotto fährt gerade zurück aufs Festland«, spottete Rizzi, »hochzufrieden mit den bisherigen Ermittlungsergebnissen.«

»Erri«, Teresas Stimme klang gedämpft. »Ich kann es immer noch nicht glauben. Unsere Rosalinda. Du weißt, ich konnte sie nicht leiden, immer so vorlaut, eine schreckliche Person. Aber ein solches Ende hat sie nicht verdient.«

»Kennst du den Stand der Ermittlungen?«, fragte Rizzi

und nickte Sergio zu, der ihnen die Sperre zum Bahnsteig öffnete und gleich wieder hinter ihnen zumachte.

»Was meinst du?« Teresa klang verwundert. »Die Ermittlungen sind im vollen Gange, aber ein Bericht liegt noch nicht vor. Habe ich irgendetwas verpasst?«

»Sie haben Salvatore vorläufig festgenommen und überstellen ihn gerade nach Neapel.«

Rizzi signalisierte Cirillo, in den vordersten Wagen einzusteigen, und sprang in großen Schritten die Bahnsteigstufen hinauf. »Morgen wollen sie ihn verhören und den Fall abschließen.«

»Woher hast du die Information?«, fragte Teresa.

»Von Scotto persönlich. Wir haben eben am Hafen mit ihm gesprochen.«

»Bist du dir sicher?« Teresa klang ungläubig. »Er wollte ihn doch nur in die Kirche bringen, um ihn am Tatort zu befragen«, sagte sie. »Und jetzt haben sie ihn gleich mitgenommen? Warum weiß ich nichts davon?«

»Wir haben es mit eigenen Augen gesehen.«

Cirillo setzte sich Rizzi gegenüber und hörte aufmerksam zu, während er das Telefon auf laut stellte.

Teresa erzählte jetzt, wie sie sich um Salvatore gekümmert hatte, nachdem er zusammen mit Ispettore Lombardi gegen Mittag am Polizeiposten eingetroffen war. Wie sie ihn mit Wasser und Obst versorgt hatte und er noch ganz außer sich gewesen sei, verständlicherweise. Ispettore Lombardi habe kaum Zeit gehabt, sie zu instruieren, und sei, nachdem er Salvatore bei ihr abgeladen hatte, unverzüglich nach Marina Grande aufgebrochen, um die Beamten von der Kriminalpolizei persönlich in Empfang zu nehmen.

Das Gespräch, das Scotto und Lombardi dann nach ihrem Eintreffen am Polizeiposten mit Salvatore im Anbau geführt hätten, habe nach ihrer Erinnerung keine zwanzig Minuten gedauert. Danach seien sie mit Salvatore »zum Lokaltermin« aufgebrochen, wie Scotto es genannt hatte.

»Und dann?«, fragte Rizzi.

»Mehr weiß ich nicht«, antwortete Teresa. »Seitdem habe ich nichts mehr von den Männern gehört.«

»Danke«, sagte Rizzi, verabschiedete sich und legte auf.

Die *funicolare* setzte sich in Bewegung. Rizzi erhob sich von seinem Sitzplatz und sah Häuser mit gefliesten Terrassen und Solarzellen auf dem Dach vorbeiziehen. Marina Grande wurde kleiner, und im Dunst, auf dem Meer, waren die *aliscafi* zu sehen, die aus verschiedenen Richtungen Kurs auf Capri hielten.

Cirillo trat neben Rizzi, nahm ihre Polizeimütze ab und benutzte die Scheibe als Spiegel, um sich ihre langen dunkelblonden Haare zu ordnen und danach ihre Mütze auf dem Kopf zurechtzurücken. Rizzi sagte leise, wie zu sich selbst: »Sie werden Salvatore so lange in die Mangel nehmen, bis er gesteht, was er nie getan hat. Und er wird alles zugeben, damit man ihn wieder in Ruhe lässt. Dann wird Commissario Serra den Fall als abgeschlossen betrachten, und wir haben ein riesiges Problem, weil wir beweisen müssen, dass Salvatore unschuldig ist und der wahre Täter frei herumläuft und womöglich eine Gefahr ist.«

»Abwarten«, meinte Cirillo nur.

Die *funicolare* aus der Gegenrichtung passierte. Vielleicht war es ein Fehler gewesen, alles stehen und liegen zu lassen und zum Fußmarsch nach Moneta aufzubrechen, um

Dino Fervidi die Nachricht vom Tod seiner Enkelin persönlich zu überbringen. Sie hätten stattdessen vor Ort bleiben und die Ermittlungen von Anfang an in die richtigen Bahnen lenken müssen. Rizzi hatte es ja schon immer gewusst: Die Neapolitaner kannten sich auf Capri nicht aus, verstanden weder die Menschen noch ihre Mentalität. Und es war anscheinend zu viel verlangt, dass die Kollegen Gatti oder Savio, von Ispettore Lombardi ganz zu schweigen, den Kollegen von der Kriminalpolizei das Stoppschild zeigten, wenn es in die falsche Richtung ging. Gatti und Savio waren dazu wohl auch nicht in der Position, aber dass Ispettore Lombardi jemandem wie Scotto mit halb eingezogenem Kopf begegnete und zu allem Ja und Amen sagte, machte Rizzi wütend.

»Und wenn Scotto recht hat?«, fragte Cirillo.

»Was meinst du?« Rizzi fuhr herum.

»Wir müssen grundsätzlich für alles offen sein und alle Möglichkeiten in Betracht ziehen. Und dazu gehört, dass wir auch Salvatore als Täter nicht einfach ausschließen, nur weil es sich um Salvatore handelt und wir glauben, ihn gut zu kennen.«

Ihre Worte versetzten Rizzi einen Stich. Das Gefühl, dass sie nicht mit ihm einer Meinung war und nicht uneingeschränkt auf seiner Seite stand, verletzte ihn. Und gleichzeitig überkam ihn eine diffuse Angst.

»Blödsinn!«, sagte er, während die *funicolare* in den Bahnhof einfuhr und ruckelnd zum Stehen kam. »Du bist es, die Salvatore nicht kennt, und hast ein völlig falsches Bild von ihm.«

»Das Bild, das ich von ihm habe, spielt keine Rolle«, erwiderte Cirillo scharf. »Und auch dein Bild von ihm sollte keine Rolle spielen. Wir dürfen keine voreiligen Schlüsse ziehen. Und wir sollten uns Neapel gegenüber kooperativ zeigen und die Kollegen nicht vor den Kopf stoßen – schon allein deshalb, damit wir möglichst eng in die Ermittlungen eingebunden und nicht als die Nervensägen von Capri außen vor gelassen werden. Etwas anderes bleibt uns im Moment gar nicht übrig.«

»Das werden wir noch sehen«, antwortete Rizzi, setzte seine Sonnenbrille auf und stapfte, immer zwei Stufen auf einmal nehmend, zum Ausgang.

Vor dem Gran Caffè war zu hören, wie eine Champagnerflasche geöffnet wurde. Kinder rannten lachend hinter Tauben her, und das Flatterband, das die Stufen und den Bereich vor der Kirche absperrte, schien schon zum Stadtbild zu gehören und so normal zu sein wie die Geranien und Hängelobelien in den Blumenkästen vor den Fenstern von Rathaus und Gemeindeverwaltung. Auf der Piazzetta war alles wie gewohnt, als wäre gar nichts passiert.

Der Kollege Matteo Savio stand breitbeinig vor dem Kirchenportal, nahm Haltung an und fragte mit hochrotem Kopf: »Kann ich die Absperrung aufheben?«

»Hat die Spurensicherung ihre Arbeit denn schon beendet?«, erkundigte sich Cirillo.

»Sie sind gerade abgezogen. Und mit ihnen auch Kollege Gatti.« Savio sah ganz erschöpft aus.

»Wo ist Ispettore Lombardi?«, fragte Rizzi.

»Er hat vorhin dort drüben Interviews gegeben.« Savio zeigte auf die Piazzetta und schaute sich suchend um. »Jetzt ist er weg. Und in der Kirche ist er auch nicht.«

»Ruf Teresa an«, sagte Rizzi. »Sie soll jemanden schicken, der dich ablöst. Aber halt dich bereit, bis wir neue Instruktionen haben.«

6

Die Via Vittorio Emanuele war eine schmale, abschüssige Gasse, die von der Piazzetta nach Süden verlief und zu beiden Seiten von kleinen Geschäften gesäumt war. Bougainvillea, Buchsbaum und Oleander verliehen der Straße mit den Mauervorsprüngen und kleinen Stufen etwas Malerisches und zugleich Unübersichtliches. Überall in den Schaukästen und Fenstern gab es kostbare Gegenstände zu bewundern und zu entdecken – die vielleicht tatsächlich so exquisit waren, wie die wenigen Preisschilder nahelegten. Es war eine Einkaufsstraße, in der Einheimische selten oder nie einkauften, und wenn Rizzi jemals eines dieser Geschäfte betreten hatte, dann aus dienstlichen Gründen, um zum Beispiel einen Ladendiebstahl aufzunehmen. Aber selbst das war schon ewig nicht mehr vorgekommen.

Das Geschäft Lucertola Azzurra befand sich ungefähr fünfzig Schritte von der Piazzetta entfernt auf der linken Seite. Über den beiden Schaufenstern und der Eingangstür waren halbrunde weiße Markisen angebracht, auf denen in stilisierter Form die namensgebende blaue Eidechse prangte. Die Glastür zwischen den schmalen Schaufenstern stand offen.

Im Innern des Ladens befanden sich keine Kunden. Helle Spots beleuchteten den weißen und glatten Verputz an den Wänden und die wenigen Handtaschen, die – jede einzeln auf einem Glasregal ausgestellt – wie Unikate wirkten. Gegenüber, an einer Kleiderstange, hingen Blusen und Kleider nach dem gleichen Konzept: Weniger war anscheinend mehr. Im rückwärtigen Teil des Ladenlokals stand ein Tresen, der mit demselben Emblem verziert war wie draußen die Markisen, nur dass dieses hier größer und hinterleuchtet war, was es äußerst edel wirken ließ. Dahinter führten Treppenstufen nach oben in einen Bereich, der wohl nicht öffentlich zugänglich war, wahrscheinlich in ein Büro oder einen Lager- oder Aufenthaltsraum.

»Buonasera«, rief Rizzi, als er mit Cirillo den Laden betrat, aber niemand antwortete. Verkaufspersonal war nicht zu sehen. Rizzi schnalzte mit der Zunge. »Signora Nobile?«

Cirillo nahm die Kleidungsstücke an den Bügeln in Augenschein und ging dabei so routiniert vor, als hätte sie in ihrem Leben nie etwas anderes getan, wandte sich dann von den schimmernden Blusen und Röcken ab und nahm auf der gegenüberliegenden Seite aufs Geratewohl eine Handtasche vom Regal.

»Kann ich helfen?«, fragte eine Stimme, die nicht aus dem Laden kam, sondern von draußen. Der Mann trug Shorts, ein geblümtes Hemd, Krawatte und hatte einen schmalen Oberlippenbart.

»Wir suchen Alessandra Nobile«, erklärte Rizzi. »Wissen Sie, wo sie ist?«

»Alessandra ist nicht da, und ich fürchte, sie kommt heute auch nicht mehr.« Der Mann lächelte schwach. »Ich brauche Ihnen ja vermutlich nicht zu sagen, dass es einen schrecklichen Trauerfall in der Familie gibt.«

»Und trotzdem ist der Laden geöffnet?« Rizzi schaute hoch zur Decke, ein Tonnengewölbe.

»Alessandras Mutter wird jeden Moment hier sein.«

»Wie heißt sie?«, fragte Cirillo und stellte die Handtasche zurück aufs Regal.

»Alessandras Mutter? Grazia.«

»Grazia Nobile?«

»Richtig.«

»Hilft sie öfters aus?«

»Nur wenn von den Mädchen niemand verfügbar ist«, berichtete der Mann und schaute suchend die Gasse hinunter. »Unter normalen Umständen ist Alessandra immer selbst hier.« Er knetete seine Hände. »Ich habe aufgesperrt und behalte den Laden im Auge. Das handhaben wir immer so, wenn einer von uns verhindert ist oder kurz mal wegmuss. Mein Laden ist da drüben.« Er zeigte mit dem Kinn auf die andere Seite der Gasse, wo es Krawatten, Schals und Foulards zu kaufen gab.

»Wie ist Ihr Name?«, fragte Cirillo.

»Lorenzo Fusco.«

»Kannten Sie Rosalinda Fervidi?«, fragte Cirillo, während Rizzi hinterm Tresen langsam die Stufen hinaufstieg.

»Alessandra kenne ich besser«, erklärte Lorenzo Fusco. »Wie gesagt, sie ist ja regelmäßig hier, während Rosalinda eher selten zu sehen ist – oder war, wie man ja jetzt leider sagen muss.« Er lächelte hilflos. »Es ist wirklich unfassbar. Und wenn sie da war, hat sie sich hinten in der Werkstatt verkrochen.«

»Warum?«, fragte Cirillo.

»Warum?«, wiederholte Lorenzo Fusco überrascht. »Der

Verkauf war Alessandras Ding«, hörte Rizzi den Mann sagen und betrat einen Raum mit vergitterten Fenstern. An der Wand stand ein Bürotisch, auf dem sich Papiere, Briefumschläge, ein Aschenbecher mit Zigarettenkippen und eine Schachtel aus Karton befanden.

»Ich weiß gar nicht, ob ich zulassen darf, dass Sie sich hier umschauen«, rief Lorenzo Fusco mit erhobener Stimme aus dem Ladenraum herüber.

»Das dürfen Sie«, hörte Rizzi die Stimme von Cirillo.

»Haben Sie denn einen Durchsuchungsbeschluss?«, rief Lorenzo Fusco.

Rizzi konnte nicht verstehen, was Cirillo antwortete, und warf einen Blick in den halb geöffneten Karton, schob das Seidenpapier beiseite, und ein glitzerndes, mit Pailletten besetztes Shirt kam zum Vorschein.

Als Rizzi kurz darauf wieder die Stufen in den Laden hinunterstieg, sagte Cirillo: »Wir wollen Sie nicht länger aufhalten, Signor Fusco. Haben Sie eine Telefonnummer, unter der wir Sie gegebenenfalls erreichen können?«

Auf der Suche nach einem Stift klopfte der Mann die Taschen seiner Bermudas ab, als sich draußen eine Frau mit riesiger Sonnenbrille näherte. Sie kam nicht von der Piazzetta, sondern aus der entgegengesetzten Richtung, war über und über mit Schmuck behängt, tief gebräunt und in ein schwarzes Gewand mit wildem Faltenwurf gehüllt. Man hätte sie für einen Filmstar halten können, inszeniert für die Paparazzi, die auf Capri immer zur Stelle waren, sobald weltberühmte Leute die Insel betraten.

Die Frau ergriff beim Hereinkommen Lorenzo Fuscos Arm und sagte mit tränenerstickter Stimme: »Es ist alles so furchtbar.« Dann wandte sie sich an Rizzi und Cirillo: »Buonasera, Agenti. Ich bin die Mutter von Alessandra. Wie Sie wahrscheinlich wissen, wurde meine Schwiegertochter heute ermordet.«

»Mein herzliches Beileid«, sagte Cirillo, stellte sich und ihren Kollegen Rizzi vor und nahm von Lorenzo Fusco noch die Telefonnummer entgegen, bevor dieser sich in seinen Laden gegenüber verzog.

»Danke, Agente. Aber mit Verlaub« – Grazia Nobile rang die Hände –, »haben Ihre Kollegen denn gar keinen Anstand? Alessandra wurde heute Nachmittag von einem Beamten der Kriminalpolizei unterrichtet, dass Rosalinda tot ist, auf bestialische Weise umgebracht wurde, und bevor sie überhaupt einen klaren Gedanken fassen konnte, haben sie sie mit Fragen bombardiert. Kennen die Kerle denn gar kein Erbarmen?«

»Waren Sie bei der Befragung dabei?«, erkundigte sich Rizzi.

Die Frau fuhr herum und musterte Rizzi von oben bis unten. »Meine Tochter hat es mir erzählt. Wir pflegen miteinander zu sprechen. Übrigens: Grazia Nobile ist mein Name – falls Ihnen das ein Begriff ist.« Sie überreichte Cirillo und Rizzi eine goldene Visitenkarte.

»Sie sind Immobilienmaklerin?«, fragte Cirillo.

»Richtig. *Nobile Immobiliare* – das bin ich.«

»Wann haben Sie Rosalinda Fervidi zuletzt gesehen?«, fragte Rizzi.

»Vergangene Woche.« Grazia Nobile legte sich mit gespreizten Fingern die Hand auf die Brust. »Ich kann Ihnen sagen, ich habe Rosalinda geliebt wie meine eigene Tochter.« Sie wandte sich ab und schaute auf die Gasse hinaus. »Ja«, nickte sie bestätigend, »wie meine eigene Tochter.«

»Signora Nobile«, sagte Cirillo, »ist Ihnen in letzter Zeit etwas an Rosalinda aufgefallen? War sie verändert?«

»Das dürfen Sie mich nicht fragen.« Grazia Nobile hob abwehrend die Hände. »Ich weiß nur, dass sie immer viel zu tun hatte. Sie war ein sehr fleißiges Mädchen.«

»Seit wann waren Rosalinda Fervidi und Ihre Tochter ein Paar?«, fragte Cirillo.

Grazia Nobile nahm ihre Sonnenbrille ab, und gerötete Augen kamen zum Vorschein. »Lassen Sie mich überlegen. Seit ungefähr zwei Jahren. Alessandra hat mit Rosalinda die Liebe ihres Lebens gefunden. Und glauben Sie mir: Nichts macht eine Mutter glücklicher.«

»Hatte Rosalinda Feinde?«, fragte Rizzi und nahm eine Handtasche vom Regal.

»Wenn ich das wüsste oder auch nur einen Verdacht hätte« – Grazia Nobile nahm Rizzi die Tasche aus der Hand und stellte sie wieder zurück –, »hätte ich es Ihnen garantiert schon gesagt.« Ihre Miene verdüsterte sich. »Ehrlich gesagt«, flüsterte sie, »habe ich Angst, Agenti. Vor allem um meine Tochter. Jemand hat Rosalinda umgebracht. Bedeutet es, dass auch Alessandra in Gefahr ist?«

»Das kann dieser Mann dir ganz bestimmt nicht sagen«, ertönte von draußen eine laute Stimme. Vor dem Laden stand ein Typ mit zurückgegelten schwarzen Locken, der über dem weißen Hemd ein eierschalenfarbenes Sakko mit Einstecktuch trug. Rizzi kannte ihn nur zu gut. Es war Carlo Pescatore, der Ex-Mann seiner Lebensgefährtin Gina.

»Was suchst du hier?«, fragte Rizzi so überrascht, dass es fast schon erfreut klang.

»Signor Pescatore ist mein Mitarbeiter«, erklärte Grazia Nobile.

»Da staunst du, was?«, blaffte Carlo Pescatore.

»Seit wann machst du in Immobilien?«, fragte Rizzi, der sich nicht erinnern konnte, Carlo jemals in etwas anderem als in Jogginghose und Hoodie gesehen zu haben.

»Das geht dich nichts an.« Carlo wedelte ungeduldig mit der Hand. »Und jetzt zieh Leine. Mit deiner verdammten Uniform versaust du Alessandra nur das Geschäft.«

»Ganz ruhig, mein Freund.« Rizzi verschränkte die Arme vor der Brust. »Falls du es noch nicht mitgekriegt hast: Rosalinda Fervidi wurde umgebracht, und wir führen hier die Ermittlungen. Also: Wenn du irgendetwas weißt – raus mit der Sprache.«

»Was soll ich wissen?« Carlo hob die Hände. »Ich habe mit der Sache nichts zu tun.«

»Warum regst du dich dann so auf?«

»Ich rege mich nicht auf.«

»Sicher?« Rizzi trat näher.

»Ein letztes Mal«, polterte Carlo Pescatore. »Verschwinde.«

»Noch ein Wort«, erklärte Rizzi, »und ich nehme dich fest.«

»Dass ich nicht lache!«

»Wegen Nötigung, Beamtenbeleidigung, Behinderung der Ermittlungen –«

»Sonst noch etwas?«, höhnte Carlo.

Rizzi fing Cirillos Blick auf – und beließ es dabei.

Als sie kurz darauf die Via Vittorio Emanuele wieder zurück zur Piazzetta gingen und außer Hörweite waren, fragte Cirillo: »Was war das?«

Rizzi zuckte die Achseln und erklärte, dass Carlo Pescatore nicht nur der Ex-Mann seiner Lebensgefährtin Gina, sondern auch der Vater ihrer elfjährigen Tochter Francesca war und dass das Kind bei Gina und ihm lebte. »Der Mann ist gewalttätig«, stellte Rizzi fest, »und ich traue ihm nicht über den Weg.«

Cirillo nickte – langsam daran gewöhnt, dass auf Capri anscheinend alle irgendwie miteinander verbandelt waren, und fragte mit Blick auf die goldene Visitenkarte: »*Nobile Immobiliare* – sind die seriös?«

Rizzi rückte seine Polizeimütze auf dem Kopf zurecht. »Die Tatsache, dass Carlo Pescatore dort arbeitet, spricht nicht für den Laden. Aber ansonsten ist mir noch nichts Gegenteiliges zu Ohren gekommen.« Er schaute Cirillo von der Seite an. »Warum? Suchst du eine Wohnung?«

Cirillo gab sich unentschlossen und erklärte vage, wenn sich etwas ergäbe, würde sie darüber nachdenken, ihr Zimmer in Anacapri, an der Via Pagliaro, aufzugeben und etwas zu mieten, das geräumiger und weniger provisorisch wäre. »Wenn es bezahlbar ist«, fügte sie hinzu.

Sie überquerten die Piazzetta. Am frühen Abend gab es hier keine Besucherströme mehr. Stattdessen flanierten Damen in luftigen Kleidern und Herren im Leinenanzug auf und ab. Eilig hatten es nur die Leute, die bis jetzt gearbeitet hatten und das nächste *aliscafo* aufs Festland kriegen wollten. Wie die Leute sich unterhielten, ihre Aperitifs tranken, Nüsse und Oliven aßen und dabei ihre Blicke schweifen ließen – das hatte etwas vollkommen Entspanntes. Rizzi war einerseits erleichtert zu sehen, wie wenig die Menschen der Mord tangierte, der wenige Meter entfernt begangen worden war. Und andererseits machte ihn genau das fassungslos und beinahe wütend. Als hätte hier, wenige Meter entfernt, nie ein Verbrechen stattgefunden. Doch man musste es wohl so sehen: Die Gleichgültigkeit der Leute war wieder mal der Beweis für die unsichtbare Mauer, die die Welt der Besucher von der Welt der Einheimischen trennte.

7

Rizzi und Cirillo schauten fast synchron auf ihre Armbanduhren. Es ging auf neunzehn Uhr zu. Sie hatten längst Feierabend.

»Sehen wir uns noch einmal in der Kirche um?«, fragte Rizzi.

»Genau das wollte ich dir auch gerade vorschlagen«, antwortete Cirillo.

Das Flatterband vor der Kirche war entfernt worden, die Schaulustigen waren verschwunden. Rizzi öffnete das massive Portal, und sie traten ein. Während Cirillo im Seitenschiff an der Tafel mit den Bekanntmachungen und den kleinen Altären entlang zum Beichtstuhl spazierte, blieb Rizzi stehen, schaute den Mittelgang hinunter und nahm seine Mütze ab.

Das Licht der Abendsonne fiel durch die oberen Kirchenfenster, streifte das große Kruzifix, das neben dem Hauptaltar an der weiß getünchten Wand angebracht war, und brachte Jesus am Kreuz zum Leuchten, den geneigten Kopf, das bleiche Gesicht mit den geschlossenen Augen und die ans Holz genagelten Arme. So hatte Rizzi das Kruzifix noch nie gesehen, und so sah es vielleicht nur in diesen Minuten, bei diesem Sonnenstand, aus.

Das Quietschen von Cirillos Schuhsohlen auf dem glatten Boden war verstummt. Weihrauchgeruch hing in der Luft, und Rizzi wurde von einer seltsamen Stimmung erfasst. So viel war in dieser Kirche schon geschehen. Er war hier getauft worden – wie auch seine beiden Schwestern. Und er hatte hier geheiratet, wie auch seine Eltern und seine älteste Schwester Valentina hier geheiratet hatten – mit dem einzigen Unterschied, dass allein Rizzis Ehe gescheitert war. Und auch wenn er sich kein zweites Mal trauen lassen durfte, weil die Kirche ihm das heilige Sakrament der Ehe beim zweiten Mal verweigerte, würde er hier eines Tages sein Kind taufen lassen, das Gina ihm hoffentlich in nicht allzu ferner Zukunft schenkte. Und irgendwann, wenn die Zeit gekommen war, würde er hier seine Eltern verabschieden, wie er selbst hier wohl auch einmal verabschiedet werden würde. Und bei allem, was er der Kirche vorwarf, ihren Reichtum, ihre Heuchelei, die verkrusteten Strukturen, würde er sich trotzdem nie von ihr lossagen. Die Kirche und Padre Ivano waren wie Familie, Nachbarn oder Freunde: Man stritt sich, aber man trennte sich nicht von ihnen. Sie gehörten zum Leben dazu und waren einfach immer da.

Er ging langsam durchs Mittelschiff und bemerkte erst jetzt, dass es außer Cirillo und ihm noch einen dritten Besucher in der Kirche gab, der sich in der vorderen Bank, dicht am Altar, niedergelassen hatte. Der Mann hatte braunes krauses Haar und an Arm und Hals ein Tattoo. Aus dem Ausschnitt seines T-Shirts lugte der Kopf eines Salamanders, der mit seiner Zungenspitze fast das Ohrläppchen des Mannes berührte. Umberto Fervidi, der Halbbruder von Rosalinda Fervidi, saß reglos da, den Oberkörper vornübergebeugt, die Arme auf der Vorderbank ineinander verschränkt und den Kopf darin vergraben. Rizzi trat in die Bank und setzte sich neben ihn.

Ohne aufzuschauen, sagte der Mann: »Wissen Sie, was Rosalinda nach Papàs Tod damals zu mir gesagt hat?« Der Mann atmete hörbar aus. »Kümmer dich um Nonno Dino, falls ich vor ihm sterbe und nicht mehr da bin, hat sie gesagt.« Er hob den Kopf. »Und ich habe zu ihr gesagt: Spinnst du? Aber sie hat nur mit den Schultern gezuckt.« Er schaute zum Kruzifix hinauf und murmelte: »Als hätte sie geahnt, dass ihr eines Tages etwas zustößt.«

»War sie in krumme Geschäfte verwickelt?«, fragte Rizzi, während Cirillo auf der Kirchenbank schräg hinter ihnen Platz nahm.

Umberto schloss die Augen, als wollte er seine Tränen unterdrücken. Er schüttelte den Kopf. »Ich kann es mir nicht vorstellen«, erklärte er heiser. »Aber ich habe keine Ahnung. Sie hat mit mir nie über geschäftliche Dinge gesprochen. Alles, was ich damals dachte, war: Warum sollte ausgerechnet ich mich um Nonno Dino kümmern? Hat er sich jemals um mich gekümmert? Im Ernst. Ich wollte nicht auf diese Scheißinsel und schon gar nicht zu Nonno Dino. Niemals. Aber Rosalinda hat nicht lockergelassen. Hat mich bequatscht und gesagt, ich solle mir von Nonno das Fischen beibringen lassen.«

»Und, haben Sie es gelernt?«, fragte Rizzi.

Umberto Fervidi zuckte die Achseln. »Es ist anstrengend.«

»Wie alt sind Sie?«, fragte Rizzi.

»Sechsundzwanzig.«

»Wann haben Sie Ihre Schwester zuletzt gesehen?«

»Vorgestern«, sagte Umberto. »Sie kam, hat gekocht und ist wieder gegangen.«

»Das heißt, sie wohnt nicht oben bei Ihnen und Dino in Moneta?«, fragte Cirillo von hinten. Sie hatte wieder ihr Notizbuch aufgeschlagen.

»Schon lange nicht mehr«, antwortete Umberto, ohne sich zu Cirillo umzudrehen. Er drückte mit den Fingern an seine Schläfen. »Seit ich auf Capri bin, wohnte sie in Anacapri bei ihrer ›Frau‹.« Umberto zeichnete mit den Fingern Anführungszeichen in die Luft. »Und kam, wie gesagt, ein-, zweimal in der Woche, um für uns zu kochen.« Er lächelte schief. »Obwohl man nicht behaupten kann, dass sie besonders gut darin war.«

»Hat es Sie gestört, dass Ihre Halbschwester lesbisch war und das vor aller Welt zeigte?«, fragte Cirillo.

Umberto Fervidi verzog das Gesicht. »Na ja, so normal, wie alle immer tun, finde ich es nicht. Aber letztlich war es ihre Sache und ging mich auch nichts an.«

»Hat sie erzählt, was sie beschäftigt oder ob es Probleme gab?«, fragte Cirillo. »Fühlte sie sich bedroht, oder war sie in Schwierigkeiten?«

Umberto zuckte die Schultern. »Das Gleiche hat mich der Typ von der Kriminalpolizei auch gefragt. Aber ich kann nur immer wieder sagen: Ich habe keine Ahnung. Mir ist nichts an Rosalinda aufgefallen. Höchstens, dass sie manchmal etwas abwesend gewirkt hat.« Er schaute wieder zum Kruzifix empor. »Aber vielleicht kommt es mir auch nur so vor, weil ich weiß, dass sie nicht mehr am Leben ist.«

Rizzi schaute den Mann von der Seite an, und ihm fiel

auf, dass sein Gesicht beinahe kindliche Züge trug und hier in der Kirche ganz blass wirkte.

»Es tut mir sehr leid, was passiert ist«, sagte Rizzi. »Mein herzliches Beileid.«

Umberto Fervidi drehte überrascht den Kopf zur Seite und blickte Rizzi fast dankbar an, als wäre er der Erste, der ihm kondolierte.

»Wohin ist Ihre Schwester gegangen«, fragte Cirillo, »nachdem sie vorgestern bei Ihnen war und gekocht hat?« Sie blätterte in ihrem Notizbuch eine Seite um.

Umberto Fervidi zog angestrengt seine Stirn in Falten. »Keine Ahnung«, sagte er. »Vielleicht in die Boutique? Oder in die Werkstatt?« Er schien plötzlich zu frösteln. »Fragen Sie Alessandra«, sagte er mit belegter Stimme. »Vielleicht weiß sie mehr.« Er erhob sich.

»Seit wann haben Sie das Tattoo?«, fragte Cirillo. »Der Salamander sieht sehr schön aus. Ein richtiges Kunstwerk.«

»Danke«, antwortete Umberto Fervidi. »Ich habe ihn mit der Zeit immer mehr perfektionieren lassen.«

»Hat er eine besondere Bedeutung?«

»Wenn ich als Kind bei Nonno Dino zu Besuch war, hat er mir immer vom blauen Salamander auf den Faraglioni-Felsen erzählt. Ich habe diese Geschichten geliebt. Aber der blaue Salamander ist in Wahrheit ein Mythos.«

»Ah ja?«, fragte Cirillo.

»Eigentlich lebt dort die *lucertola azzurra,* und das ist eine Eidechse.«, erklärte Umberto Fervidi. »Das weiß fast niemand. Alle kommen nach Capri gepilgert, gaffen auf das Wahrzeichen, und sie, die blaue Eidechse, kommt von dort nicht weg. Schwimmen kann sie ja nicht. Und weil sie auf den Felsen gefangen ist, hat sie sich der Gesteinsfarbe angepasst.« Umberto streichelte mit der Hand über die Zeichnung auf seinem Arm. »So können die Raubvögel sie nicht entdecken, und sie wird nicht gefressen.«

»Und warum spricht Nonno Dino dann vom blauen Salamander und nicht von der blauen Eidechse?«, fragte Cirillo.

»Viele nennen sie hier so«, erklärte Umberto Fervidi. »Ich weiß nicht, warum.«

Rizzi legte ihm eine Hand in den Nacken. »Ich finde, du solltest langsam nach Hause gehen«, sagte er. »Nonno Dino sollte jetzt nicht alleine sein. Und du auch nicht.«

Umberto blickte auf, als hätte er daran überhaupt nicht gedacht. Dann nickte er, erhob sich, schaute sich unschlüssig um, grüßte und trottete Richtung Portal. Er verließ die Kirche, nicht ohne sich noch einmal zu bekreuzigen.

Rizzi und Cirillo blieben auf ihren Sitzbänken zurück. Keine zehn Schritte entfernt war der Beichtstuhl, der wohl nie mehr einfach nur ein Beichtstuhl sein würde, sondern immer der Ort, an dem Rosalinda Fervidi tot aufgefunden wurde. Den Vorhang zum Bänkchen, auf dem sie – mutmaßlich von Täter oder Täterin – abgesetzt worden war, hatte jemand beiseitegeschoben und daneben ein Tischchen aufgebaut, auf dem eine Kerze brannte und eine Vase mit Blumen stand. Ein Foto von Rosalinda Fervidi gab es nicht. Es würde sicher bald aufgestellt werden, wenn Padre Ivano es erlaubte, und mit Sicherheit würden die Leute noch mehr Blumen bringen und ablegen.

»Mal sehen, was die Untersuchung von Salvatores Müllsack ergibt«, sagte Cirillo und klappte ihr Notizbuch zu.

»Wo ist eigentlich Salvatores Wagen mit dem Müllsack?«, fragte sie. »Und wo war der Wagen, als wir heute Mittag in die Kirche kamen?«

Rizzi schaute sich suchend um. »Ich kann mich nicht erinnern, den Müllwagen gesehen zu haben. Ich habe allerdings auch nicht darauf geachtet.«

»Und wenn Neapel auch nicht darauf geachtet hat? Weil sie gar nichts von Wagen und Müllsack wissen und ihnen niemand davon erzählt hat?« Cirillo verstaute ihr Notizbuch in der Seitentasche ihrer Uniformhose. »Wenn es stimmt, dass er hier drinnen und draußen vor der Kirche gefegt hat, bis er die Leiche entdeckte, könnte sich in seinem Müllsack ein Hinweis auf den Täter befinden: eine Zigarettenkippe, ein Taschentuch, vielleicht auch nur ein Haar. Oder mit etwas Glück sogar der Gegenstand, mit dem Rosalinda umgebracht wurde.«

Rizzi nickte zustimmend. So weit hatte er noch gar nicht gedacht.

»Wo parkt Salvatore normalerweise seinen Wagen?« Cirillo stand auf.

»Komm mit. Ich zeig's dir.« Rizzi nahm seine Mütze.

Die Kammer hinter der Kirche war dunkel, klein und roch muffig, und der Schlüssel lag in der Fensteröffnung, zwischen den Gitterstäben. Alte Eisenreifen lehnten an der Wand, wie sie früher benutzt wurden, um Fässer zusammenzuhalten, Bambusstangen in verschiedenen Längen und einzelne Bretter. Von Salvatores Müllwagen war nichts zu sehen.

»Also doch beschlagnahmt«, stellte Rizzi fest.

»Den ganzen Wagen?«, fragte Cirillo zweifelnd. »Man

würde doch nur den Müllsack beschlagnahmen. Dann müsste der Karren irgendwo sein.«

In diesem Moment öffnete sich die Tür zur Sakristei. Der Blumenhändler Giuseppe Ruffini trat heraus, gefolgt von Padre Ivano in seiner Soutane, mit dem Saturno auf dem Kopf, dem schwarzen kreisrunden Hut mit weiter Krempe. Der Padre stützte sich auf den Arm von Giuseppe Ruffini, hob den Kopf, betrachtete Rizzi und Cirillo, als wäre er an ihren ständigen Anblick in und um seine Kirche herum schon gewöhnt, und sagte: »Ich werde für Salvatore beten.«

»Mit Verlaub, Hochwürden.« Rizzi nahm seine Mütze ab. »Es war ein Fehler, ihm den Schlüssel für die Kirche anzuvertrauen. Die Aufgabe war zu groß für ihn. Er ist labil, verliert schnell die Übersicht und kann Menschen und Situationen oft nicht richtig einschätzen.«

Padre Ivano neigte den Kopf zur Seite, als hätte er sich verhört. Dann lächelte er nachsichtig. »Salvatore ist ein Teil unserer Gemeinschaft«, erklärte er. »Er will sich einbringen und Verantwortung übernehmen. Weder das eine noch das andere werde ich ihm abschlagen.«

»Und deshalb haben wir jetzt ein Problem«, bemerkte Rizzi. »Mit dem Schlüssel und seinem exklusiven Zugang zur Kirche zählt Salvatore zum Kreis der Verdächtigen.«

»Die Wahrheit wird ans Licht kommen. So oder so.« Padre Ivano streckte seinen Arm aus und legte seine Hand auf Rizzis Kopf. »Der Herr möge dir Kraft geben für deine Aufgabe und deine Schritte in die richtige Richtung lenken.« Die Hand blieb sekundenlang auf Rizzis Kopf liegen, bis der Padre sagte: »Amen.«

Giuseppe Ruffini bekreuzigte sich. »Die Welt ist aus den

Fugen, Padre«, stellte er bekümmert fest. »Woran soll man denn noch glauben?«

»An das Gute, mein Sohn«, mahnte Padre Ivano, »an das Gute.«

Cirillo trat vor. »Wir suchen den Wagen von Salvatore«, erklärte sie. »Das Gefährt mit dem Müllsack. Wissen Sie, wo er abgeblieben ist?«

»Das Wägelchen von Salvatore?«, wiederholte der Padre und wandte sich hilfesuchend an Giuseppe Ruffini. »Ich habe es weggeschoben.«

»Wohin?«, fragte Cirillo.

»In den Gang«, bestätigte Giuseppe Ruffini und hob wissend den Finger. »Hochwürden hat Salvatores Müllwagen in den Gang zur Sakristei geschoben, und von dort habe ich ihn raus in den Hof gebracht, weil ich fand, dass Salvatores Müllwagen in der Sakristei genauso wenig zu suchen hat wie in der Kirche.«

»Haben die Leute von der Spurensicherung sich nach dem Müllsack erkundigt oder ihn beschlagnahmt?«, fragte Rizzi.

Giuseppe Ruffini hob die Hände, als könne er zu diesem Thema gar nichts sagen, und Padre Ivano erklärte erschöpft: »Die Leute haben mir so viele Fragen gestellt und in so viele Ecken geguckt, dass ich mich an Einzelheiten nicht erinnern kann.« Der Padre wandte sich zum Gehen: »Wenn ihr mich jetzt entschuldigt. Es war ein sehr anstrengender Tag.«

Nachdem Giuseppe Ruffini die Tür zum gegenüberliegenden Pfarrhaus geöffnet hatte und der Padre darin verschwunden war, schloss er das Tor zum kleinen Hof an der Kirche auf und ließ Rizzi und Cirillo eintreten.

Rizzi war einst regelmäßig über diesen Hof in die Kirche

gelangt, als er noch Ministrant war, zusammen mit seinem besten Freund Alberto. Sie hatten Padre Ivano vor dem Gottesdienst in seine Gewänder geholfen, ihm bei der Gabenbereitung die Hostienschale gereicht, den Kelch, das Tuch, und er war damals wahnsinnig stolz gewesen, für diese Aufgaben auserwählt worden zu sein. Padre Ivano war in seinen Augen schon damals ein alter Mann gewesen.

Der Wagen stand in der Ecke, zwischen einer Agave und einem Kaktus, und bestand aus einem Kasten für den Müllsack, zwei Griffen und zwei schiefen Rädern. Der Besen klemmte in der dafür vorgesehenen Halterung.

Giuseppe Ruffini tätschelte das verschrammte Metall. »Wie konnte unser Salvatore nur verhaftet werden? Es klingt so absurd, nicht wahr?«

»Was haben Sie eigentlich mit der Kirche und Padre Ivano zu tun, Signor Ruffini?«, fragte Cirillo.

Dieser drehte sich verwirrt zu Cirillo herum. »Wie meinen Sie das?«

»Sind Sie hier angestellt?«, fragte Cirillo.

»Giuseppe kümmert sich um den Blumenschmuck in der Kirche«, erklärte Rizzi, »und – wie viele andere auch – um den Padre.«

»Wann waren Sie zuletzt in der Kirche?«, fragte Cirillo.

»Vorgestern.« Giuseppe klang etwas beleidigt. »Alle drei Tage bin ich hier, um die Blumen zu arrangieren und auszutauschen.«

»Und heute?«, fragte Cirillo. »Wann sind Sie heute in die Kirche gekommen?«

»Als ich erfuhr, dass Rosalinda tot ist. Ich habe sofort alles stehen und liegen lassen.«

»Kannten Sie sie?«, fragte Cirillo.

»Rosalinda? Natürlich kannte ich sie.« Giuseppe Ruffini stemmte seine Hände in die Hüften. »Wir kannten sie alle.«

»Das Schicksal von Salvatore scheint die Gemüter fast mehr zu erregen als der Tod von Rosalinda«, stellte Cirillo fest.

»Rosalinda ist tot, und das ist unfassbar«, erklärte Giuseppe Ruffini mit zitternder Stimme. »Aber Salvatore lebt, und er ist unschuldig.«

»Wer – außer Padre Ivano und Salvatore – hat noch einen Schlüssel zur Kirche?«, fragte Rizzi und legte seine Hand beruhigend auf Giuseppes Schulter.

»Niemand.«

»Passt Salvatores Schlüssel auch zur Sakristei?«, fragte Cirillo.

»Nein.« Giuseppe Ruffini schüttelte den Kopf. »Mit der Sakristei hat Salvatore nichts zu tun. Es ist seine Aufgabe, vorne das Kirchenportal zuzuschließen, bevor er nach Hause geht. Und diese Aufgabe hat er sehr ernst genommen. Es hat auch nie Probleme gegeben. Jedenfalls sind mir keine zu Ohren gekommen.«

»Danke, Giuseppe«, sagte Rizzi. »Du kannst gehen. Wir schauen uns hier noch um.« Er gab Giuseppe einen tröstenden Klaps, bevor der Mann mit gesenktem Kopf durchs Tor auf die Gasse verschwand.

Als sie allein waren, klappte Rizzi den Deckel vom Blechkasten hoch. Cirillo holte Einweghandschuhe hervor, überreichte Rizzi ein Paar und streifte das andere selbst über. Gemeinsam lösten sie den Sack aus seiner Halterung, hoben ihn heraus und schütteten den Inhalt aus.

Vor ihnen lag, was Salvatore mutmaßlich in den Morgenstunden in der Kirche und um die Kirche herum zusammengefegt hatte: Plastikbecher, zusammengeknüllte Servietten, ein Werbeprospekt für Tagesausflüge, der Kulturteil einer Tageszeitung, eine Atemschutzmaske, Aprikosenkerne, Stanniolpapier, die Verpackung eines Versandunternehmens, Reste von Tramezzini – und ein Stück Band, das sich bei genauerem Hinsehen als Schnürsenkel entpuppte. Der Senkel war ausgefranst und schmutzig und musste ursprünglich mal weiß gewesen sein.

Cirillo separierte den Schnürsenkel von den übrigen Hinterlassenschaften, steckte ihn in eine kleine Tüte aus durchsichtigem Plastik und schlug vor, den Rest des Mülls wieder in den Sack zu stecken und ihn am nächsten Tag nach Neapel zu überstellen – ohne dabei die Kollegen auf ihre schlampig durchgeführten Ermittlungen hinzuweisen.

8

Es ging auf neun Uhr zu, als Rizzi mit seinem Motorroller von der Gasse in den Hof einbog und vor der Waschküche, neben den leeren, übereinandergestapelten Transportkisten, zum Stehen kam. Der Fiat Cinquecento parkte hübsch in der Mitte, wie Rizzis Mutter nun mal zu parken pflegte, ohne daran zu denken, dass der Vater, wenn er später müde aus den Gärten und von seiner letzten Tour zurückkam, mit der Ape kaum noch Platz fand. Seit Rizzi den Fiat wieder flottgemacht hatte, wurde er hauptsächlich von seiner Mutter Marta benutzt, und mit den Stellflächen im Hof wurde es knapp.

Rizzi nahm seinen Helm ab, hängte ihn an den Lenker und fuhr mit der Hand über die Beifahrertür und die wasserblaue Lackierung des Cinquecento. Über eine Länge von mindestens fünfzehn Zentimetern war ein hässlicher breiter Streifen aus parallel verlaufenden Kratzern zu sehen, wie sie entstanden, wenn man zum Beispiel in einer Gasse die Kurve nicht bekam und an der Hauswand entlangschrammte. Den Schaden zu beheben würde viel Aufwand bedeuten, mehr noch, als den Dellen in der hinteren Stoßstange beizukommen – ein weiteres Zeugnis von Martas unbekümmertem Fahrstil.

Auch wenn Rizzi es nicht so geplant hatte, als er die Wiederinstandsetzung des alten Cinquecento in Angriff nahm, war es gut und richtig und ganz in seinem Sinne, dass Marta jetzt das Auto nutzte. Wegen Schmerzen im Knie war sie zuletzt in ihrer Bewegungsfreiheit stark eingeschränkt gewesen und hatte immer öfter auf Besuche bei Freundinnen oder in den Gärten verzichtet. Sie genoss es, ihren Aktionsradius nun wieder erweitern zu können – und das auch noch mit einem Auto, das ihr von früher vertraut war, aus ihrer ersten Zeit mit Vito, als sie – wahrscheinlich ähnlich unbekümmert, aber mit größerem Überblick – mit dem Wagen herumgekurvt war, bis dann irgendwann die Kinder kamen, zuerst Valentina, dann Barbara und schließlich er, Enrico, der Cinquecento zu klein wurde und über drei Jahrzehnte im Schuppen, hinter dem Gerümpel, vor sich hin schlummerte.

»Enrico!«, hörte er die Stimme seiner Mutter, als er aus dem Korb auf der Außentreppe zwei Auberginen klaubte und unter den Tomaten nach den überreifen suchte, bevor er die Stufen hinaufstieg. Die Tür zur Wohnung seiner Eltern im ersten Stock stand offen. Es duftete nach Majoran, und ein Gewirr aus verschiedenen Stimmen war zu hören.

»Es war ein langer Tag, Mamma«, sagte er und trat im aufgeknöpften Polizeihemd, mit den Auberginen und Tomaten im Arm, in die Küche.

Marta hatte zum Gedenktag des kleinen Vito eine Kerze angezündet, die neben der Gipsfigur von Padre Pio auf dem Regal über der Küchenbank stand. Darunter saßen Nicoletta Silvestri, Loretta Nesta und Gaia Maldini – allesamt Freundinnen von Marta und Rizzi seit frühester Kindheit bekannt und vertraut. Der Tisch vor ihnen war bedeckt mit

Kartoffeln, Schüsseln, Schneidebrettern, Messern, Espressotassen und Gefrierbeuteln.

Rizzi hatte die Frauen noch nicht begrüßt, als sie ihn alle gleichzeitig mit Fragen bestürmten. Wollte Rosalinda Fervidi in der Kirche die Beichte ablegen?, hörte Rizzi heraus. War Padre Ivano in Lebensgefahr? Und: Hat der Täter die Kirche verwüstet, ein Blutbad angerichtet oder gar den Beichtstuhl beschädigt?

Während die Fragen auf Rizzi einprasselten, kam ihm der Verdacht, dass die Frauen gar nicht in erster Linie da waren, um Marta beim Kartoffelschälen zu helfen, was bei der unverkäuflichen Ausschussware aus ihren eigenen Gärten mit den vielen schadhaften Stellen eine verdammte Schinderei war, sondern dass es ihnen darum ging, von einem Polizisten Informationen aus erster Hand und Details zu dem Fall zu bekommen, der die Insel seit dem Morgen in Atem hielt. Marta schien das Angenehme mit dem Nützlichen zu verbinden, hatte also die Frauen zur Mitarbeit verdonnert und ihnen im Gegenzug höchstwahrscheinlich Informationen versprochen.

»Tut mir leid«, sagte Rizzi, »aber da gibt es nichts zu erzählen.«

»Setz dich.« Marta rückte ihm einen Stuhl zurecht.

»Rosalinda Fervidi ist tot«, erklärte Rizzi, »und selbst wenn ich wollte, dürfte ich über laufende Ermittlungen nichts verraten.«

»Sie war so ein tüchtiges Mädchen«, hauchte Loretta Nesta mit Tränen in den Augen. »Und noch dabei, ihren Weg zu finden.«

»Sie war eine verlorene Seele«, ergänzte Nicoletta Silvestri. »Und die Eltern waren nie für sie da. Sie hatten sich ja schon getrennt, als sie noch ganz klein war. Oder irre ich mich?« Sie rang die Hände. »Gütiger Gott, nimm sie auf in dein Reich.«

»Rosalinda war schon als Kind ein Wildfang«, stellte Gaia Maldini nüchtern fest und schob die wenigen Haare, die ihr noch geblieben waren, auf ihrem Kopf zurecht. »Und dass das nicht gut enden wird, war mir immer klar. Auch wenn ich mir ein solches Ende niemals vorgestellt hätte.«

»Enrico wird sich kümmern und den Fall aufklären«, erklärte Marta in beruhigendem Ton und betrachtete ihren Sohn mit Stolz, aber auch mit Sorge.

»Na, ganz bestimmt«, meinte Gaia Maldini trocken. Enttäuscht nahm sie ihre Arbeit wieder auf und fuhr mit leicht verärgerter Miene fort, die klein geschnittenen Kartoffeln portionsweise abzupacken und die Gefrierbeutel zuzuknoten.

Als Rizzi ein Stockwerk höher seine Wohnung betrat, legte er das Gemüse auf dem Küchentisch ab, zog sich auf dem Weg ins Schlafzimmer die Schuhe aus, warf sein Uniformhemd über den Stuhl, zog die Hose aus und ging ins Bad.

Unter der Dusche fragte er sich, welche Spuren Scotto und die Beamten aus Neapel, mal abgesehen vom Müllsack, noch übersehen hatten – nur weil man glaubte, den Täter schon gefasst zu haben. Er nahm sich vor, morgen sofort Kontakt zu Commissario Serra in der Questura aufzunehmen, notfalls über den Kopf von Ispettore Lombardi hinweg, und ihm seine Sorge mitzuteilen, dass man sich viel zu früh auf einen mutmaßlichen Täter festlegte, der mit der Sache aber ganz sicher nichts zu tun hatte. Er schloss unterm Wasserstrahl die Augen und versuchte, den Gedanken an den armen Salvatore zu verscheuchen, der nun die Nacht im Untersuchungsgefängnis an der Via Medina in Neapel verbringen musste.

Er trocknete sich ab, streifte die kurze Jogginghose und ein sauberes T-Shirt über und machte sich in der Küche an die Arbeit. Während er Öl und Butter in der Pfanne ausließ und die Schale von der Zwiebel löste, hörte er im Hof Ginas Motorroller, kurz darauf Francescas schnelle Schritte auf der Treppe und die Stimme von Marta: »Francesca! Schau mal, was ich für dich habe!«

Er hörte, wie das Kind jetzt, kurz vor dem Abendessen, ein Stockwerk tiefer bei seiner Mutter verschwand und wahrscheinlich mit Keksen versorgt wurde, während Gina zur Wohnungstür hereinkam.

»Wie war's?«, rief Rizzi über seine Schulter.

»Richtig gut!« Gina hatte noch ihren Motorradhelm auf dem Kopf, sah erhitzt aus und stellte die Einkaufstüten ab. »Der kleine Ernesto kommt langsam aus sich heraus und ist an der Gitarre unschlagbar, und Francesca war vom Schlagzeug gar nicht mehr wegzubekommen.« Gina hob einen Beutel mit Mozzarella aus der Tüte, während Rizzi ihr den Helm abnahm und sie küsste.

»Was für eine schreckliche Geschichte«, sagte Gina leise, nahm sein Gesicht in ihre Hände und schaute ihn prüfend an. »Hast du sie gesehen?«

Rizzi lehnte seine Stirn an ihre und kämpfte mit den Tränen. Als hätte Gina mit ihren Worten genau den Knopf gedrückt, den er auf keinen Fall gedrückt haben wollte, und das Bild aus der Kirche heraufbeschworen, das er gerne verdrängt hätte: Rosalindas lebloser Körper im Beichtstuhl, in sich zusammengesunken wie eine Puppe.

»Es tut mir so leid«, flüsterte Gina und strich ihm eine Locke aus der Stirn. »Es ist so schrecklich. Wer tut so etwas?«

»Ich werde es herausfinden«, sagte Rizzi. »Ich verspreche es dir.«

Als er kurz darauf den Weißwein aus dem Kühlschrank holte, fragte er: »Weißt du, wen ich zufällig getroffen habe?« Er nahm zwei Gläser vom Regal. »Carlo. Und jetzt halt dich fest. Du glaubst nicht, für wen er arbeitet.« Er löste den Schraubverschluss von der Flasche. »Für *Nobile Immobiliare.*«

»Ich weiß«, antwortete Gina.

»Woher?«, fragte Rizzi überrascht, mit der Flasche in der Hand, während Gina den Mozzarella aus der Tüte in eine Schüssel gleiten ließ.

»Er hat dort, glaube ich, schon im vergangenen Monat angefangen.«

»Wann hast du ihn getroffen?«, fragte Rizzi – vielleicht eine Spur zu scharf. »Und warum weiß ich nichts davon?«

»Jetzt beruhig dich mal«, erwiderte Gina. »Er ist der Vater von Francesca.«

Rizzi schnitt die Aubergine der Länge nach in zwei Hälften, trennte die Hälften in Viertel und begann, sie mit kurzen Schnitten klein zu schneiden, während Gina fortfuhr: »Ich habe Carlo getroffen, wie ich ihn schon oft getroffen habe und immer wieder treffen werde, um ihn, verdammt

noch mal, daran zu erinnern, gefälligst seinen Unterhalts-
pflichten nachzukommen. Und Francesca nicht ständig
leere Versprechungen zu machen. Und sich ansonsten aus
meinem Leben herauszuhalten. Das ist alles.« Gina legte
den Pecorino und ein Stück Provolone unter die Käseglocke
und faltete das Papier. Dann holte sie Teller aus dem Schrank
und verschwand damit auf die Terrasse.

Rizzi gab die klein geschnittene Aubergine zum Anbra-
ten in die Pfanne, halbierte die Zwiebel und kämpfte gegen
den Verdruss, dass es einen Teil in Ginas Leben gab, einen
Bereich, in dem er nichts zu suchen hatte und bei dem er
immer außen vor sein würde. Durch Francesca würden
Gina und Carlo immer verbunden bleiben. Rizzi liebte
Francesca, als wäre sie sein eigenes Kind, aber das war sie
nun mal nicht. Sie war das gemeinsame Kind von Gina und
Carlo. Mit ihm musste Gina ihre Absprachen treffen, auf
die er keinen oder nur bedingt Einfluss hatte und die ihn
streng genommen auch gar nichts angingen.

»Auberginen?«, fragte Francesca, als sie mit schokoladen-
verschmiertem Mund in die Küche getrottet kam, und fügte
hoffnungsvoll hinzu: »Mit Pasta?«

»Mit Pasta«, bestätigte Rizzi, während er die Zwiebeln
zur Aubergine in die Pfanne gab und begann, die Tomaten
zu vierteln. Sie würden den Auberginen, wenn sie kurz vor
dem Anbrennen waren, den Saft geben, den sie brauchten,
um ihr volles Aroma zu entwickeln.

Francesca machte sich daran, den Parmesan zu reiben,
und berichtete, dass sie mit Ernesto und ihrem besten
Freund Stefano eine Band gründen wollte und dass ihr Papà
ihr dafür ein Keyboard kaufen würde.

»Aber du spielst doch Schlagzeug«, wandte Rizzi ein.

»Das bekomme ich ja außerdem«, erklärte Francesca nachsichtig, nahm die Schüssel mit dem geriebenen Parmesan und sagte, bevor sie damit auf die Terrasse hinausging: »Das Keyboard ist für Stefano.«

Als die Pasta vor ihnen auf den Tellern dampfte, kam Gina auf das Thema zurück und legte Francesca ihre Hand auf den Arm: »Du musst dich einfach bloß nicht wundern, Schatz, wenn Papàs großen Versprechungen keine Taten folgen«, sagte sie. »Warum nutzt ihr für eure Band nicht erst mal die Instrumente an der Musikschule?«

»Weil wir keine Anfänger sind.«

»In der Gruppe schon.«

Francesca ließ ihre Gabel in den Teller fallen und rief: »Immer willst du nicht, dass Papà mir etwas schenkt!«

»Das stimmt nicht.«

»Doch. Und machst alles schlecht.«

»Ich bin mir ziemlich sicher, dass die Anschaffung von Schlagzeug und Keyboard Papàs finanzielle Möglichkeiten übersteigt«, erklärte Gina nüchtern. »Ich will nicht, dass du dir falsche Hoffnungen machst.«

»Papà sagt, dass er demnächst einen Deal abschließt, bei dem er auf einen Schlag mehr Geld verdient als ein Beamtenarsch im ganzen Jahr.«

»Das hat er gesagt?«, fragte Rizzi ironisch.

»Und was hat er noch gesagt?«, fragte Gina und ignorierte Rizzis Blick, mit dem er ihr sagen wollte, dass sie Francesca nicht zu sehr über ihren Vater aushorchen sollte.

»Dass seine Chefin ihm aus der Hand frisst.« Francesca schaufelte sich eine große Portion Pasta in den Mund.

»Halt die Gabel richtig«, mahnte Gina, »und iss langsam.«

»Ich hasse Tomatenschalen!«

»Dann zieh du sie das nächste Mal ab, bevor sie gekocht werden.«

Als Gina und Francesca das Geschirr abräumten und in der Wohnung verschwanden, holte Rizzi seinen Tabak und die Blättchen hervor und begann, sich eine Zigarette zu drehen. Während im Bad noch eine Weile weitergeschimpft und gestritten wurde, drangen aus der Wohnung ein Stockwerk tiefer die ruhigeren Stimmen seiner Eltern. Er verstand kein Wort und hätte trotzdem darauf wetten können, dass sein Vater dabei war zu berichten, wie viele Zucchini, Auberginen und Tomaten er heute Abend bei seiner letzten Runde an die Restaurantküchen ausgeliefert hatte. Die Nachfrage nach frischem Gemüse war in diesem Sommer so groß, dass sie mit dem, was die Gärten hergaben, nur schwer befriedigt werden konnte.

Rizzi rollte den Tabak ins Blättchen, fuhr mit der Zungenspitze am Papier entlang, holte sein Feuerzeug aus der Hosentasche und sah, dass sein Telefon den Eingang einer Nachricht anzeige. Teresa Villa hatte bereits vor über einer Stunde geschrieben, dass Ispettore Lombardi morgen Vormittag einen Termin bei Commissario Serra in Neapel habe und daher die Besprechung am Polizeiposten morgen früh von neun Uhr auf 8.30 Uhr vorverlege.

Rizzi zündete die Zigarette an, zog daran, blies den Rauch aus und schaute hinauf in den Nachthimmel, wo Fledermäuse Mücken jagten und dabei wilde Tänze vollführten. Er dachte an Dino und Umberto Fervidi in ihrem Haus in Moneta, wie sie jetzt vielleicht in denselben dunklen Himmel schauten, traurig waren und noch immer unter Schock standen und wahrscheinlich voller Wut und Hass waren auf die noch unbekannte Person, die das getan hatte.

Gina kam mit zwei Gläsern Weißwein aus der Küche und setzte sich neben ihn. Ihre Schenkel berührten sich. Rizzi durchströmte ein Gefühl von Wärme und Geborgenheit, und Gina sagte: »Es ist schon ein paar Wochen her, dass ich Rosalinda getroffen habe.«

»Rosalinda Fervidi?«, fragte Rizzi überrascht. »Ihr habt euch gekannt? Das wusste ich nicht.«

Gina schüttelte den Kopf. »Ich kannte sie nicht. Ich bin ihr zufällig über den Weg gelaufen und mit ihr ins Gespräch gekommen.«

»Wo?«

»In Anacapri. Auf der Via Orlandi.« Gina trank einen Schluck. »Es war spät, ich schätze gegen 22 Uhr. Alessandra Nobile und sie gingen eingehakt und wirkten so vertraut miteinander und so glücklich, als hätten sie gerade eine gute Nachricht bekommen oder einen schönen Plan gefasst. Und dann ist etwas ganz Seltsames passiert.« Gina verstummte, während sie sich die Szene noch einmal zu vergegenwärtigen schien.

»Was denn?«, fragte Rizzi.

»Die beiden sind stehen geblieben und haben sich zu mir umgedreht, als hätte ich sie gerufen – was ich nicht getan habe.«

»Und dann?«, fragte Rizzi.

»Haben wir ein paar freundliche Floskeln miteinander getauscht.« Gina nahm Rizzi die Zigarette aus der Hand, paffte und sagte: »Bis eine der beiden, ich glaube, es war Alessandra, mich gefragt hat, ob ich nicht Lust hätte, dann und wann bei ihnen in der Boutique auszuhelfen, im Laden, den sie an der Via Vittorio Emanuele betreiben.«

»Was hast du geantwortet?«

»Dass ich schon zwei Jobs habe, morgens in der Roxy Bar, nachmittags in der Musikschule, und dass mich das schon mehr als genug fordert.« Gina gab Rizzi die Zigarette zurück. »Aber sie haben mir trotzdem ihre Karte gegeben, und wir sind so verblieben, dass ich mich jederzeit bei ihnen melden kann, falls ich es mir anders überlege.« Ginas Stimme geriet ein wenig ins Wanken. »Es war eine irgendwie sonderbare, aber auch sehr nette Begegnung.« Sie wischte sich mit dem Handrücken über die Wange. »Und jetzt ist Rosalinda tot.«

Über ihnen wölbte sich der Sternenhimmel, und je länger Rizzi hinaufschaute, desto mehr Lichter schienen darin aufzuflammen. Von unten drang der Geruch nach Bratkartoffeln herauf, und Rizzi fragte: »Warum warst du überhaupt in Anacapri?«

Gina wischte sich Asche von der Hose.

»Warst du mit Carlo verabredet?«, fragte Rizzi. »Warum erzählst du mir nicht, wenn du ihn triffst?«

Gina ließ sich mit der Antwort Zeit, legte den Kopf in den Nacken, atmete hörbar aus und sagte: »Weil es keine Bedeutung hat.« Sie stellte ihr Glas zur Seite und machte eine ausholende Handbewegung. »Das hier ist unser Leben. Darin hat Carlo nichts verloren.«

»Dann lass uns heiraten.«

Gina schwieg, und Rizzi spürte ihren Widerstand – wie

immer, wenn er diesen Wunsch äußerte. Sicher, Gina hatte schlechte Erfahrungen gemacht in ihrer ersten Ehe, war Carlos Wutausbrüchen ausgesetzt gewesen, seinen Schlägen. Aber das war nun doch schon eine ganze Weile her.

»Wovor hast du Angst?«, fragte Rizzi.

Gina schaute ihn an, und ihre Augen waren ganz dunkel. »Warum sollen wir etwas verändern, wenn alles gut ist, wie es ist?«, fragte sie.

»Weil es noch besser sein könnte.« Rizzi nahm ihre Hand. »Ich möchte ein Kind mit dir. Oder auch zwei, drei oder vier. Verstehst du das nicht?«

»Doch«, erwiderte Gina leise. »Das verstehe ich.« Sie entzog ihm ihre Hand, stand auf und ging ins Haus.

Vom Meer kam ein leichter Wind auf, und Rizzi fröstelte.

Als er ins Schlafzimmer kam, lag Gina im Bett. Sie hatte ihre Brille auf der Nase und ein Buch vor sich. Aber es sah nicht aus, als ob sie darin lesen würde.

Während er sich auszog, ließ Gina das Buch sinken und setzte ihre Brille ab. »Erzählst du mir eigentlich alles aus deinem Leben?«, fragte sie.

»Natürlich erzähle ich dir alles.« Rizzi schlüpfte zu ihr unter die Decke. »Warum fragst du?«

»Weil ich heute Matilda gesehen habe und mich frage, ob du sie getroffen hast.«

Rizzi legte sich auf den Rücken. »Wir waren auf dem Friedhof«, sagte er.

In der Stille war nur ein Motorrad zu hören, ein Hupen und in der Ferne ein Hund, der kläffte.

»Stimmt. Vitos Geburtstag.« Gina langte sich an die

Stirn. Sie legte das Buch weg, nahm ihre Brille ab und drehte sich zu ihm. »Wie konnte ich das vergessen? Verzeih!«, sagte sie, umschlang seinen Körper und bettete ihren Kopf auf seine Brust.

Lange Zeit blieben sie so liegen, bis Gina feststellte: »Das ist der Teil von deinem Leben, zu dem ich keinen Zugang habe.«

Rizzi zog Gina an sich. »Aber jetzt muss etwas Neues beginnen.«

»Es hat doch schon begonnen«, murmelte Gina und küsste ihn.

Er erwiderte ihren Kuss, immer leidenschaftlicher, fuhr mit den Händen unter ihr T-Shirt, zog es ihr über den Kopf, während sie sich von ihrem Höschen befreite und sich auf ihn legte. Ihre nackten warmen Körper fanden zueinander – und nichts anderes zählte mehr.

9

Cirillo konnte die Ziffern auf ihrem Wecker nur verschwommen erkennen. Es war 03.17 Uhr. Die Feriengäste im Zimmer nebenan hatten schon wieder Sex, stöhnten und juchzten. Ob und wie lange sie bei dem Lärm geschlafen hatte, wusste sie nicht. Sie war wütend, hellwach und schlug die Decke zurück.

Sie wusch sich das Gesicht, zog ihre Uniform an und nahm ihre Mütze vom Haken – bevor sie die Zimmertür hinter sich zuknallte und geräuschvoll zweimal absperrte.

In der Gemeinschaftsküche blieb sie plötzlich stehen und überlegte. Die silberne Espressokanne stand in der Spüle zwischen dreckigen Tellern, Dessertschalen und Gläsern. Sie säuberte Kanne und Sieb und dachte dabei an Oscar und das Telefongespräch, das sie am Vorabend mit ihm geführt hatte. Mit dem Abitur in der Tasche wollte er offenbar weg von seinem Vater, weg aus Stockholm und der kleinen Vorortsiedlung mit den gepflegten Rasenflächen. Ins Ausland, hatte er gesagt. Er überlegte sich, nach Capri zu kommen, und wollte wissen, wie sie das fände. Cirillo hätte fast einen Luftsprung gemacht, sich dann aber beherrscht und nur gesagt, sie würde sich sehr freuen und wann er denn gedenke zu kommen.

Sie füllte den Behälter mit Wasser, setzte das Sieb ein, gab mit dem Löffel Kaffeepulver hinein, schraubte die Kanne fest und stellte die Caffettiera auf den Herd. Sie entzündete das Gas und überlegte einen Moment, ob sie sich um das dreckige Geschirr kümmern sollte, das die Feriengäste in der Spüle und ums Waschbecken herum gestapelt hatten, entschied sich aber dagegen, nahm die vollen und halb vollen Einkaufstüten vom Küchenstuhl und setzte sich.

Wann genau er kommen würde, hatte Oscar noch nicht sagen können, und als er fragte, ob es denn überhaupt ein Zimmer für ihn gäbe, hatte sie gelogen und behauptet, sie habe gerade eine wunderschöne neue Wohnung gefunden, und darin gebe es ein eigenes Zimmer, nur für ihn. Sogar mit Balkon, hatte sie überflüssigerweise hinzugefügt.

Der Kaffeeduft breitete sich in der Küche aus. Cirillo klappte den Deckel hoch und beobachtete, wie die heiße braune Flüssigkeit aus dem Röhrchen quoll, sich auf dem Boden der Kanne ausbreitete und langsam hochstieg.

Sollte Oscar tatsächlich nach Capri kommen, hätte sie ein Problem und würde ganz schnell etwas arrangieren müssen. Bei den Mieten, die auf der Insel verlangt wurden, mitten in der Saison, würde das mehr als schwierig werden, zumal sie neben der Arbeit, mitten in den Ermittlungen zum Mordfall Rosalinda Fervidi, gar keine Zeit hatte, sich auf Wohnungssuche zu begeben. Warum hatte sie sich schon wieder völlig unnötig in so eine dumme Situation gebracht? Sie sah Oscar vor sich, wie er die Augen verdrehte, wenn sie ihm eröffnen müsste, dass es mit der tollen Wohnung doch nicht geklappt hatte. Das durfte auf keinen Fall passieren. Zumal ihre Wohnsituation hier in dieser Touri-Absteige unerträglich war. Ja, nicht einmal der Preis stimmte: Signora Spirelli nahm es mit ihren Wuchermieten von den Lebendigen. Cirillo trank den Espresso in kleinen Schlucken aus, stellte die Tasse in die Spüle und verließ die Wohnung, ohne hinter sich abzuschließen.

Die Nacht war sternenklar, die Luft samtweich, und eine Katze huschte vor ihr durch den Garten. Sie setzte ihren Helm auf, schob ihre Vespa durch die Pforte auf die menschenleere Gasse hinaus und ließ den Motor an.

Auch auf dem Viale Tommaso, der Hauptverkehrsstraße, war um diese Zeit niemand unterwegs. Sie gab Gas, und es sah aus, als würde der Lichtkegel auf dem Asphalt vor ihr fliehen und sie ihm immer dicht auf den Fersen bleiben.

So vieles brachte Cirillo bei den Ermittlungen zur Weißglut. Da war die Überheblichkeit, mit der die Kollegen aus Neapel auf die Inselpolizisten herabschauten. Umgekehrt aber auch das Misstrauen der Einheimischen gegen alles, was vom Festland kam. Und nicht zuletzt die Befangenheit ihres Kollegen, Enrico Rizzi, der als Alteingesessener glaubte, alles zu wissen und jeden einschätzen zu können.

Auf der Via Provinciale Anacapri drosselte Cirillo das Tempo und legte sich vorsichtig in die Kurve. Sie hasste diese Straße, noch dazu in der Dunkelheit, mit der hohen Felswand auf der rechten Seite und dem tiefen Abgrund auf der linken Seite. Sie hatte Angst, bei zu hoher Geschwindigkeit das Gleichgewicht und die Kontrolle über ihre Vespa zu verlieren, über das lächerlich niedrige Mäuerchen zu fliegen und in die Tiefe zu stürzen. Sie fuhr in diesem gefährlichen Abschnitt fast Schritttempo und fühlte sich einigermaßen sicher.

Natürlich durften sie Salvatore nicht automatisch als

Verdächtigen ausklammern. Es war nicht zu fassen, wie sicher Rizzi sich seiner Sache war, was Salvatores Unschuld betraf. Als Polizist musste man in der Lage sein, die Dinge unvoreingenommen zu betrachten – auch wenn das hier auf der Insel, wo sich alle kannten oder zu kennen glaubten, natürlich schwierig war. Aber vielleicht musste man die Ermittlungen dann besser der Kriminalpolizei überlassen.

In Capri-Stadt angekommen, parkte Cirillo an der Piazzetta Strina und überquerte die menschenleere Straße. Sie nahm die Treppe neben dem Schuhgeschäft und stieg die Stufen zur Via Padre Serafino Cimino hinauf, eine Gasse mit vielen kleinen Geschäften und Restaurants, die sich wie ein Tunnel zwischen den Häusern hindurchschlängelte. Cirillo ging ein Stück an den weiß getünchten Wänden entlang, bis sie im diffusen Licht der Straßenlaterne den Torbogen fand, nach dem sie gesucht hatte.

Dahinter lag ein alter Kreuzgang. Er umfasste den ehemaligen Klostergarten, der früher von Mönchen bewirtschaftet wurde und heute nur noch eine ungepflegte Brache war, auf der wuchs, was sich selbst ausgesät hatte, vor allem Essigbäume und Gestrüpp. Auf der anderen Seite befanden sich die ehemaligen Mönchszellen, die den Bedürftigen und Leuten mit geringem Einkommen vorbehalten waren.

Cirillo konnte Türen und Säulen nur schemenhaft erkennen. Sie hörte ihren eigenen Atem, ihre Schritte und das Rascheln des Stoffs ihrer Hose. Und sie hörte noch etwas. Als würden ihre Schritte nachhallen, aber im falschen Rhythmus. Als würde ihr jemand folgen.

Sie blieb stehen und lauschte. Erst vierundzwanzig Stunden waren vergangen, seit Rosalinda Fervidi brutal ermordet und ganz in der Nähe, in der Kirche Santo Stefano, abgelegt worden war. Was, wenn sich der Täter noch auf der Insel befand, in der Stadt, in der Klosteranlage?

Das Herz klopfte ihr bis zum Hals. Wie dumm von ihr, mitten in der Nacht auf eigene Faust loszuziehen und hierherzukommen, ohne ihren Kollegen oder wenigstens Rizzi Bescheid zu sagen. Sie verfluchte sich. Wie konnte sie nur?

Sie musste sich zusammenreißen und sich auf ihren Plan konzentrieren. Sie ging weiter. Nach wenigen Metern, als sie wieder meinte, Schritte hinter sich zu hören, blieb sie abrupt stehen.

»Ist da jemand?«, fragte sie halblaut.

Die Stille schien ihre Worte zu verschlucken und war so undurchdringlich, als hätte es unter diesen Gewölben noch nie einen Ton gegeben.

Sie drehte sich langsam um die eigene Achse und versuchte, in der Dunkelheit zu erkennen, ob ein Verfolger zwischen den Säulen stand.

»Hallo?«, flüsterte sie, zog ihr Smartphone hervor, stellte die Taschenlampe an und leuchtete den Kreuzgang hinunter. Nichts bewegte sich.

In die andere Richtung, bis zum Ende des Ganges, waren es noch etwa zwanzig Meter. Sie lief los. Sie kam vor der Tür an, tastete am Sturz entlang, wo Salvatore normalerweise seinen Schlüssel hinterlegte, was alle Welt wusste, aber da war nichts als Staub.

Sie drückte auf die Klinke – und die Tür ging auf. Mit der stickigen Luft schlug ihr der Geruch von Alkohol entgegen, wie sie ihn aus den Ausnüchterungszellen kannte.

Mit der Taschenlampe leuchtete sie durch den kleinen

Raum, über Spüle, Herd und ein Klosett, das durch einen Vorhang vom schmalen Bett abgetrennt war. Tüten mit Salvatores Habseligkeiten standen ordentlich in der Ecke, und auf dem Tisch unter dem Klosterzellenfenster türmten sich Bierdosen.

Das Laken auf dem Bett war zerwühlt, und leere Flaschen lagen auf dem Boden. Cirillo ließ den Lichtkegel an der Matratze entlangfahren, die merkwürdig schief auf dem Bettgestell lag, als sie draußen wieder ein Geräusch hörte. Jemand war da, eindeutig, schon ganz in der Nähe.

Sie hielt den Atem an und drehte sich vorsichtig um. Die Tür zum Zimmer, die sie nur angelehnt hatte, knarrte. Vielleicht ein Luftzug, vielleicht aber auch …

Cirillo fasste sich an den Gürtel, obwohl sie doch wusste, dass sie keine Waffe bei sich trug. Es war ein Reflex, ein Ausdruck von Hilflosigkeit. Waffen waren immer auf dem Polizeirevier verstaut und durften nur bei einem klar definierten Einsatz mitgenommen werden.

Sie stand mitten im Zimmer von Salvatore, dem Straßenkehrer. Es gab keinen Fluchtweg. Die uralten Mauern waren so dick, dass kein Nachbar ihren Schrei hören würde. Und über allem lag die Stille der Nacht wie eine schwere und jeden Ton erstickende Decke. Cirillo fühlte sich plötzlich entsetzlich verwundbar und gleichzeitig wie gelähmt.

Wenn gleich jemand ins Zimmer trat und die Tür hinter sich schloss, und wenn es die Person war, die die Kraft hatte, eine Frau wie Rosalinda Fervidi zu erdrosseln, dann würde auch Cirillo Mühe haben, sich zu verteidigen, obwohl sie bei der Polizeiausbildung gelernt hatte, einen starken Gegner auch ohne Waffe unschädlich zu machen.

Sie zwang sich, etwas zu tun. Sie packte eine leere Flasche am Hals, hielt sie in die Höhe und fragte laut: »Wer ist da?«

Eine warme, klebrige Flüssigkeit lief ihr am Handgelenk herunter – mit dem süßlichen Geruch von Ramazzotti.

Plötzlich, als wäre ein Windstoß durch die Kammer gezogen, fiel die Tür ins Schloss. Draußen waren Schritte zu hören, die sich rasch entfernten. Cirillo sprang zur Tür, riss sie auf und sah nur noch einen Schatten am Ende des Gewölbegangs.

»Polizei!«, rief sie, während der Schatten sich im Dunkel auflöste. »Stehen bleiben!«

Sie lief, so schnell sie konnte, durch den Kreuzgang bis zum Torbogen und stürzte draußen an die Brüstung, oberhalb der Via Roma. Unten erreichte die Gestalt gerade das Ende der Treppe, bog nach rechts und lief Richtung Piazzetta.

»Bleiben Sie stehen!«, rief Cirillo. Ihre Worte hallten durch die Straße. Es hatte keinen Zweck hinterherzulaufen. Die Person war zu schnell, die Gestalt verschwunden.

Als Cirillo zurück zu Salvatores Zimmer kam, nahm sie den Raum noch einmal in Augenschein. Spüle, Herd, Klosett und das Bett. Die Matratze lag noch genauso schief auf dem Gestell. Sie fasste den dünnen, mit einem billigen Laken bezogenen Schaumstoff an der Ecke, die über das Eisengestänge hinausragte, und hob ihn hoch.

Im Licht ihrer Smartphonelampe blitzte etwas Silbernes. Cirillo lehnte die Matratze an die Wand – und lächelte. Zu wissen, dass ihr Gefühl gestimmt hatte und sie sich nicht umsonst mitten in der Nacht auf den Weg gemacht hatte, erfüllte sie mit Genugtuung. Der Gegenstand, den jemand hier versteckt hatte, könnte der Gegenstand sein, mit dem Rosalinda Fervidi getötet worden war.

10

Es war kurz nach acht Uhr morgens, als Rizzi an der Rampe parkte, die zum Polizeiposten hinunterführte. Cirillos Motorroller stand bereits an seinem angestammten Platz. Sie war, wie fast immer, die Erste im Dienst, checkte E-Mails, las Nachrichten oder brütete – wie Teresa behauptete – einfach vor sich hin.

Die Roxy Bar war für Cirillo am Morgen keine Option, und Rizzi glaubte auch zu wissen, warum: Es verkehrten hier zu viele Einheimische. Als hätte Cirillo die Entscheidung getroffen, fremd bleiben zu wollen auf der Insel und alles zu tun, um Distanz zu wahren und nicht dazuzugehören.

Während Rizzi seinen Helm im Sattel verstaute, hörte er das Fauchen der Espressomaschine aus der Roxy Bar und darüber die schnarrende Stimme von Edoardo Caruso. Der pensionierte Finanzbeamte tänzelte in seinem abgetragenen Sakko vor der Theke herum und bekundete lauthals: »Das ist meine Meinung, und ob ich mit dieser Meinung alleine dastehe, ist mir egal!«

»*Buongiorno a tutti*«, grüßte Rizzi in die Runde, als er den Raum betrat, und die Stille, die sich in diesem Moment einstellte, war so absolut, dass zu hören war, wie Marco Sasso sein Zuckertütchen aufriss.

»Na los, Edoardo. Raus mit der Sprache.« Rizzi legte seine Polizeimütze auf dem Tresen ab. »Mit welcher Meinung, glaubst du, stehst du alleine da?«

»Es geht um Salvatore und Rosalinda«, erklärte Fortunata Parisi auf ihrem Stuhl in der Ecke. »Edoardo meint, sie stecken unter einer Decke. Sie haben etwas ausgeheckt, und das ist dann aus dem Ruder gelaufen.«

»Wie kommst du darauf?« Rizzi strich mit den Händen seine Locken zurück, während sein bester Freund Alberto, die schwarze Krawatte des Barista zwischen zwei Knöpfe des weißen Oberhemdes gesteckt, sich wieder an der Espressomaschine zu schaffen machte.

»Machen wir uns nichts vor«, sagte Edoardo. »Wir alle lieben Salvatore und glauben, ihn zu kennen. Aber ist das so?« Er schaute prüfend in die Runde. »Wer von uns kennt Salvatore wirklich? Das Gleiche gilt für Rosalinda. Kann sich irgendjemand von uns erinnern, in der letzten Zeit einmal ein längeres Gespräch mit ihr geführt zu haben? Oder überhaupt ein Gespräch? Hat jemals jemand eine ihrer Taschen oder Gürtel gekauft oder sie sich auch nur angesehen? Hat sie irgendetwas zu unserem Leben beigetragen oder sich irgendwann einmal eingebracht?« Edoardo ballte die Faust. »Nein. Ich stelle fest: Hier haben sich zwei Sonderlinge gefunden. Und dann kam es zur Katastrophe.«

»In einem Punkt hat Edoardo vielleicht nicht ganz unrecht«, bemerkte der Blumenhändler Giuseppe Ruffini und tupfte nachdenklich mit dem Finger die Krümel von seinem Cornetto auf. »Wie Salvatore stand auch Rosalinda nie auf der Sonnenseite des Lebens. Sie war noch so klein, als ihre Eltern sich getrennt haben und beide auf Nimmerwiedersehen in entgegengesetzte Richtungen verschwunden sind. Was wäre aus Rosalinda geworden, wenn Dino nicht da gewesen wäre? Dass sie sich dann so entwickelt hat, immer herumlief wie ein kleiner Junge und sich auch so benahm, braucht einen nicht zu wundern, so wild und einsam, wie sie aufgewachsen ist da hinten in Moneta beim alten Querkopf Dino.«

»Aber das entschuldigt nicht, dass Rosalinda sich an die verheiratete Alessandra Nobile rangemacht hat.« Fortunata Parisi rümpfte die Nase. »Das ist nicht in Gottes Sinne.«

»Blödsinn«, bemerkte Marco Sasso, der Lebensmittelhändler. »Als Alessandra mit Rosalinda zusammenkam, war ihre Ehe mit Franco schon lange im Eimer und Franco bereits über alle Berge. Es war nicht Rosalindas Schuld.«

»Manchmal denke ich, auf der Familie Fervidi liegt ein Fluch«, flüsterte Fortunata Parisi. »Von dort kommt einfach nichts Gutes.«

»Ich glaube«, sagte Alberto und servierte Rizzi seinen Espresso, »wir alle haben Rosalinda nie verziehen, dass sie hergegangen ist und sich Alessandra geschnappt hat. Eine so schöne Frau, die nach ihrer Trennung von Franco sogar noch mehr aufgeblüht ist.« Er seufzte und stellte Rizzi einen Teller mit Serviette und Cornetto hin.

»Ihr lenkt ab«, stellte Edoardo Caruso fest. »Hier geht es allein um Salvatore Greggi und Rosalinda Fervidi.« Er baute sich vor Rizzi auf, stemmte die Hände in die Hüften und fragte: »Was hat Salvatore mit dem Mord an Rosalinda Fervidi zu tun? Auf diese Frage muss eine Antwort gefunden werden.«

Rizzi trank den Espresso in einem Zug aus, nahm seine

Mütze und sagte: »Salvatore ist ein wichtiger Zeuge. Möglicherweise hat er sich im Gespräch mit den Kollegen aus Neapel in Widersprüche verwickelt.«

»Aber wenn Salvatore es nicht gewesen ist – wer war es dann?«, fragte Fortunata Parisi ängstlich, da war Rizzi bereits in der Tür.

»Wir werden alles tun, damit Salvatore heute Abend wieder zu Hause ist«, sagte er, »und der wahre Täter so schnell wie möglich gefasst wird.«

Wenige Minuten später betrat er den Polizeiposten. Es war kurz vor halb neun, der Empfang noch nicht besetzt, und die Temperatur hier drinnen in den Diensträumen lag jetzt schon geschätzt bei achtundzwanzig Grad. Die Wände in diesem billigen Zweckbau, die im Winter jeden Luftzug durch die Ritzen ließen, funktionierten im Sommer wie ein Wärmespeicher. Die Tür zum Gemeinschaftsbüro stand offen, ebenso das Fenster zum Hof über den Schreibtischen von Rizzi und Cirillo. Der Deckenventilator rotierte, aber Durchzug entstand trotzdem keiner.

»Es war einiges los heute Nacht«, teilte Teresa mit, setzte die Brille auf, die ihr an einer Kette um den Hals hing, und schaute auf ihren Notizblock. »Signora De Lulla hat mehrmals angerufen, aber das ist jetzt nicht so wichtig.« Ihre Armreifen klingelten, während sie umblätterte. »Viel interessanter ist, dass deine Kollegin Antonia Cirillo im Einsatz war, ohne dass es einen Notruf oder einen Ermittlungsauftrag gab.«

»Heißt?« Rizzi schenkte sich ein Glas Zitronenwasser ein.

»Ich dachte, das könntest du mir sagen. Hat sie denn gar nicht mit dir gesprochen?«

»Nein«, antwortete Rizzi.

»Typisch.« Teresa legte den Block zur Seite. »Mir hat sie auch nichts gesagt. Sie ist gleich nach oben abgerauscht« – sie machte die entsprechende Handbewegung –, »und kurz darauf hat Ispettore Lombardi gesagt, er will nicht gestört werden und keine Telefongespräche annehmen.«

Rizzi stellte das Glas zurück und beschloss, sich nicht verunsichern zu lassen – obwohl ihn dieses Verhalten doch sehr irritierte. Wenn Cirillo ihn nicht in ihre Ermittlungen einbezog, bedeutete es, dass sie ihm nicht vertraute und sie – was ihre Zusammenarbeit anging – wieder ganz am Anfang angelangt waren.

Er war schon auf der Treppe, als er stehen blieb und fragte: »Was wollte denn Signora De Lulla?«

»Sie will angeblich eine Aussage machen.«

»Ist ihr mal wieder etwas gestohlen worden?«, fragte Rizzi. »Oder will sie einfach nur reden?«

Teresa hob unwissend die Schultern. »Es war ja schon lange niemand mehr bei ihr.«

»Savio soll bei Gelegenheit rüberfahren und sich mal wieder bei ihr blicken lassen«, sagte Rizzi. »Er hört sich gerne ihre alten Geschichten an, und sie ist dann glücklich.«

»Savio ist mit dem Müllsack auf dem Weg nach Neapel.«

»Den hätte doch der Ispettore mitnehmen können«, bemerkte Rizzi kopfschüttelnd. »Oder fällt die Besprechung mit dem Commissario in Neapel aus?«

»Frag den Ispettore.« Teresa hob beide Hände. »Mir ist nichts bekannt.«

Im oberen Stock am Ende des kleinen Flurs angelangt, nahm Rizzi seine Mütze ab, klopfte an und öffnete die Tür. Eisige Kälte drang aus dem klimatisierten Büro des Ispettore, und gleißendes Licht fiel durch das große Fenster. Was dahinter zu sehen war, war keine Fototapete, sondern die Wirklichkeit: dunkelblaues Wasser mit weißen Schaumkronen und tausenderlei Booten, dahinter die Ausläufer des Festlandes und der Vesuv, der sich mit seinen beiden Höckern klar gegen den fast wolkenlosen Himmel abzeichnete.

Ispettore Lombardi saß mit dem Rücken zum Fenster, hatte die Unterarme aufgestützt und gleichzeitig ineinander verschränkt, machte einen Buckel und starrte auf etwas, das vor ihm auf dem Schreibtisch lag. Cirillo saß ihm gegenüber im Sessel mit der hohen Lehne und versperrte Rizzi die Sicht.

»Schließen Sie die Tür«, befahl Lombardi, ohne aufzuschauen, »und kommen Sie her. Sehen Sie sich das an.«

Rizzi hätte nicht sagen können, um was für einen Gegenstand es sich handelte, der dort in der durchsichtigen Plastiktüte auf der Tischplatte lag. Einen Moment lang hielt er es für eine tote Schlange, bevor er in dem Gegenstand einen Gürtel erkannte, den er so ähnlich gestern mit Cirillo in der Boutique Lucertola Azzurra gesehen hatte.

»Was ist damit?« Rizzi beugte sich über die Tüte. Die silbernen Beschläge an beiden Gürtelenden waren mit einem Reptilienmuster geprägt und stellten den Kopf und das Schwanzende einer Schlange dar.

»Der Gürtel stammt aus der Wohnung von Salvatore«, erklärte Lombardi.

Rizzi schaute von Lombardi zu Cirillo, die ergänzte: »Lag unter seiner Matratze.«

»Und was schließen wir daraus?«, fragte Rizzi.

»Es könnte sich um die Mordwaffe handeln«, sagte Cirillo.

»Das ist eine voreilige Schlussfolgerung«, stellte Rizzi fest. »Wenn es tatsächlich das Mordwerkzeug ist, hat es irgendjemand anderes unter Salvatores Matratze gelegt, um den Verdacht auf ihn zu lenken.«

»Auch das ist eine voreilige Schlussfolgerung«, erklärte Cirillo.

Rizzi setzte sich. »Wer hat den Gürtel gefunden?«

»Ich«, sagte Cirillo. »Nachdem die Kriminalpolizei es unterlassen hat, den Müll zu beschlagnahmen, den Salvatore rund um den mutmaßlichen Tatort zusammengefegt hat, dachte ich –«

»Gab es einen Durchsuchungsbeschluss?«, fragte Rizzi.

»Das ist das Problem«, seufzte Lombardi.

Rizzi stand auf und ging zum Fenster. »Angenommen, es handelt sich bei diesem Gürtel um das Tatwerkzeug und bei Salvatore um den Täter, und ich nehme an«, wandte er sich an Cirillo, »davon gehst du wohl aus – wäre Salvatore dann so verrückt, den Gürtel bei sich zu Hause unter der Matratze zu verstecken?«

»Ja«, antwortete Cirillo nach kurzem Nachdenken.

Lombardi schaute überrascht auf. »Bitte erklären Sie das, Agente Cirillo.«

»Wäre Salvatore der Täter«, sagte Cirillo, »hätten wir es mit einem Menschen zu tun, der im Affekt handelt, also panisch auf das reagiert, was er selbst angerichtet hat.«

»Er hat überhaupt nichts angerichtet«, erwiderte Rizzi laut. »Und ich kann nicht fassen, dass du hinter meinem Rücken losgehst und versuchst, das Gegenteil zu beweisen!«

»Ich versuche nichts anderes, als die Wahrheit zu finden«, entgegnete Cirillo. »Genau diese Art von Gürtel hat Rosalinda Fervidi in ihrem Atelier hergestellt, und Alessandra verkauft sie in ihrer Boutique. Als Mordwaffe kommt der Gürtel mehr als nur infrage: Er passt zu den Spuren am Hals des Opfers – und er lag unter der Matratze desjenigen, der in der Mordnacht erwiesenermaßen mit Rosalinda zu tun hatte. Das können wir nicht einfach alles ignorieren.«

»Du verrennst dich!«, erwiderte Rizzi. »Merkst du das gar nicht? Es ist doch völlig klar, wie die Sache gelaufen ist.«

»Wie ist die Sache Ihrer Meinung nach gelaufen?«, fragte Lombardi.

»Der Mörder oder die Mörderin hat nach der Tat den Gürtel in Salvatores Zimmer versteckt, um ihm die Schuld für den Tod an Rosalinda Fervidi in die Schuhe zu schieben und ihn als Mörder hinzustellen.«

Cirillo stand auf. »Ich kann nicht glauben«, sagte sie und ballte dabei die Faust, »dass du von vornherein ausschließen willst, dass Salvatore etwas mit der Tat zu tun hat. Das ist so was von unprofessionell!« Sie wandte sich an Ispettore Lombardi. »Was sagen Sie dazu? Sie sollten vielleicht überlegen, meinen Kollegen wegen Befangenheit von den Ermittlungen zu entbinden.«

Rizzi glaubte, sich verhört zu haben, und seine Stimme überschlug sich fast vor Empörung: »Sag das noch einmal, und ich –«

»Ich will keinen Ton mehr hören«, ging Lombardi dazwischen, der die Auseinandersetzung mit entsetzter Miene verfolgt hatte und ganz blass geworden war.

Rizzi und Cirillo schwiegen und schauten beide verstockt zu Boden. Lombardi nahm die Plastiktüte mit dem Gürtel und verstaute sie in seiner Aktentasche.

»Nur zu Ihrer Information«, sagte er. »Den fehlenden Durchsuchungsbeschluss nehme ich auf meine Kappe.« Er stellte seine Aktentasche neben seinen Chefsessel und strich sich mit der Hand die Haare auf der Glatze zurecht. »Nachdem die Kriminalpolizei es versäumt hat, den Müllsack zu beschlagnahmen und Salvatores Wohnung zu durchsuchen, tragen wir ihnen die Beweisstücke nun eben hinterher. Die Schlüsse zu ziehen ist nicht unsere Aufgabe. Haben Sie mich verstanden?« Er schaute mit erhobenem Finger von Cirillo zu Rizzi und wieder zurück zu Cirillo.

»Sie gehen jetzt folgendermaßen vor.« Lombardi schob den Füllfederhalter und das Porzellandöschen neben der Unterschriftenmappe zurecht. »Sie machen sich jetzt beide auf den Weg nach Anacapri und statten Alessandra Nobile einen Besuch ab. Bringen Sie sie auf den neusten Stand der Dinge, und geben Sie ihr zu verstehen, dass sie sich auf uns verlassen kann. Das ist das Mindeste, das wir für sie tun können.« Lombardi erhob sich von seinem Ledersessel, strich sich über seinen gefärbten Oberlippenbart und erklärte: »Und denken Sie immer daran, Agenti: Wir machen gute Arbeit, und zwar alle zusammen, nicht gegeneinander.«

11

Nach der Kälte in Lombardis Chefzimmer war die stickige Hitze, die ihnen hier unten im Gemeinschaftsbüro nun wieder entgegenschlug, fast angenehm. Cirillo checkte Nachrichten auf ihrem Telefon und versperrte Rizzi den Weg, während sie zu ihm sagte: »In einem hast du recht, ich hätte dich informieren müssen.« Sie ließ ihr Telefon in der Hosentasche verschwinden. »Ich wollte dich nicht mitten in der Nacht anrufen, aber ich hätte dich zumindest gleich am Morgen kontaktieren können. Es tut mir leid.«

Rizzi murmelte vor sich hin, Cirillo könne sich jetzt nicht einfach so aus der Affäre ziehen, aber Cirillo hörte ihm gar nicht zu.

»Und da ist noch etwas«, sagte sie.

»Was denn noch?«, fragte Rizzi irritiert.

»Da war jemand.«

»Wo?«

Cirillo erzählte, dass sie bei ihrer nächtlichen Aktion verfolgt wurde. »Ich habe Lombardi aber nichts davon gesagt.«

»Warum nicht?«

»Wir waren noch nicht bei dem Thema, und dann kamst du dazu, und das Gespräch lief in eine andere Richtung.« Cirillo wischte sich mit dem Handrücken über die Stirn.

»Signora De Lulla hat schon wieder angerufen«, unterbrach Teresa, die in der Kaffeeküche mit Geschirr hantierte. »Was soll ich ihr sagen?«

»Ich rufe sie nachher zurück.« Rizzi nahm Cirillo am Arm und drängte zum Aufbruch. Das Letzte, was er jetzt gebrauchen konnte, war das Gejammer von Signora De Lulla. Die alte Dame war es gewohnt, dass die Leute sprangen, sobald sie mit den Fingern schnippte, auch die Polizei.

»Hast du die Adresse?«, fragte er, als er mit Cirillo wenige Minuten später die Rampe hinauf zu ihren Motorrädern stapfte.

»Von Signora De Lulla?«

»Von Alessandra Nobile. Ganz am Ende der Via Boffe. Am besten, du fährst mir einfach hinterher.«

Er setzte seinen Helm auf und startete den Motor, während Cirillo noch dabei war, vorschriftsmäßig und umständlich den Verschluss unter ihrem Kinn zu schließen.

Im Kreisverkehr war sie noch hinter ihm, doch als er auf der Via Provinciale Anacapri den Bus überholte, war sie bereits aus seinem Rückspiegel verschwunden und tauchte dort auch nicht mehr auf, als er sich in den Serpentinen am Monte Barbarossa in die Kurven legte.

Ihr Fahrstil passte zu ihr: überkorrekt und alles andere als elegant. Dabei mochte er ja eigentlich ihre sperrige, aber irgendwie auch grundehrliche Art. Aber sie hätte ihn in ihre Überlegungen und Ermittlungen einbeziehen müssen, ihren Alleingang konnte er ihr nicht so einfach verzeihen. Natürlich war er voreingenommen, aber diese Geschichte betraf nun mal seine Leute und seine Welt. Und in der konnte Cirillo mit ihrem norditalienischen Denken und ihrer vermeintlichen Professionalität nicht einfach schalten und walten, wie sie wollte.

Rizzi drehte auf dem Stück vor der Piazza Vittoria noch einmal voll auf und überholte einen Lieferwagen, bevor er abbremste und in Anacapri am Denkmal rechts einscherte. Auf der Via Giuseppe Orlandi fuhr er im Schritttempo zwischen den Passanten hindurch, bis er an der Piazza Boffe angelangt war. Dort stoppte er und stellte seinen Motorroller im Schatten eines Olivenbaums ab. Von Cirillo war noch nichts zu sehen.

»Hast dich ja lange nicht mehr blicken lassen«, rief eine Stimme von der gegenüberliegenden Straßenseite. »Alles in Ordnung?«

Antonio Pinto, der Gemüsehändler aus der Via Pagliaro, kam mit einem Eimer herübergeschlendert. Er hatte am Kinn ein Pflaster und auf dem Kopf eine Schirmmütze mit einem Früchtekorb als Aufnäher. In seinem Laden verkaufte er konsequent keine Erzeugnisse aus Rizzis Gärten, und das war auch in Ordnung. Es lag weniger an den Preisen, die Rizzis Vater verlangte, als an der unsichtbaren Grenze, die zwischen Anacapri und Capri-Stadt verlief und die nach Möglichkeit von beiden Seiten nicht übertreten wurde.

»Ich hab schon gehört, was bei euch passiert ist.« Antonio Pinto zog die Worte auf seine schleppende Art in die Länge. »Schlimme Geschichte. So weit ist es gekommen.« Er stellte seinen Eimer ab, holte ein kariertes Taschentuch hervor, lüftete die Kappe und wischte sich den Schweiß von der Glatze. »Dass man bei euch in Capri-Stadt jetzt sogar schon in der Kirche um sein Leben fürchten muss.« Er verstaute sein Taschentuch, trat näher und senkte seine Stimme. »Ich wusste ja schon immer, dass das nicht gut ausgehen konnte.«

»Wovon sprichst du?«, fragte Rizzi.

»Dass sich Alessandra Nobile auf diese Frau eingelassen hat.«

»Meinst du Rosalinda Fervidi?«

Antonio Pinto hob die Hände. »Ich habe sie nie kennengelernt, aber man hat ja die tollsten Sachen gehört.« Er kam so nahe, dass Rizzi den Knoblauch in seinem Atem riechen konnte. »Dass sie sich von niemandem etwas sagen ließ. Dass sie jähzornig war und ihr, wenn ihr etwas nicht gepasst hat, schon mal die Hand ausgerutscht ist.« Antonio Pinto schnalzte mit der Zunge.

Cirillo war immer noch nicht aufgetaucht, und Rizzi erklärte, während er auf seine Uhr schaute: »Rosalinda war die Liebenswürdigkeit in Person. Das wird dir jeder bestätigen, der sie gekannt hat. Das Einzige, was sie nicht ausstehen konnte, waren Leute, die hinter ihrem Rücken dummes Zeug redeten.« Er gab Antonio zum Abschied einen Klaps an den Oberarm, setzte seine Sonnenbrille auf und ging an zwei Frauen vorbei, die ein Foto von ihm machten, als hätten sie noch nie einen italienischen Polizisten gesehen.

Das Haus der Nobiles befand sich dort, wo die Via Boffe auf die Via Finestrale traf. Im großen Fenster des Ladenlokals im Erdgeschoss hatte Alessandra früher ihre Taschen, Gürtel und andere Ledererzeugnisse ausgestellt. Gerade als sie anfing, sich mit ihrer Boutique einen Namen zu machen, kehrte Franco ihr den Rücken zu und zog mit den Kindern aufs Festland zu seinen Eltern. Alessandra war in Anacapri ab sofort als Rabenmutter verschrien. Alle möglichen Geschichten wurden ihr angedichtet, vor allem wechselnde Männerbekanntschaften. Es hieß, nur deshalb reise sie so oft nach Neapel und nicht, wie sie behauptete, aus geschäftlichen Gründen. Und nur deshalb habe Franco damals den Schlussstrich gezogen und sie Knall auf Fall mit den Kindern verlassen. Umso größer war das Erstaunen, als durchsickerte, sie habe eine Beziehung mit Rosalinda Fervidi aus Capri-Stadt. Die allgemeine Verblüffung schlug schnell in Empörung um. Es war mit Sicherheit eine kluge Entscheidung von Alessandra Nobile gewesen, mit der Boutique nach Capri-Stadt an die Via Vittorio Emanuele zu ziehen, wo nicht nur eine zahlungskräftigere Kundschaft war, sondern wo sich auch niemand um ihr Privatleben scherte – auch wenn Alessandra den Schritt nur halbherzig gegangen und mit ihrem Wohnsitz und dem Lager in Anacapri geblieben war.

Im Fenster von Alessandras ehemaligem Ladengeschäft prangte jetzt ein Schild mit der Aufschrift *Nobile Immobiliare*. Darunter hingen Angebote mit Fotos von Häusern, Wohnungen und Zimmern. Die Preise waren astronomisch, wurden aber anscheinend bezahlt.

Rizzi rüttelte an der Tür, aber das Büro war verschlossen, der Raum lag im Dunkeln. Der Zugang zu den Wohnungen und dem Lager von Alessandra Nobile musste um die Ecke sein.

Rizzi ging ums Haus herum. In der schmalen Gasse war es schattig, eine Klimaanlage ratterte, und ein Hund streunte vorbei. Hinter geschlossenen Fensterläden waren Stimmen zu hören, ein Radiosprecher oder jemand, der telefonierte. Rizzi drückte gegen die kleine Pforte, die sich quietschend öffnete, und folgte dem Weg um die Ecke zu bunt gekachelten Stufen, die in einen Hof hinabführten. Vögel zwitscherten, es roch nach Gebratenem, und hinterm Haus war endlich ein Motorrad zu hören, das sich näherte.

Bin schon vor der Tür, schrieb Rizzi an Cirillo, ließ sein Telefon in der Hosentasche verschwinden und betätigte den Klopfer, ein dumpfer Schlag, der sich in der Stille ohrenbetäubend laut anhörte. Aber nichts geschah.

Es gab kein Schild, keine Klingel, nur das Summen der Fliegen um eine Mülltonne herum. Auf einem Hocker lag ein Sitzkissen, und daneben hatte jemand eine Tüte abgestellt, die oben zugeknotet war. Rizzi betätigte den Klopfer noch einmal, und eine Frauenstimme rief wütend: »Zaza!«

»Hallo?« Rizzi trat einen Schritt zurück und schaute an der weiß gestrichenen Fassade entlang. Alle Fensterläden waren geschlossen, nichts rührte sich.

»Zaza!«, rief die Stimme noch einmal.

Rizzi schaute um die Ecke, einen Laubengang hinunter, in dem Töpfe mit Fuchsien, Geranien und weiß blühenden Rosen standen. »Signora Nobile?«, rief er.

Schmetterlinge tanzten im Sonnenlicht, und eine Katze, die lang ausgestreckt auf der Brüstung lag, hob träge ihren Kopf. Irgendwo war ein mechanisches Rattern zu hören, vielleicht eine Nähmaschine.

»Zaza!«

Die Stimme überschlug sich fast, ohne dass Rizzi hätte sagen können, woher sie kam. Er ging an einer halbhohen Mauer entlang, bis er vor einem Treppenabsatz stand, und stieg die steilen Stufen nach oben. Um den Handlauf war eine elektrische Lichterkette geschlungen.

»Zaza!«

Die Stimme war ganz nah, und der Luftzug in Rizzis Nacken fühlte sich an wie warmer Atem. Er drehte sich um.

In einer Nische, die in ihrem oberen Teil von Wein und Efeu überwachsen war, stand eine Person im Nachthemd, die unruhig von einem Bein aufs andere trat. Sie war barfuß, das Nachthemd mit Sternen bedruckt und so weit ausgeschnitten, dass es von der Schulter gerutscht war. Weiße Haut war zu sehen, von bläulichen Adern durchzogen, ein Schlüsselbein, das hervortrat, und eine schlaffe Brust. Zwischen den Efeublättern waren weiße Haare zu erkennen und funkelnde Augen, schwarz wie Kohlen, die an Rizzi vorbeischauten, als würden sie ihn gar nicht wahrnehmen.

»Kann ich Ihnen helfen?«, fragte Rizzi.

»Zaza«, sagte die Frau und wich zurück, als Rizzi die Hand nach ihr ausstreckte, um gleich darauf wieder beunruhigt »Zaza, Zaza« zu rufen – als wäre es das einzige Wort, das sie kannte.

Im nächsten Moment sah Rizzi im Augenwinkel einen Schatten und spürte etwas an seinem Bein. Es war ein Kind, fünf oder sechs Jahre alt, nur mit einer Unterhose bekleidet. Es nahm die alte Frau bei der Hand, als wäre es seine Aufgabe, auf sie aufzupassen, sie aus der Nische zu holen und zurück in die Wohnung zu bringen.

»Wie heißt du?«, fragte Rizzi.

Das Kind reagierte nicht, wie sich auch die alte Frau nicht um Rizzi scherte, als würden beide eine andere Sprache sprechen. Die Alte folgte dem Kind in kleinen Schritten, rief dabei noch mal voller Sorge: »Zaza! Zaza!«, bis beide um die Ecke verschwanden.

»Was machst du da oben?« Cirillo stand unten im Hof, schaute zu ihm herauf und schirmte dabei mit der Hand ihre Augen gegen das Sonnenlicht ab. »Alessandra Nobile ist hier unten.«

Rizzi stieg die Treppe wieder hinunter in den Hof. Unter einem Feigenbaum standen Klappstühle und eine Bank, auf der Sitzkissen lagen. Die Schiebetür zum Haus stand offen und war gleichzeitig mit einer blickdichten Gardine verhängt, die sich träge, fast unmerklich, im Luftzug bewegte. Cirillo bedeutete Rizzi mit einer Geste, nichts zu sagen.

Frauenstimmen waren zu hören, kein großer Streit, aber klare Ansagen, die gemacht wurden, ohne dass genau zu verstehen war, worum es ging. Darauf folgten aufgeregte kleinlaute Erwiderungen, die nach einer Weile von einer lauten Stimme zum Verstummen gebracht wurden: »Bis heute Abend ist das fertig! Habt ihr mich verstanden?« Ein Grollen war zu hören, wie ein im Zeitraffer vorbeiziehendes Gewitter – dann war alles still.

Cirillo wechselte mit Rizzi einen Blick und schob den Vorhang beiseite.

Der Boden war mit Parkett ausgelegt und der Blick in den Raum mit Regalen verstellt, die unterschiedlich groß, hoch und mit Körben, Kisten und Kartons vollgestopft waren. Tische waren zu sehen, auf denen Leder in verschiedenen Farben und Ausformungen ausgebreitet war. Gürtel lagen zusammengerollt in kleinen Schachteln, und an der Wand hingen Zangen, nach Größe geordnet, und Schraubenzieher in allen möglichen Ausführungen. Es roch nach Holz und Leder und noch nach etwas anderem, wahrscheinlich Leim.

Kaffeebecher standen neben einer altmodischen Nähmaschine mit Rollen aus braunem Garn, die auf dem gusseisernen Körper aussahen wie kleine vorsintflutliche Schornsteine. Handbesen, Modemagazine, Taschenrechner und Drahtrollen lagen bunt durcheinander. Lederreste und Schnittmuster waren mit einem Gummihammer und einem Bügeleisen beschwert, und an einer Pinnwand hingen Menükarten von Sushi-Restaurants und Pizza-Lieferdiensten. Stangen verliefen unter der Decke entlang durch den Raum und dienten als Halterung für LED-Strahler, Kabel und Kleiderbügel, die sanft im Luftzug zweier Ventilatoren schaukelten.

Unterhalb eines schmalen Fensters saßen zwei Frauen an einem Arbeitstisch. Die Weißblonde hatte ihre geflochtenen Zöpfe am Kopf zu Schnecken zusammengerollt, machte mit einem Lineal aus Stahl Abmessungen auf einem schmalen Lederriemen und nahm mit einem Stift Markierungen vor. Die Rothaarige neben ihr trug zu ihren knappen Shorts schwarze Stiefel und war dabei, mit einem Gerät Löcher ins Leder zu stanzen, und zwar dort, wo die Weißblonde die Markierungen vorgenommen hatte. Erschrocken drehte sie sich zu Rizzi und Cirillo herum.

»Ja, bitte?«, fragte sie, und im selben Moment wandte sich auch die Weißblonde um und nahm die Earplugs heraus. Sie sah aus, als hätte sie geweint.

Cirillo grüßte und sagte: »Wir suchen Signora Nobile.«

»Alessandra?« Die Rothaarige suchte den Blick der

Weißblonden und sagte: »Ich glaube, es ist besser, wenn Sie sie heute nicht stören.«

Die Weißblonde nickte ernst und zustimmend.

»Was arbeiten Sie hier?«, fragte Cirillo und beugte sich interessiert über das cognacfarbene Leder, das mit seiner rissigen Struktur aussah, als müsste es geölt werden.

»Ein paar Gürtel sind zurückgekommen, weil die Löcher für den Dorn zu klein sind«, erklärte die Weißblonde flüsternd. »Es ist niemandem aufgefallen, auch Rosalinda nicht.« Sie stockte und fügte hinzu: »Als sie noch gelebt hat.« Ihre Augen füllten sich mit Tränen, und die Rothaarige griff mitfühlend nach ihrer Hand.

»Wie heißen Sie?«, fragte Cirillo.

»Emma«, sagte die Rothaarige, und die Weißblonde fügte so leise hinzu, dass es fast nicht zu verstehen war: »Zoe.«

»Ist Ihnen bekannt, was passiert ist?«, fragte Rizzi.

Beide nickten eingeschüchtert.

»Wann haben Sie Rosalinda zuletzt gesehen?« Rizzi nahm ein schwarzes Lederstück in die Hand, das sich überraschend weich und geschmeidig anfühlte.

»Vorgestern«, antwortete die Weißblonde, und die Rothaarige warf ihr einen warnenden Blick zu.

»Hier in der Werkstatt?«, fragte Rizzi.

»Ja«, antwortete die Weißblonde bereitwillig. »Kurz nachdem Alessandra nach Bologna abgereist ist.«

»Was hat Alessandra in Bologna gemacht?«

»Da findet die Ledermesse statt.«

»Arbeiten Sie hier schon länger?«, fragte Cirillo.

Zoe nickte widerstrebend. »Ja«, hauchte sie. »Warum?«

»Wir müssen weitermachen«, warnte Emma. »Wir bekommen sonst Ärger.« Sie bückte sich und steckte das Bügeleisen ein.

»Ehrlich gesagt« – Rizzi ließ seinen Blick durch die Werkstatt wandern –, »wundert es mich, dass hier heute überhaupt gearbeitet wird. Immerhin gibt es einen Trauerfall.«

In diesem Moment ertönte wieder das Gewittergrollen, und an der Stirnseite des Raums wurde energisch eine Wand zur Seite geschoben.

Die Frau, die dort stand, trug ein schulterfreies Kleid und hatte lange schwarze Haare, die ihr in gleichmäßigen Wellen bis auf die Schultern fielen. Rizzi wusste nicht, wie viele Jahre er Alessandra Nobile nicht gesehen hatte, aber sie war noch immer eine wunderschöne Frau. Und doch hatte sie sich auch verändert. Es waren nicht die einzelnen silbernen Fäden, die ihr Haar durchzogen, und auch nicht die Tatsache, dass sie älter und reifer geworden war. Es war eher die Symmetrie in ihrem Gesicht, die sich etwas verschoben hatte. Die Nase, so kam es Rizzi vor, war etwas schmaler, kleiner und irgendwie niedlicher geworden, und die Lippen waren ungewöhnlich prall. Aber das hervorstechendste Merkmal waren immer noch ihre mandelförmigen Augen mit den langen Wimpern.

»Mein herzliches Beileid«, sagte Rizzi und nahm seine Mütze ab. »Auch im Namen meiner Kollegin, Agente Cirillo, und ausdrücklich auch im Namen von Ispettore Lombardi.«

Alessandra Nobile starrte Rizzi an, als wäre er ein Geist, oder als müsste sie sich daran erinnern, was passiert war.

Ihre Lippen öffneten und schlossen sich, bevor sie sagte: »Alles, was ich weiß, habe ich bereits gestern der Polizei von Neapel erzählt.«

Bevor Rizzi etwas erwidern konnte, sagte Cirillo: »Wir möchten Ihnen trotzdem ein paar Fragen stellen.« Sie lächelte und strahlte plötzlich eine Herzlichkeit aus, die Rizzi so gar nicht an ihr kannte. »Können wir uns irgendwo ungestört unterhalten?«

Alessandra Nobile taxierte Cirillo, ohne ihren Unmut zu verbergen, aber ihr Gesichtsausdruck wurde etwas milder, als sie sagte: »Ich habe wahnsinnig viel zu tun. Ich weiß, ehrlich gesagt, gar nicht, wo mir der Kopf steht.«

»Ich würde mir gerne ein eigenes Bild von Ihrer verstorbenen Frau machen«, erklärte Cirillo, »um mehr als nur das Gerede der Leute zu erfahren.«

Der Blick aus Alessandras Augen war für einen Moment überrascht, dann bat sie Rizzi und Cirillo wortlos, mit einer Handbewegung, einzutreten, und sagte zu Zoe und Emma, den beiden Frauen an den Arbeitstischen: »Ich will jetzt nicht gestört werden«, bevor sie die Tür zuschob und sich mit einer Miene zu Rizzi und Cirillo umdrehte, der nichts abzulesen war. »Was wollen Sie wissen?«, fragte sie.

Der Raum stand voller Kartons, die fast alle verschlossen waren, als wären sie gerade angeliefert worden oder würden demnächst abgeholt werden. Auf der Tischplatte lagen flache Schachteln, aus denen Seidenpapier quoll. Dazwischen blitzten gold- und silberglänzende Gegenstände, Schlangen-, Adler- und Salamanderköpfe, die aussahen wie Schmuckstücke, Broschen zum Anheften.

Cirillo holte ihr Smartphone hervor, wischte über das

Display und ging einen Schritt auf Alessandra zu: »Kennen Sie diesen Gürtel?«

Alessandra betrachtete die Aufnahme. »Natürlich.« Sie nickte. »Er gehört zu unseren Klassikern.«

»Wir haben ihn beim Straßenkehrer Salvatore Greggi zu Hause gefunden.« Cirillo ließ ihr Telefon wieder verschwinden. »Haben Sie eine Idee, wie er in seinen Besitz gekommen ist?«

Alessandra Nobile zog die Schultern hoch, als würde sie frösteln. »Keine Ahnung. Woher soll ich das wissen?«

»Wissen Sie, ob er ihn bei Ihnen gekauft hat?«

»Das müssen Sie diesen Mann fragen, nicht mich.«

»Was kostet so ein Gürtel?«

»Mit den Applikationen und dem Schlangenkopf aus Altsilber – um die vierhundert Euro.«

Cirillo setzte sich, ohne dass ihr ein Stuhl angeboten wurde, holte ihr Notizbuch hervor und fragte: »Halten Sie es für möglich, dass der Straßenkehrer, der gestern vorübergehend festgenommen wurde, etwas mit dem Tod Ihrer Frau zu tun hat?«

»Ich kenne diesen Mann nicht, jedenfalls nicht persönlich, und kann nichts dazu sagen.« Alessandra Nobile biss sich auf die Lippe. »Glauben Sie es denn?«

»Wir können noch gar nichts dazu sagen.« Cirillo machte sich eine Notiz. »Welche Beziehung hatte Rosalinda zu Salvatore?«

»Gar keine, nehme ich an.«

»Aber Sie wissen es nicht genau?«

»Sie hat ihn mir gegenüber nie erwähnt. Er hat in unserem Leben keine Rolle gespielt.«

»Ging Rosalinda regelmäßig zur Kirche?«, fragte Cirillo. »Ging sie zur Beichte?«

»Weder das eine noch das andere.«

Cirillo schob ihr Notizbuch zur Seite und betrachtete ein Foto, das in einem weißen Rahmen auf dem Tisch stand. Darauf waren Alessandra und Rosalinda zu sehen, zwei Frauen, wie sie gegensätzlicher nicht sein konnten: Alessandra, eine Schönheit mit Modelqualitäten und einer wilden, vom Wind zerzausten Mähne, und Rosalinda mit dem jungenhaften Auftreten und den kurz geschorenen Haaren. »Sie waren ein gutes Team, nicht wahr?«, fragte Cirillo. »Sie und Rosalinda.«

Alessandra Nobile starrte auf das Foto, als würde vor ihrem Auge ein Film beginnen, und ihre Augen füllten sich mit Tränen. »Ich weiß überhaupt nicht, wie es weitergehen soll«, sagte sie. »Wie ich das alles schaffen soll.« Sie machte eine ausholende Handbewegung. »Ich bin eine Verkäuferin, nicht mehr und nicht weniger. Alles, was ich schön finde, kann ich verkaufen, ohne Probleme, und das tue ich auch. Aber das Kreative, das Design, die Erfindung von neuen Gürteln, Taschen oder was auch immer – das war Rosalindas Bereich. Davon habe ich keine Ahnung.« Sie starrte ratlos zum schmalen Fenster hinauf.

Rizzi wechselte mit Cirillo einen Blick und sagte, während er auf die andere Seite des Raumes ging: »War Rosalinda in letzter Zeit verändert? Wirkte sie abwesend, oder war sie in Schwierigkeiten?«

Alessandra Nobile schüttelte den Kopf. »Ich denke die ganze Zeit darüber nach, aber beim besten Willen: Mir ist nichts an ihr aufgefallen.«

»Haben Sie eine Idee, was Rosalinda vorgestern Nacht in der Kirche gewollt hat?« Rizzi drehte sich herum. »Hat sie jemanden getroffen?«

Alessandra sah plötzlich ganz müde aus. »Wen sollte sie denn mitten in der Nacht an der Kirche getroffen haben?«, fragte sie – und schien plötzlich verwirrt. Sie setzte mehrmals an, etwas zu sagen, und erklärte schließlich: »All das übersteigt meine Vorstellungskraft.« Sie sank auf einen Hocker.

»Brauchen Sie ein Glas Wasser?« Rizzi griff nach der Flasche, die auf der Fensterbank stand, nahm eins von den Gläsern und schenkte ein.

»Es war schrecklich.« Alessandra trank einen Schluck. Ihre Hand zitterte. »Ich hatte in Bologna gerade den Koffer ausgepackt, als mich die Nachricht von Rosalindas Tod erreichte, weshalb ich Hals über Kopf wieder nach Neapel zurückgereist bin.« Sie sprach jetzt ganz leise. »Wie mich dann die Polizei in diesen Keller geführt hat … Dieser Raum und wie sie da lag, auf diesem Tisch, unter dem Tuch, in der Kälte und so schrecklich allein …« Sie umklammerte mit beiden Händen ihr Glas. »Das war nicht meine Rosa. Das war nicht die Frau, die ich gekannt habe, die jeden mit ihrer Begeisterung anstecken konnte.« Alessandra schaute zu Cirillo hinüber. »Ja, wir waren ein perfektes Team, Rosalinda und ich. Aber wir waren mehr.«

»Was meinen Sie?«, fragte Cirillo.

»Rosalinda war der erste Mensch, der wirklich an mich geglaubt hat. Durch sie habe ich Seiten an mir entdeckt, von denen ich gar nichts wusste.«

»Wie haben Sie sich kennengelernt?«, fragte Cirillo.

»Auf einer Messe in Mailand. Sie hat mich angesprochen. Sie wusste, dass ich aus Capri stamme, aber ich hatte keine Ahnung, dass sie auch dort lebt. Wir hatten uns gleich unglaublich viel zu erzählen. Und von Anfang an war da dieses Gefühl, dass wir uns perfekt ergänzen.«

»Bitte gehen Sie jetzt.« Hinter einem Stapel Kartons, der fast bis zur Decke reichte, trat Grazia Nobile hervor. Ganz in Schwarz gekleidet, mit ihrem dunklen Teint und dem roten Lippenstift, musste sie die ganze Zeit schon dagestanden haben. »Sie sehen doch, wie sehr meine Tochter das Gespräch belastet.«

»Mamma.« Alessandra stand auf. »Es ist alles in Ordnung.«

»Ich weiß, mein Kind.« Grazia Nobile tätschelte ihrer Tochter die Wange. »Und du hast recht mit dem, was du gesagt hast. Rosalinda hat Seiten an dir zum Vorschein gebracht, von denen wir alle nichts gewusst haben.« Sie wandte sich an Rizzi und Cirillo. »Haben Sie Neuigkeiten? Oder müssen wir weiter Angst haben vor einem Mörder, der frei herumläuft?« Grazia Nobile stemmte die Hände in die Hüften. »Wer schützt uns vor diesem Verrückten? Wer weiß, wen er sich als Nächstes vornimmt?«

Alessandra war ganz blass geworden. Cirillo blätterte in ihren Notizen, und Rizzi beteuerte förmlich: »Die Kriminalpolizei ermittelt auf Hochtouren, und meine Kollegin und ich tun alles, was in unserer Macht steht, um sie dabei zu unterstützen.«

Der Wind stand still, es gab keinen Luftzug, keine Wolke, nur den Dunst hoch oben, der das Blau verschleierte und zu einer diffusen weißlichen Angelegenheit machte. Grazia Nobile ließ Rizzi und Cirillo den Vortritt, folgte ihnen auf die Gasse und schloss hinter sich die Pforte ab.

»Wer ist Zaza?«, fragte Rizzi.

»Zaza?«, wiederholte Grazia Nobile, während sie an der Klinke rüttelte und prüfte, ob auch wirklich abgeschlossen war. »Ein Papagei.«

»Und die alte Frau oben auf der Balustrade?« Rizzi sah zu den schmalen Fenstern hinauf, die – wenn er es richtig einschätzte – zum Büro und zur Werkstatt gehörten und von denen eines kaputt, das andere aufgeklappt war.

»Das ist Clarissa.« Grazia Nobile lächelte wissend und ließ den Schlüssel in ihrer Tasche verschwinden. »Zaza war ihr Papagei. Seit er vor ein paar Monaten gestorben ist, ruft sie ihn. Jeden Tag. Können Sie sich das vorstellen? Die Mädchen in der Werkstatt sind fix und fertig mit den Nerven, und Rosalinda hat gesagt, wir besorgen Clarissa einen neuen Vogel und beten, dass sie dann Ruhe gibt.«

»Aber?«, fragte Rizzi.

»Dazu ist es nicht mehr gekommen.« Grazia Nobile fasste Rizzi vertraulich am Arm, während sie die Gasse hinuntergingen. »Ich habe solche Angst um Alessandra«, flüsterte sie. »Wer garantiert für ihre Sicherheit? Vielleicht will der Täter auch Alessandra etwas antun. Ich mag gar nicht daran denken. Ich kann sie nicht beschützen.«

»Wie kommen Sie darauf, dass Ihre Tochter die Nächste ist, der etwas zustoßen könnte?«, fragte Cirillo.

Grazia Nobile rang die Hände. »Das sagt mir mein gesunder Menschenverstand! Oder können Sie eine solche Tat ausschließen? Ich meine, der Mann ist doch verrückt!«

Cirillo blieb stehen. »Sprechen Sie von Salvatore, oder haben Sie jemand anderen im Sinn?«

»Ich habe niemanden im Sinn.« Grazia Nobile nahm ihre Sonnenbrille ab. »Aber ich gehe davon aus, dass eine Tat von einer solchen Brutalität von einem Mann begangen wurde. Oder liege ich falsch?«

»Wenn Sie etwas wissen oder einen Verdacht haben, sagen Sie es uns«, bat Cirillo eindringlich. »Alles kann wichtig sein.«

Sie waren am Olivenbaum angelangt, unter dem Rizzis Motorroller parkte. Cirillos Vespa stand ein Stück weiter, neben dem Eingang zum Immobilienbüro.

»Also gut.« Grazia Nobile blieb stehen. »Aber was ich Ihnen jetzt erzähle, muss unter uns bleiben. Es ist nur ein Gefühl.« Sie führte nachdenklich einen Bügel ihrer Sonnenbrille an ihre Lippen. »Bitte verstehen Sie mich nicht falsch«, sagte sie. »Ich finde es richtig, groß zu denken, aber man muss auch realistisch sein. So wie Alessandra. Für sie ist die Boutique ihr Ein und Alles. Sie verkörpert den Laden, sie lebt dort auf, und sie ist auch sehr erfolgreich. Sonst hätte ich ihr die Immobilie an der Via Vittorio Emanuele auch nicht überlassen. Sie zahlt Miete, und zwar nicht zu knapp. Ich habe schließlich nichts zu verschenken.«

Ein Motorrad fuhr an ihnen vorbei, eine Moto Guzzi, an der seitlich zwei große Koffer montiert waren, und stoppte neben Cirillos Vespa vor dem Immobilienbüro. Der Fahrer stieg ab.

»Worauf wollen Sie hinaus?«, fragte Rizzi.

»Für Rosalinda, das war mein Eindruck, war die Boutique zu klein. Sie lebte nach dem Motto: Think big! Im

Gegensatz zu Alessandra. Verstehen Sie, was ich meine? Vielleicht hat sie *zu* groß gedacht.«

Der Motorradfahrer nahm seinen Helm ab. Es war Carlo Pescatore. Er grüßte knapp. Cirillo grüßte zurück und fragte: »Haben Sie ein konkretes Beispiel?«

Grazia Nobile zuckte die Schultern. »Rosalinda hat sich nicht in die Karten gucken lassen. Nicht von mir und auch nicht von Alessandra. Es ist so, davon bin ich überzeugt, auch wenn Alessandra dem vermutlich nicht zustimmen würde.«

Carlo verschwand im Immobilienbüro und tat, als wäre er sehr beschäftigt. Cirillo schaute ihm hinterher, und Grazia Nobile, die Cirillos Blick bemerkte, sagte: »Egal, was die Leute über ihn erzählen, Carlo ist ein zuverlässiger Mitarbeiter, glauben Sie mir. Ich würde für ihn meine Hand ins Feuer legen.«

Rizzi sparte sich einen Kommentar und überprüfte in seinem Telefon den Nachrichteneingang. Signora De Lulla gab keine Ruhe, und Teresa bat, einer von ihnen – Rizzi oder Cirillo – möge jetzt doch einmal bei ihr vorbeischauen, bevor die alte Diva ihre Drohung wahr machte und die Kriminalpolizei in Neapel einschaltete.

»Warum sind Sie und Carlo eigentlich so schlecht aufeinander zu sprechen?«, wollte Grazia Nobile plötzlich von Rizzi wissen.

»Tut mir leid.« Er ließ sein Telefon in der Hosentasche verschwinden. »Aber das ist eine Privatangelegenheit.«

»Stimmt es«, erkundigte Grazia Nobile sich im beiläufigen Ton, »dass Sie ihm die Frau ausgespannt haben und ihm mal die Hand ausgerutscht ist?«

»Ist das die Geschichte, die Carlo erzählt?«, spottete Rizzi.

»Ihre Version würde mich auch mal interessieren.« Grazia Nobile ließ nicht locker.

Rizzi klappte den Sattel von seinem Motorroller hoch, holte seinen Helm heraus und sagte zu Cirillo: »Ich erledige die Sache drüben in Gradola.«

»Einverstanden.« Cirillo nickte.

»Wir sehen uns in einer Stunde im Büro.« Er startete den Motor, hupte kurz, machte einen Bogen um den Lieferwagen herum und fuhr zügig die Via Boffe hinunter.

12

Nachdem auch Grazia Nobile sich verabschiedet hatte, wartete Cirillo, bis die Frau mit energischen Schritten um die nächste Ecke verschwunden war. Dann legte sie ihren Helm, den sie eigentlich hatte aufsetzen wollen, auf dem Sattel ihrer Vespa ab und trat ans Schaufenster, an dem die Immobilienangebote angeschlagen waren.

Sie betrachtete die Fotos. Häuser mit Eingängen, die von Bougainvillea umrankt waren, lichtdurchflutete Räume, Terrassen mit Meerblick. *Casa Angela,* stand unter einem der Fotos geschrieben, im historischen Zentrum von Anacapri, drei Zimmer, zwei Badezimmer, Böden aus Terrakotta, Terrasse mit Zugang zum Garten. Klang fantastisch, aber für den Kauf mussten mehrere Millionen hingeblättert werden.

Bei den Mietwohnungen sah es, was den Preis betraf, nicht viel besser aus: zwei Schlafzimmer, Küche und Bad, nahe Marina Piccola, kosteten fast fünfmal so viel, wie Cirillo für ihr kleines Zimmer mit Bad und Gemeinschaftsküche bei Signora Spirelli bezahlte. Ebenfalls unerschwinglich war die Wohnung von vierzig Quadratmetern mit zweieinhalb Zimmern an der Via Torina. Cirillo schauderte. Wo sollte sie Oscar unterbringen, wenn er demnächst vor der Tür stand und davon ausging, das vorzufinden, was sie ihm vorgeflunkert hatte: ein eigenes Zimmer mit Balkon? Die

Vorstellung, dass er sie – wieder einmal – bei einer Lüge ertappte, machte sie halb verrückt.

»Bei *Nobile Immobiliare* sind Sie immer goldrichtig«, sagte eine Stimme hinter Cirillo, die ihr nicht vertraut, aber auch nicht fremd vorkam.

Carlo Pescatore lächelte so breit, dass sie ihn fast nicht wiedererkannt hätte. »Wir haben ganz unterschiedliche Angebote«, erklärte er mit einer weit ausholenden Handbewegung, »und insgesamt so viele, dass wir sie hier gar nicht alle ausstellen können.«

»Verstehe«, sagte Cirillo, die den Impuls hatte, sich so schnell wie möglich zu verabschieden, sich aber gleichzeitig nicht von den Zetteln und Fotos im Schaufenster losreißen konnte.

»Sie wohnen in der Ferienunterkunft an der Via Pagliaro bei Signora Spirelli, nicht wahr?«, fragte Carlo Pescatore und schob sich eine Locke hinters Ohr. »Haben Sie Veränderungsbedarf? Suchen Sie jetzt etwas Eigenes?«

Cirillo behagte es nicht, mit diesem Mann über ihre private Wohnsituation zu sprechen und ihm damit automatisch auch Einblick in ihr Leben zu gewähren. Nicht nur wegen der Bemerkungen, die Rizzi über ihn gemacht hatte, und weil er der Ex von Rizzis Lebensgefährtin war. Sie wollte hier auf der Insel prinzipiell möglichst wenig von sich preisgeben. In beiläufigem Ton gab sie ihm deshalb zur Antwort, dass es ja zumindest nichts koste, mal nebenbei nach Angeboten zu schauen.

»Völlig richtig«, lobte er. »Darf ich trotzdem fragen, was genau Sie suchen?«

»Ich suche gar nichts«, korrigierte Cirillo. Und nach

kurzem Zögern fügte sie hinzu: »Mein Sohn kommt mich besuchen, eventuell für einen etwas längeren Zeitraum. Darum bräuchte ich auf jeden Fall zwei Schlafzimmer. Und bezahlbar muss es natürlich außerdem sein.«

»Sie haben einen Sohn?«, fragte Carlo Pescatore überrascht.

Cirillo winkte ab. »Er ist gerade achtzehn geworden und lebt bei seinem Vater.«

»Der Sohn kommt seine Mamma besuchen.« Über das Gesicht von Carlo Pescatore ging ein Strahlen, das seiner Miene fast etwas Kindliches verlieh. »Das ist – wunderbar.« Er schien gerührt, dachte vielleicht an seine eigene Tochter, die bei seiner Ex und Rizzi lebte, ballte die Faust, schlug damit ein paar Mal in seine Hand und sagte: »Wir werden etwas finden. Für Sie und Ihren Sohn. Und zwar etwas besonders Schönes.« Er schien auch schon eine Idee zu haben. »Warten Sie«, sagte er. »Bin gleich wieder da.«

Cirillo wollte ihn zurückhalten, aber Carlo Pescatore war schon hinter dem Mauervorsprung und der Tür zum Immobilienbüro verschwunden. Unschlüssig schaute sie die Via Boffe hinunter, wo ein Handwerker auf der Leiter stand und einen Fensterladen reparierte. Und plötzlich wollte sie nur noch weg, ganz schnell auf ihre Vespa steigen und davonfahren. Sie konnte und durfte in ihrer Dienstzeit kein Gespräch mit einem Immobilienmakler führen, um ihre private Wohnsituation zu verbessern, zumal Carlo Pescatore auch noch mit dem Mordopfer bekannt und damit ein potenzieller Zeuge war. Bei der Strafversetzung nach Capri hatte man ihr Auflagen gemacht, und sie durfte sich absolut gar nichts zuschulden kommen lassen.

Sie ging zurück zu ihrer Vespa und steckte den Schlüssel ins Schloss, als Carlo Pescatore aus dem Büro trat und die Tür hinter sich zusperrte. Er trug sein helles Sakko und rief: »Ihren Roller können Sie stehen lassen. Wir gehen zu Fuß.«

»Wohin?«, fragte Cirillo.

»Nur um die Ecke.« Er zeigte vage in die Richtung des Handwerkers.

Cirillo hob ihre Vespa vom Ständer und schob den Roller so, dass er zwischen Carlo und ihr als Abstandhalter diente.

»Wie war eigentlich Ihr Verhältnis zu Rosalinda Fervidi?«, fragte sie in dem offiziellen Ton einer Polizistin.

Carlo Pescatore nestelte an seinem Einstecktuch und antwortete zerstreut, dass er nichts Negatives über die Verstorbene sagen wolle. Er strich seine Haare nach hinten und erklärte: »Das tut man nicht, und schon gar nicht, wenn jemand unter solch brutalen Umständen ums Leben gekommen ist.«

Während Cirillo noch überlegte, was sie mit dieser Aussage anfangen sollte, fügte er mit gesenkter Stimme hinzu: »Aber eins muss ich doch sagen: Rosalinda war nach meiner Einschätzung kein Kind von Traurigkeit, sie hat nichts anbrennen lassen.«

»Wie meinen Sie das?«, fragte Cirillo.

»Es ist nur so mein Gefühl«, antwortete Carlo Pescatore und fügte so anzüglich wie anerkennend hinzu: »Sie war eben ein ganzer Kerl.« Er versuchte, im Vorbeigehen einer Katze über den Kopf zu streichen, aber das Tier wich seiner Hand aus und sprang davon.

»Können Sie bitte etwas konkreter werden?«, hakte Cirillo nach. »Ich meine: Haben Sie einmal persönlich etwas mitbekommen? Hatten Rosalinda Fervidi und Alessandra Nobile Streit miteinander?«

»Buongiorno, Signora Tatarella!«, rief Carlo Pescatore in einen Hauseingang hinein und erklärte: »Ich sollte nicht so viel quatschen.«

Cirillo lenkte ihre Vespa um ein Schlagloch herum und erinnerte Carlo Pescatore daran, dass es seine Pflicht sei, alles zu sagen, was er wusste, und seien es noch so unwichtige Kleinigkeiten.

»Ich habe nur so vor mich hin geredet.« Carlo Pescatore winkte ab: »In Wirklichkeit weiß ich gar nichts über Rosalinda.«

Cirillo blieb stehen, beide Hände am Lenker der Vespa. Carlo Pescatore, der ein paar Schritte weitergegangen war, drehte sich verwundert um.

»Ein ganzer Kerl«, wiederholte Cirillo. »Das haben Sie gesagt. Was meinen Sie damit?«

Er hob die Hände zum Himmel. »Ehrlich gesagt ist das nur eine dumme Fantasie von mir«, rief er. »Rosalinda war eben nicht so wie andere Mädchen. Fertig, aus.«

»Weil sie lesbisch war?«

»Das haben Sie gesagt.«

»Das ist doch kein Geheimnis.«

»Kann schon sein.« Carlo rieb sich die Nase. »Ja, wahrscheinlich haben Sie recht.«

Sie bogen in die Via Vigna, und Carlo Pescatore blieb nach wenigen Metern vor einem schmalen Haus mit schmuckloser Fassade stehen. Das Gebäude war drei Stockwerke hoch. »Von dort oben«, erklärte er und zeigte zum Erker hinauf, »hat man den schönsten Blick aufs Meer.« Er holte einen Schlüsselbund hervor und klimperte damit. »Sie werden sehen. Ihr Sohn wird begeistert sein.« Er steckte den Schlüssel ins Schloss der Haustür. »Was ist los?«

»Die Wohnung da oben kann ich mir sowieso nicht leisten«, erklärte Cirillo. »Darum schaue ich sie mir gar nicht erst an.«

Carlo Pescatore lächelte. »Es handelt sich hier um einen Sonderfall.« Er wedelte mit der Hand. »Kommen Sie. Sie müssen es sich anschauen. Alles andere wäre verrückt.«

»Wir brechen die Sache ab«, erwiderte Cirillo entschlossen. »Es war sehr freundlich von Ihnen, und ich entschuldige mich für die Mühe, die ich Ihnen gemacht habe. Aber ich habe zu tun.« Sie klappte den Sattel ihrer Vespa auf und nahm den Helm heraus.

»Wenn Sie jetzt davonfahren, machen Sie den Fehler Ihres Lebens«, rief Carlo Pescatore. »Glauben Sie mir. Die Wohnung ist wie für Sie gemacht. Und ich versichere Ihnen: Sie kostet nicht viel mehr, als Sie Signora Spirelli Monat für Monat für Ihr Mauseloch in der Via Pagliaro in den Rachen werfen. Versprochen.«

Cirillo setzte ihren Helm auf.

»Dem Vermieter kommt es nicht aufs Geld an«, hörte sie die Stimme von Carlo Pescatore undeutlich und dumpf. »Was er braucht, ist vor allem Ruhe und Berechenbarkeit. Das ist alles, was für ihn zählt. Und da sind Sie als Polizeibeamtin die Erfüllung seiner Träume. Er wird begeistert sein.« Carlo Pescatore trat einen Schritt näher und fügte in beschwörendem Ton hinzu: »Und was den Preis angeht, Signora Cirillo, kann ich, wenn alle Stricke reißen, noch ein gutes Wort für Sie einlegen.«

»Das habe ich nicht gehört.« Cirillo setzte ihren Helm wieder ab. »Ab sofort sagen Sie nichts mehr, verstanden? Kein Wort.«

»Verstanden«, erwiderte Carlo Pescatore artig und schloss beinahe geräuschlos die Haustür auf, während Cirillo ihren Helm wieder im Sattelfach verstaute.

Das Treppenhaus war eng, und durch die kleinen Fenster fiel gerade so viel Licht, dass die steilen Stufen zu erkennen waren. Es roch muffig, aber nicht feucht.

Oben vor der Wohnungstür angekommen, drehte Carlo Pescatore sich zu Cirillo herum und schaute sie, wie sie im Halbdunkel zu erkennen glaubte, erwartungsfroh an – was sie irgendwie rührte. Und sie dachte, dass der Mann ganz anders war, als sie ihn sich nach Rizzis Beschreibung – und auch nach eigener Einschätzung – vorgestellt hatte.

Er schloss die Tür auf, ging voran und signalisierte ihr wortlos, mit einer einladenden Geste, ihm zu folgen.

Der Raum, in den sie trat, war nicht besonders groß, die Decke überraschend hoch, und der Blick durchs Fenster ging über Dächer hinweg. Um die Ecke gab es einen Balkon – wie sie es Oscar beschrieben hatte. Hier könnte man zu zweit gerade so sitzen und morgens seinen Kaffee trinken und am Abend der Sonne dabei zusehen, wie sie im Westen versank.

»Wo ist das Meer?«, fragte sie.

»Das Meer?«, wiederholte Carlo Pescatore.

»Sie sagten, man könne es von hier aus sehen.«

Er machte einen Schritt zur Seite und ging ein wenig in die Knie. »Da«, sagte er und zeigte geradeaus. »Schauen Sie selbst.«

Sie musste ziemlich dicht neben ihn treten und roch sein Rasierwasser, dessen Duft ihr nicht unangenehm war. Dann sah sie tatsächlich das Meer, eine blau glitzernde Fläche, die rechts und links von zwei Häusern begrenzt wurde.

»Und sehen Sie den kleinen Zipfel?«, fragte Carlo Pescatore.

»Was ist das?«, fragte sie.

»Ischia!« Carlo Pescatore strahlte. »Und? Habe ich Ihnen zu viel versprochen?«

»Nein«, murmelte Cirillo. »Es ist schön.«

Die Wohnung würde möbliert vermietet werden, so wie sie war, was für Cirillo aber praktisch sei, wie Carlo Pescatore erklärte. Möbel auf Capri zu kaufen sei wahnsinnig teuer.

Cirillo schaute sich um. Es gab ein Bett, einen Stuhl und einen Schrank. Keine eigenen Anschaffungen machen zu müssen kam ihr tatsächlich entgegen. Zumal sie sich auf Capri gar nicht dauerhaft niederlassen wollte. Ein Anruf aus Bergamo von ihrer alten Dienststelle – und sie würde Capri den Rücken kehren und nie wieder hierher zurückkommen.

»Hier ist das zweite Schlafzimmer«, unterbrach Carlo Pescatore ihre Gedanken, und seine Stimme klang um einige Nuancen weniger euphorisch.

Das zweite Schlafzimmer war eher eine dunkle Abstellkammer, in die man mit Mühe und Not ein schmales Bett gequetscht hatte. Cirillo stieß sich das Schienbein, als sie sich auf die Zehenspitzen stellte, um aus dem winzigen Fenster zu schauen, doch tatsächlich war da nur die kahle Wand des Nachbarhauses zu sehen.

»Wie gesagt, die Wohnung ist wie für Sie gemacht«, fasste Carlo Pescatore zusammen und legte sich den Zeigefinger an die Lippen. »Eine Frage«, sagte er. »Wie viel bezahlen Sie bei Signora Spirelli?«

Cirillo nannte ihm ihre Monatsmiete.

»Für ein Zimmer, nicht wahr?« Carlo Pescatore überlegte angestrengt und legte dabei seine gebräunte Stirn in Falten. »Zwanzig Prozent müssten Sie auf Ihre bisherige Miete drauflegen«, rechnete er, »bekämen dafür dann aber die ganze Wohnung. Das müsste ich hinbekommen.« Er nickte zuversichtlich. »Wären Sie damit einverstanden?« Er schaute sie erwartungsvoll an. »Ich muss nur Rücksprache mit dem Vermieter halten. Aber da bin ich zuversichtlich.« Er überreichte Cirillo feierlich den Schlüssel und riet ihr, sich die Wohnung am Abend und auch am nächsten Tag noch einmal in Ruhe anzusehen. »Geben Sie mir morgen im Laufe des Tages Bescheid«, sagte er. »Bis dahin weiß ich auch, ob ich es mit dem Preis für Sie hinbekomme.«

»Sie sind sehr freundlich.« Cirillo nahm den Schlüssel entgegen. »Ich gebe Ihnen so schnell wie möglich eine Antwort«, sagte sie – und während sie es aussprach, überlegte sie bereits, ob sie, falls Oscar doch nicht nach Capri käme, die Wohnung trotz der höheren Miete nicht auch allein beziehen könnte.

In der Wohnungstür drehte Carlo Pescatore sich unvermittelt um. »Wie heißt Ihr Sohn?«, fragte er.

»Oscar«, antwortete Cirillo. »Warum?«

Er ließ den Namen auf sich wirken. »Ein schöner Name«, sagte er anerkennend, aber auch ein bisschen zweifelnd. »Meine Tochter heißt Francesca.«

»Auch ein schöner Name«, sagte Cirillo. »Ein sehr schöner Name sogar.«

Carlo Pescatore nickte erst zustimmend, dann noch einmal bestätigend und abschließend. »Ich weiß, was es bedeutet, von seinem Kind getrennt zu sein«, sagte er und wandte sich ab. Cirillo war sich nicht sicher, aber sie glaubte, in seinem Augenwinkel eine Träne gesehen zu haben.

»Signor Pescatore«, rief sie ihm hinterher, als er schon im Treppenhaus stand. »Rosalinda Fervidi war auch eine Tochter. Verstehen Sie? Wir sind es ihr schuldig, das Verbrechen aufzuklären, und wir sind es auch Alessandra schuldig. Falls Ihnen also noch etwas einfällt, sagen Sie mir Bescheid. Sie können mich jederzeit anrufen.«

»Sie haben recht«, antwortete er. »Ich werde noch einmal gründlich nachdenken. Ich verspreche es.« Auf der Treppe verhallten seine Schritte, dann klappte unten die Haustür.

Cirillo hatte ein seltsames Gefühl in der Magengegend, als sie allein zurückblieb und sich in der Küche umschaute, die klein war, aber groß genug, um sich beim Kochen darin bewegen zu können. Wenn Oscar wirklich zu ihr nach Capri käme, wollte sie vorher noch zwei, drei Rezepte einüben. Und plötzlich wusste sie, was es für ein Gefühl war, das von ihr Besitz ergriff und sie beinahe zum Zittern brachte. Die Aussicht auf das Glück, Zeit mit ihrem Sohn zu verbringen. Nach so vielen Jahren.

Sie stemmte die Hände in die Hüften und schüttelte den Kopf. Was für ein unverschämtes Glück, dass Carlo Pescatore ihr diese Wohnung gezeigt hatte. Oder gab es einen Haken bei der Sache? Irgendeinen Nachteil, den sie in ihrer Euphorie nicht sah?

Sie öffnete die Schranktüren. Schlichtes Geschirr, einfache Gläser. Im Unterschrank waren Pfannen und Töpfe, in den Schubladen Besteck und andere Küchenutensilien.

Sie ging zurück ins größere Zimmer und setzte sich aufs Bett. Sie wusste natürlich, worin der Haken bestand. Sie ließ sich von einem möglichen Zeugen im Mordfall eine Wohnung anbieten, und zudem handelte dieser mögliche Zeuge beim Vermieter noch Sonderkonditionen für sie aus.

Sie ließ sich rückwärts auf die Matratze fallen, lag auf dem Rücken und starrte an die frisch gestrichene Decke.

Andererseits war der Mann ja nicht selbst der Besitzer, sondern nur ein Vermittler, und es hatte sich alles zufällig ergeben. Was hätte sie denn tun sollen? Diese einmalige Chance aus Prinzip nicht wahrnehmen, das Superangebot fahren lassen? Und dass der Mann zu allem Überfluss auch noch der Vater von Rizzis Stieftochter war – dafür konnte sie nun wirklich nichts. Cirillo schloss die Augen und fasste sich an die Stirn. Nein, sie durfte jetzt nicht weiter darüber nachdenken.

Sie stand wieder auf und öffnete die Balkontür. Eine leichte Brise strömte herein und machte die Hitze sofort etwas erträglicher. Kein Vergleich mit Neapel. Als sie dort zuletzt die Nacht verbrachte, bei Davide unter dem Dach, war es so heiß gewesen, dass sie die ganze Nacht kein Auge zugemacht hatte. Und wieder musste Cirillo einen Gedanken verdrängen: dass Davide nur unwesentlich älter war als ihr Sohn. Noch wusste Oscar nichts von Davide, und sie hatte keine Ahnung, wie sie ihm die Neuigkeiten beibringen sollte. Oder sollte sie ihre Affäre einfach geheim halten, statt ihr Liebesleben vor ihrem Sohn auszubreiten?

Cirillo seufzte, als unten auf der Gasse ein Motor auf-heulte. Kurz darauf war ein Rumpeln und Scheppern zu hören. Dann herrschte Stille. Cirillo beugte sich über die Brüstung.

Unten war ein kleiner Garten zu sehen, daneben eine Terrasse, auf der Kinderspielzeug lag. Der Bereich war von einer Mauer umgeben. Dahinter befand sich die Via Vigna, auf der – eingezwängt zwischen zwei Blumenkübeln – ein Auto parkte. Der hintere Topf war umgefallen und zerbro-chen. Pflanzen und Erde lagen auf dem Asphalt.

Die Fahrertür ging auf. Ein Mann stieg aus, betrachtete den Schaden, bevor er wütend gegen den kaputten Pflan-zenkübel trat. Cirillo konnte unter dem Hut mit modischer kleiner Krempe kein Gesicht erkennen. Der Typ versuchte halbherzig, mit dem Fuß die Terrakottascherben zusam-menzuschieben, und bückte sich, um die Pflanzen auf un-geschickte Weise zurück in die verbliebene Erde zu stopfen, als unten auf der Gasse eine Frauenstimme ertönte, die et-was rief, das nicht zu verstehen war.

Eine Frau mit roten Haaren kam um die Ecke. Cirillo erkannte sie sofort. Es war Emma aus der Werkstatt. Die Worte, die die beiden miteinander wechselten, drangen nur in Fetzen zu Cirillo herauf und ergaben keinen Zusammen-hang. Es war schwer zu sagen, ob Emma und der Typ da unten miteinander stritten, weil sie ihn dabei ertappt hatte, dass er den Blumenkübel über den Haufen gefahren hatte, oder ob sie ihn damit aufzog, dass er offenbar unfähig war einzuparken. Es konnte aber auch um etwas ganz anderes gehen. So oder so wirkten die beiden auf seltsame Weise vertraut miteinander.

Als sich der Mann vom Auto wegdrehte, erkannte Cirillo an seinem Hals eine Tätowierung. Sie beugte sich weiter über die Brüstung. Es war, das sah sie nun deutlich, der Kopf eines Salamanders, der aus dem Halsausschnitt des T-Shirts herausschaute.

Vielleicht lag es an der Gesamterscheinung des Mannes, an seiner Kleidung, dem modischen Hut und der Art, wie er sich bewegte, dass Cirillo es zunächst für möglich hielt, dass es sich nicht um Umberto Fervidi handelte. Doch er war es. Als hätte sie ihn gerufen, schaute er plötzlich zu ihr hoch.

Cirillo machte einen Schritt zurück und presste sich an die Hauswand. Das Herz klopfte ihr bis zum Hals. Sie war sich nicht sicher, ob ihre Blicke sich getroffen hatten. Aber sie wusste instinktiv, dass sie Zeugin einer Begegnung geworden war, von der sie nichts wissen sollte. Oder war am Ende doch alles ganz harmlos? Tatsache war: Umberto Fervidi, der Halbbruder der ermordeten Rosalinda, und Emma, die Angestellte aus der Werkstatt, kannten sich und begegneten sich nicht zum ersten Mal, und sie hatten ihre Verbindung im Gespräch mit der Polizei mit keiner Silbe erwähnt. Warum trafen sie sich abseits der Werkstatt? Oder waren sie sich hier doch rein zufällig begegnet?

Cirillo hörte, wie die Stimmen sich entfernten, trat wieder vor und sah gerade noch, wie Umberto Fervidi und Emma einträchtig nebeneinander die Gasse hinuntergingen und um die Ecke verschwanden.

Rasch ging sie zurück ins Zimmer, nahm ihre Mütze und zog hastig die Wohnungstür hinter sich zu. Lief die Treppe hinunter und trat aus dem Haus.

Sie wollte kein Aufsehen erregen und zwang sich, nicht

zu rennen. Sie hatte die beiden Silhouetten zwischen den hohen Hauswänden fest im Blick und beobachtete ein merkwürdiges Gerangel zwischen den beiden. Entweder neckten sie sich, oder sie lagen doch ernsthaft miteinander im Clinch. Bis Umberto am Ende der Gasse, wo die Via Giuliani auf die Via Tuoro stieß, plötzlich mit dem Arm weit ausholte und es aussah, als wollte er Emma schlagen. Cirillo blieb erschrocken stehen.

Ein Lieferwagen fuhr vorbei, gefolgt von einem Bus, und Cirillo begriff, dass Emma unaufmerksam gewesen war und Umberto sie von der Straße gezogen hatte. Den Arm um Emma gelegt, zog er sie nach links hinüber. Cirillo setzte ihnen nach und sah, dass sie die Straßenseite wechselten.

Autos versperrten ihr die Sicht. Eine Ape mit Gemüsekisten auf der Ladefläche rumpelte vorbei, mehrere Autos folgten, dann hatte sie die beiden wieder im Blick, wie sie nebeneinander, ohne Eile, im Halbschatten an der Mauer entlanggingen.

Um den beiden nicht zu nahe zu kommen, gewährte Cirillo ihnen einen Vorsprung. Sie ließ einen Bus passieren, noch einen, ein Taxi – und verschätzte sich. Als sie wieder freie Sicht hatte, waren Emma und Umberto Fervidi verschwunden. Wie vom Erdboden verschluckt.

Cirillo fluchte leise, lief an der Mauer entlang und konnte es nicht fassen. So schnell trat man doch nicht in ein Haus – und wenn doch, hätte sie wenigstens sehen oder klären müssen, wie die Tür oder das Tor wieder ins Schloss fiel.

Der Weg bis zur nächsten Querstraße erschien ihr zu weit, als dass Umberto und Emma die Strecke in so kurzer Zeit hätten zurücklegen können. Oder doch? Anders als erwartet, war es keine Straße, die hier abging, sondern die Zufahrt zu einer Brache, auf der dicht gedrängt Autos parkten. Eine Zwischennutzung war hier offensichtlich zur Dauerlösung geworden. Keine Menschenseele war zu sehen, allerdings versperrten viele Fahrzeuge auch die Sicht, und das unebene Gelände machte die Lage zusätzlich unübersichtlich.

Cirillo ging zwischen den Autos entlang. Es gab keinen Baum, keinen Schatten. Für ein Treffen fernab der Öffentlichkeit war es vielleicht nicht der schlechteste Ort. Andererseits würden zwei Menschen, die nicht zusammen gesehen werden wollen, auch nicht in den Gassen lautstark Worte miteinander wechseln. Nein, es ergab alles keinen Sinn. Sie schaute sich ein letztes Mal um. Umberto und Emma waren nirgends zu sehen. Cirillo hatte sich einfach zu dumm angestellt, hatte sie aus den Augen verloren und die Gelegenheit verpasst, fernab der offiziellen Ermittlungen etwas zu erfahren. Sie war einfach nicht mehr in Übung. Der Job auf Capri hatte sie einrosten und langsam werden lassen.

Sie drehte sich um, um den Weg zurückzugehen, als sie glaubte, ein Flüstern zu hören, eine Unterhaltung in unterdrückter Lautstärke. Sie blieb stehen, lauschte – ja, da war etwas – und kauerte zwischen den Autos nieder. Es roch nach Gummi, und die Hitze kam nicht nur von oben, der Sonne, die erbarmungslos vom Himmel knallte, sondern strahlte auch von den Motorhauben und Karosserien der Autos ab.

Sie wischte sich mit dem Ärmel den Schweiß von der Stirn und schlich in gebückter Haltung zwischen den parkenden Autos hindurch. Ihr Kreuz schmerzte, sie spürte ein Ziehen in den Schenkeln und wusste nicht, ob sie in der richtigen Richtung unterwegs war und ob die Stimmen lauter oder leiser wurden.

»Kann ich Ihnen helfen?«, fragte eine Stimme hinter ihr.

Cirillo fuhr herum, stieß sich beinahe den Kopf an einem Rückspiegel und sah orangefarbene Sneakers, braun gebrannte Waden und die Fransen einer Jeans, die über den Knien abgeschnitten war. Der Mann, der auf sie herunterschaute, trug ein gelbes T-Shirt mit der Aufschrift »FIT«, die über seinem Bauch spannte.

»Gehen Sie bitte weiter«, befahl Cirillo in gedämpftem Ton.

»Würde ich ja gerne.« Der Mann drückte auf den Autoschlüssel in seiner Hand, und mit dem Aufleuchten der gelben Blinklichter ertönte ein zwitschernder Signalton.

Cirillo trat zur Seite und sah durch die staubigen Scheiben zwei Schatten, die ein paar Reihen weiter an einem Pick-up lehnten und ihnen den Rücken zuwandten.

»Worauf warten Sie?«, fragte der Mann halblaut. »Es ist eine Schande. Am helllichten Tag. Sie sollten mal sehen, was hier abends und in der Nacht los ist. Das Gesocks von der ganzen Insel trifft sich hier. Und die Polizei lässt sich nicht blicken.« Er stieg ein, zog die Tür zu und ließ den Motor an.

Cirillo beobachtete, wie Umberto ohne Eile etwas in einem Tütchen mit dem Finger prüfte, dann das Päckchen in der Hosentasche verschwinden ließ und Emma etwas Zusammengerolltes überreichte, wahrscheinlich einen Geldschein.

Statt sie zur Rede zu stellen und die Drogen zu beschlagnahmen, ließ Cirillo die beiden ziehen. Ihre Beobachtung, die sie gerade gemacht hatte, könnte zu einem späteren Zeitpunkt noch nützlich sein.

13

Das große schmiedeeiserne Tor stand sperrangelweit offen. Rizzi fuhr, von der Via Grotta Azzurra kommend, die breite Auffahrt zwischen Rhododendren, Magnolien und Pinien hinauf und hielt vor der Freitreppe mit den beiden Löwen, gleich neben dem Fiat Panda, der vom Hausmeister und Gärtner, Roberto Esposito, benutzt wurde, wenn er Besorgungen machte oder Signora De Lulla irgendwo hingefahren werden wollte. In der Ferne war ein Rasenmäher zu hören und, ganz weit weg, Musik, eine Oper.

Rizzi betätigte den eingerosteten Knopf der Türglocke. Nichts rührte sich. Ohne lange zu warten oder es noch mal zu probieren, nahm Rizzi den Kiesweg ums Haus herum. Rosen und Lavendel blühten zusammen mit Rittersporn und Pechnelken und bildeten eine Pracht, die umso verschwenderischer erschien, als sie kaum jemand zu Gesicht bekam. Der Putz blätterte nicht nur auf der Wetterseite von der Fassade und musste so dringend ausgebessert und instand gesetzt werden wie das Holz der Fensterläden. Das Salzwasser, das vom Wind mit der Brandung herangetragen wurde, setzte dem alten Kasten zu und verlieh ihm gleichzeitig eine einzigartige Patina. Es gab nicht viele Häuser in so fantastischer Lage, hoch über den Felsen, unweit der

Blauen Grotte, und dennoch beklagte sich Signora De Lulla gern darüber, dass täglich – und ganz besonders im Sommer – der Lärm der Megafone auf den Touristenbooten bis zu ihr hinaufhallte.

Der Tisch auf der Terrasse war unter einem großen weißen Schirm für zwei Personen gedeckt, als erwartete Signora De Lulla Besuch, und Rizzi ahnte, dass er wohl der Gast war, dem diese Ehre zuteilwerden sollte. Unter einer Pergola standen weiße Korbstühle mit einem Beistelltischchen, auf dem ein Eiskühler stand. Zu sehen war niemand. Von den Flügeltüren, die ins Haus führten, war nur die mittlere geöffnet, durch die klassische Musik in den Garten drang.

Als Rizzi eintrat, stand er Giorgio De Lulla gegenüber, der – mit Strohhut in der Hand, steifem Kragen und gezwirbeltem Schnurrbart – fast lebensgroß in einem reich verzierten goldenen Rahmen gefangen war. Signora De Lulla pflegte die Legende, dass sie ihm zuliebe ihre Karriere als Filmschauspielerin aufgegeben und damit das Feld ihrer Rivalin überlassen hatte – auch wenn dieses Weib es ihr nie gedankt habe. Dabei wäre zweifellos sie, Signora De Lulla – damals noch Ludovica Ferretti –, der gefeierte Star geworden, und neben ihr wäre für eine Sophia Loren aus Pozzuoli, Tochter einer Klavierlehrerin, schlicht kein Platz mehr gewesen. Doch statt sich im Ruhm zu sonnen, der am Ende ja ohnehin nur flüchtig war, habe sie sich um die Immobilien und Wertpapiere gekümmert, die der geliebte Giorgio De Lulla ihr nach seinem viel zu frühen Tod hinterlassen hatte.

Sie saß, tadellos frisiert, an ihrem Tischchen am Fenster

und legte eine Patience. Mit ihrem schulterlangen, toupierten gelben Haar sah sie auf den ersten Blick immer noch aus wie auf dem Gemälde, das Rizzi aus der Eingangshalle kannte, nur dass ihre Brille mit den bläulich getönten Gläsern einen Großteil ihres Gesichts bedeckte. Sie trug einen seidenen Hausmantel, bestickt mit bunten Flamingos, und darunter ein weit ausgeschnittenes Kleid, das viel Platz für ihr faltiges Dekolleté und ein Collier aus Smaragden und Rubinen ließ, das allein wahrscheinlich fünfmal so viel wert war, wie Rizzi als Polizeibeamter in einem ganzen Jahr verdiente. Der Gedanke, dass hier im Prinzip jeder von der Straße durch das offene Tor fahren, ums Haus herumgehen, hereinmarschieren und der alten Dame die Juwelen vom Hals reißen konnte, trieb Rizzi den Schweiß auf die Stirn.

Auf dem niedrigen Rauchglastisch standen Gläser und Karaffen mit Sherry, Whisky und Ramazzotti. Die Musik war verstummt. Nur das Meer war noch zu hören, ein beständiges Rauschen. In die Stille hinein sagte Signora De Lulla, ohne von ihren Spielkarten aufzusehen: »Ich habe schon befürchtet, dass Sie es sind, der meine Aussage zu Protokoll nimmt, und nicht Ihr reizender Kollege.«

»Buongiorno«, grüßte Rizzi und nahm seine Mütze ab.

»Wie geht es Agente Savio?« Signora De Lulla nahm einen Schluck Sherry und betrachtete Rizzi prüfend über den Rand ihrer Brille hinweg. »Wo ist er?«

»Agente Savio ist in dringenden Angelegenheiten in Neapel«, sagte Rizzi, während er sich umschaute und seinen Blick über das blaue Sofa mit den vielen Kissen und die hohen Bücherregale gleiten ließ. »Deshalb müssen Sie mit mir vorliebnehmen.«

»Dann ist es eben so«, seufzte Signora De Lulla. »Nehmen Sie Platz, Agente.«

Rizzi zog den Klavierhocker heran, der am Flügel stand, und fragte: »Sie wollen eine Aussage machen?«

»Zunächst einmal muss ich Ihnen sagen, dass ich entsetzt bin.« Signora De Lulla nahm ihre Brille ab, und herbe, fast männliche Gesichtszüge kamen zum Vorschein. »Ich bin entsetzt über den Tod dieser netten jungen Dame, Rosalinda Fervidi. Die Nachricht hat mich tief getroffen, und zwar genau hier, mitten ins Herz.« Sie drückte sich mit der Faust an die Brust und atmete schwer. »Und selbst jetzt, da ich diese Worte hier vor Ihnen laut ausspreche, denke ich: Es kann nicht sein. Ein solch abscheuliches Verbrechen – und ein so liebes Mädchen.« Empört ließ sie ihren Blick von unten nach oben an Rizzi entlangwandern, und als sie bei seinem Gesicht angekommen war, erstarrte sie sekundenlang, als hätte sie schon wieder vergessen, dass nicht Agente Savio vor ihr saß, sondern Rizzi.

»Jetzt erzählen Sie mal«, bat Signora De Lulla. »Was ist passiert?«

Rizzi drehte seine Mütze in der Hand. Er wusste intuitiv, dass er die alte Dame schlecht mit der Formel abspeisen konnte, über laufende Ermittlungen dürfe er nichts verraten, und sagte: »Die arme Rosalinda wurde erdrosselt, und wir tappen immer noch im Dunkeln. Aber« – er blickte Signora De Lulla fragend an – »Sie können uns vielleicht weiterhelfen?«

»Das kann ich in der Tat«, antwortete Signora De Lulla und klappte die Bügel ihrer Brille zusammen. »Wissen Sie, manchmal kommt es mir so vor, als lebte ich hier auf meinem Anwesen, in diesen Räumen« – sie machte eine ausholende Handbewegung –, »vollkommen abgeschottet von der Welt, wie in einer Blase.«

»Den Eindruck habe ich auch«, stimmte Rizzi offenherzig zu.

»Wie bitte?« Signora De Lulla beugte sich irritiert vor. »Was haben Sie gerade gesagt?«

Rizzi biss sich auf die Lippen. Mit Signora De Lulla, so kam es ihm vor, fand er nie den richtigen Ton. Er war eben Polizist und gleichzeitig Bauer und kannte sich in den Sphären, in denen Signora De Lulla sich bewegte, einfach nicht aus.

»Sehen Sie, genau das ist der Unterschied zwischen Ihnen und Agente Savio«, sagte Signora De Lulla, als hätte sie seine Gedanken erraten. Sie setzte ihre Brille wieder auf, und ihr Gesicht verschwand hinter den bläulichen Gläsern. »Mit niemandem kann ich mich so gut unterhalten wie mit Ihrem Kollegen. Seine Anwesenheit ist anregend, da sprühen die Funken. Und mit Ihnen?« Sie machte eine wegwerfende Handbewegung. »Also gut. Wo war ich?«

»Bei Rosalinda Fervidi.«

»Richtig.« Signora De Lulla seufzte schwer. »Rosalinda Fervidi war eben auch so jemand wie Agente Savio. Sie kam gerne her, um mir Gesellschaft zu leisten. Sich mit dieser Frau zu unterhalten war unglaublich anregend. Und ich versichere Ihnen: Das kann ich nur von wenigen Frauen sagen.«

»Ich bin verwirrt«, gestand Rizzi. »Wenn ich Sie richtig verstehe, kannten Sie Rosalinda Fervidi, und sie war sogar hier bei Ihnen zu Besuch?«

»Das sage ich doch die ganze Zeit.«

»Woher kannten Sie sie?«

»Nicht ich kannte sie, sondern sie kannte mich«, korrigierte Signora De Lulla. »Was glauben Sie, wie viel Post ich von Menschen bekomme, die mich aus den wunderschönen alten Filmen kennen?« Signora De Lulla schob ihre Frisur zurecht und fuhr fort: »Rosalinda Fervidi hat sich bei mir gemeldet und um eine Audienz gebeten, und ich habe ihr diese Audienz gewährt.«

»Und dann?«, fragte Rizzi.

»Haben wir hier gesessen und geplaudert.«

»Worüber?«

»Über das Leben.«

»Ich nehme an: über Ihr Leben.«

»Natürlich über mein Leben«, sagte sie. »Worüber denn sonst?«

Rizzi nickte geduldig. »Erinnern Sie sich an etwas Konkretes, worüber Sie mit Rosalinda gesprochen haben oder was sie besonders interessiert hat?«

»Sie hat sich für alles interessiert. Nicht nur für mich als Filmstar, sondern auch für mich als Mensch.«

Rizzi überlegte. »Wie oft war Rosalinda Fervidi bei Ihnen zu Besuch?«

»Ich würde sagen: einmal im Monat.«

»Und wann zuletzt?«

Signora De Lulla überlegte. »Mein Zeitgefühl«, sagte sie, »es ist nicht mehr vorhanden. Aber wenn Sie es genau wissen wollen, fragen wir Roberto. Er kennt meinen Terminkalender rauf und runter.« Sie tastete nach einem altertümlichen Mobiltelefon und drückte darauf herum.

»Wenn Sie an die Besuche von Rosalinda Fervidi zurückdenken«, begann Rizzi noch einmal, »welcher Besuch oder welches Gespräch hat sich Ihnen besonders eingeprägt?«

»Das kann ich Ihnen ganz genau sagen.« Signora De Lulla legte das Telefon zurück auf den Tisch. »Das war der Besuch, bei dem es um die Blaue Salamander ging.«

»Um was?«

»Um die Tasche.«

In diesem Moment betrat Roberto Esposito den Raum. Er trug eine verbeulte Hose, aus deren Seitentasche eine Kneifzange ragte, und ein kariertes Hemd. Die grauen Haare klebten ihm an der verschwitzten Stirn, und die immer noch pechschwarzen Augenbrauen waren misstrauisch zusammengezogen. Wie er da stand und seine Schirmmütze in der Hand knetete, wirkte er einerseits nervös, als fürchte er, geschimpft zu werden, und andererseits empört, weil er schon jetzt überzeugt war, dass er sich nichts hatte zuschulden kommen lassen.

»Signora?«, sagte er und wich Rizzis Blick aus, als könne er dessen Anwesenheit auf diese Weise ignorieren. »Sie haben mich gerufen?«

»Sagen Sie, Roberto, wann war dieses Mädchen zuletzt bei mir zu Besuch?«, fragte Signora De Lulla.

»Sie meinen die Frau mit den kurz geschorenen Haaren, die nach einem Bier verlangt hat?« Roberto knetete weiter seine Mütze. »Ich weiß es nicht, Signora.«

»Dann schauen Sie nach. Der Agente möchte es wissen.«

Der Mann murmelte etwas und verzog sich, und Rizzi fragte: »Wieso wollte Rosalinda Fervidi mit Ihnen über eine Tasche sprechen? Das müssen Sie mir erklären.«

»Weil es sich bei der Blauen Salamander um eine Rarität handelt, um ein ganz besonderes Stück. Sie ist ein Juwel unter den Handtaschen, sorgfältig und liebevoll hergestellt aus der Haut der *lucertola azzurra,* ein echtes Kunstwerk.« Signora De Lulla lehnte sich zurück. »In einem Blau – das können Sie sich nicht vorstellen. Ein Schimmern in allen Nuancen. Wie das Meer.« Sie überlegte – und schüttelte den Kopf. »Nein, wie *unser* Meer hier auf Capri«, ergänzte sie, »nur noch schöner. Blautöne, wie sie nur die Natur hervorbringen kann.« Sie nickte und seufzte zufrieden.

»Ich kann den Kalender nicht finden, Signora«, ließ Roberto Esposito sich vernehmen. Er stand in der Tür. »Aber ich bin mir ziemlich sicher, dass der Besuch schon ein paar Wochen her ist.«

Signora De Lulla verdrehte die Augen, womit sie Rizzi wohl klarmachen wollte, wie schwer sie es hatte, sich mit Menschen wie Roberto Esposito herumschlagen zu müssen. »Ein paar Wochen her«, wiederholte sie. »Reicht Ihnen diese Angabe, Agente?« Bevor Rizzi antworten konnte, wandte sie sich an den Gärtner und erklärte langsam und deutlich: »Wie oft soll ich es noch sagen? Sie müssen Buch führen über die Menschen, die mich besuchen. Die Welt will wissen, wer zu mir kommt, und das nicht erst nach meinem Tod.«

»Kann ich die Blaue Salamander sehen?«, fragte Rizzi.

»Gewiss.« Sie klatschte in die Hände. »Worauf warten Sie, Roberto? Stehen Sie nicht so herum. Holen Sie sie!«

Roberto Esposito verschwand wieder.

Rizzi fragte: »Hatten Sie den Eindruck, dass Rosalinda Fervidi unter Druck stand oder in Schwierigkeiten steckte?«

»Ich weiß es nicht«, erklärte Signora De Lulla bekümmert. »Ich kann Ihre Frage nicht beantworten.«

»Bitte überlegen Sie.«

»Beim besten Willen«, sagte sie, »aber ich hatte nicht den Eindruck, dass etwas nicht in Ordnung war.«

»Hat sie jemals einen Mann erwähnt, der Salvatore heißt?«

Signora De Lulla überlegte – und schüttelte den Kopf.

»Ich weiß nicht, wo die Tasche ist«, meldete Roberto von der Tür. »Ich kann sie nicht finden.«

»Sie müssen nur mal Ihre Augen aufmachen. Ist das zu viel verlangt?« Signora De Lulla erhob sich mühsam von ihrem Platz.

Bevor Rizzi ihr zu Hilfe kommen konnte, war Roberto Esposito zur Stelle und fasste sie am Arm.

»Lassen Sie«, befahl Signora De Lulla. »Gehen Sie, und kümmern Sie sich um den Rasen. Das können Sie immer noch am besten.«

Als Roberto Esposito verschwunden war, stützte Signora De Lulla sich mit einer Hand auf ihren Stock, mit der anderen auf Rizzis Arm und raunte: »Dieser Dummkopf.«

Auf dem Weg durchs Esszimmer, den Salon und die Empfangshalle erzählte sie kurzatmig, wie damals ihr geliebter Giorgio ihr ein Geschenk überreicht hatte und wie überrascht sie gewesen war, dass sich darin eine so wunderschöne Tasche befand. Dann verstummte sie.

Sie waren im oberen Stock angelangt und betraten ein Schlafzimmer mit einem Messingbett, auf dem eine rosafarbene Steppdecke lag. Die Fenster waren mit Gardinen verhängt und die Läden geschlossen, sodass nur spärlich Licht hereinfiel. Über ein Zebrafell ging es in einen Nebenraum, der halb so groß war wie das Schlafzimmer und fast nur aus hohen Schränken bestand.

Rizzi blieb respektvoll in der Tür stehen, während Signora De Lulla an ihrem Stock zu einer Truhe humpelte, die unter dem Fenster neben einem Sessel stand. Die Truhe war an den Ecken und Seiten mit Eisenbeschlägen verstärkt, der Deckel mit Lilien bemalt, und das Stück sah aus, als wäre es mindestens zweihundert Jahre alt.

Signora De Lulla stand davor und rief: »Jetzt kommen Sie schon, Agente. Helfen Sie mir.«

Rizzi brauchte beide Hände, um die Truhe zu öffnen, so schwer war der Deckel. Darunter kam eine Einteilung aus Sperrholz zum Vorschein, sechs Fächer, in denen in Stoffsäcke gehüllte Gegenstände steckten. Ein Fach war leer.

Signora De Lulla bewegte die Lippen, als würde sie abzählen oder eine Rechenaufgabe lösen, und begann, zunehmend hektisch, die Gegenstände aus den Fächern herauszuholen und aus ihren Schutzhüllen zu zerren. Es waren lauter Handtaschen aus Wild- und Glattleder, tabakbraun und cognacgelb oder schwarz lackiert, mit goldenen Verschlüssen, seidigen Fransen, bauchig oder flach, abgerundet oder eckig. Aber eine blaue oder auch nur annähernd blaue war nicht dabei.

»Roberto«, flüsterte Signora De Lulla, und ihre Stimme überschlug sich: »Kommen Sie sofort her!«

Der Mann war schon im nächsten Moment zur Stelle, als hätte er hinter der Tür gestanden.

»Wo ist die Blaue Salamander?«, fragte Signora De Lulla. »Wo haben Sie sie hingetan?«

»Ich sagte doch bereits, dass sie nicht da ist.«

»Das ist keine Antwort auf meine Frage.«

»Ich bin mir sicher«, begann er stockend und rieb sich nervös die Hände, »dass ich sie zurück in diese Truhe getan habe, wie Sie es mir aufgetragen hatten. Ganz bestimmt, Signora.«

Er hatte plötzlich Tränen in den Augen, während Signora De Lulla auf den Sessel in der Ecke sank, immer wieder fassungslos den Kopf schüttelte und vor sich hin murmelte: »Das gibt es doch nicht. Das kann nicht sein.«

»Haben Sie sie vielleicht an einen anderen Ort getan?«, fragte Rizzi und knipste das Deckenlicht an.

»Der Platz der Blauen Salamander ist hier«, murmelte Signora De Lulla, »und nirgendwo sonst.«

»Sie haben schon oft Dinge gesucht und als gestohlen gemeldet, die dann an anderer Stelle wieder aufgetaucht sind«, erinnerte Rizzi und versuchte, dabei nicht vorwurfsvoll zu klingen. »Also denken Sie bitte nach. Ganz in Ruhe.«

Roberto Esposito legte seine Hände aneinander, als würde er beten, dass Signora De Lulla den rettenden Einfall hatte und er nicht für den Verlust verantwortlich gemacht würde.

Signora De Lulla starrte ins Leere. Aus ihrem Gesicht war alle Farbe gewichen, als sie ungläubig flüsterte: »Die Blaue Salamander ist weg. Gestohlen.«

14

Unter anderen Umständen hätte Signora De Lulla es vielleicht sogar genießen können, was jetzt begann. Dass Rizzi am Polizeiposten Bescheid gab und kurz darauf nicht nur ihr Liebling Savio, sondern auch der Kollege Gatti im Streifenwagen vorfuhren und sich mit Rizzi nun drei Männer in Uniform um sie scharten. Sie erklärte sich ausdrücklich einverstanden, dass eine Durchsuchung durchgeführt wurde, ohne dass ein gerichtlicher Beschluss vorlag.

Savio und Gatti nahmen nicht nur jeden Winkel im Ankleidezimmer, sondern nach und nach auch alle anderen Schränke und Ecken im Haus und im Keller unter die Lupe und förderten seltsame Dinge zutage wie eine riesige Stofffledermaus mit ausgespannten Flügeln, hölzerne Klappen mit unleserlichen Aufschriften von Filmen, in denen Signora De Lulla mitgewirkt hatte, sowie haufenweise Schuhe, teilweise wie neu und in Originalkartons verpackt. Dazu mottenzerfressene Schals und museumsreife Hüte in großen Schachteln. Aber die Blaue Salamander war nicht dabei.

Nachdem Signora De Lulla die Durchsuchung anfangs noch beaufsichtigt und mitverfolgt hatte und Savio und Gatti sogar wiederholt aufforderte, ihr den einen oder anderen Fund zu zeigen, damit sie ihn kommentieren konnte, zog sie sich bald zurück, setzte sich auf die Terrasse unter den Sonnenschirm und starrte apathisch aufs Meer und die Blautöne, die sich, nach ihrer Aussage, alle auch in der Blauen Salamander wiederfanden. Und wie sie da saß, so allein, mit einem Drink in der Hand, sah sie selbst aus wie eine von den vielen Requisiten, die in diesem Haus beherbergt wurden.

Unterdessen befragte Rizzi im Esszimmer den Hausmeister Roberto Esposito, der zu Protokoll gab, Rosalinda Fervidi sei nach seiner Erinnerung vor schätzungsweise vier Wochen, also irgendwann Mitte Juni, zuletzt hier zu Besuch gewesen. Wie oft sie Signora De Lulla ihre Aufwartung gemacht hatte, konnte er schwer sagen, vielleicht drei-, viermal, und bei jedem Besuch sei Signora De Lulla aufgelebt wie sonst nur in den Nächten, in denen ihr Agente Savio gegenübersaß und ihren Geschichten lauschte.

»Wann hat Signora De Lulla die Blaue Salamander hervorgeholt und Rosalinda Fervidi präsentiert?«, fragte Rizzi. »Bei ihrem letzten Besuch?«

Roberto Esposito überlegte. Nach seiner Erinnerung habe er bei einem der vorherigen Besuche die Blaue Salamander aus der Truhe im Ankleidezimmer geholt, und dorthin habe er sie auch wieder zurückgebracht. Aber ihm sei aufgefallen, dass Rosalinda Fervidi die Blaue Salamander an dem Abend mit einer solchen Ehrfurcht in Händen gehalten habe, dass er selbst auch ganz ehrfürchtig geworden sei. Und er habe sofort gesehen, dass sich Rosalinda Fervidi mit Taschen und Leder auskannte.

»Woran erkennt man das?«, fragte Rizzi und wiederholte, angesichts der Ratlosigkeit in Roberto Espositos Gesicht: »Woran erkennt man, ob sich jemand mit Taschen und Leder auskennt?«

»Wie sie die Tasche angefasst und betrachtet hat«, erklärte Roberto Esposito. »Das Material, die Nähte, das Innenfutter, als wäre es ein Kunstwerk.«

»Als wollte sie sich jedes Detail genau einprägen?«

Roberto Esposito nickte. »Genau.«

Auf dem Weg über den Rasen, zu Signora De Lulla, versuchte Rizzi noch einmal, Cirillo zu erreichen, aber sie ging nicht an ihr Telefon.

»Wir brauchen ein Foto von der Tasche«, sagte er, als er bei Signora De Lulla unter der Pergola ankam. »Haben Sie eins?«

Die alte Dame, verschanzt hinter einer großen schwarzen Sonnenbrille, saß wie erstarrt in ihrem Korbsessel, während Rizzi auf seinem Telefon die Begriffe »Tasche« und »Blaue Salamander« in die Suchmaschine eingab.

»Heißt das, die Blaue Salamander ist wirklich weg?«, fragte Signora De Lulla.

»Genau das heißt es«, antwortete Rizzi. »Die Durchsuchung ist beendet.« Er zog sich den Korbstuhl heran, der am nächsten stand. »Ist sie das?«, fragte er und zeigte Signora De Lulla das Display mit der Abbildung eines zerknautschten blauen Beutels.

Sie schob sich die Sonnenbrille in die Stirn. »Nein«, sagte sie. »Das Ding hat mit der Blauen Salamander nun wirklich nichts zu tun.« Sie stemmte sich aus ihrem Stuhl hoch. »Kommen Sie.«

Auf dem Weg ins Haus berichtete sie, worum es sich bei

der Blauen Salamander eigentlich handelte: um Haute Couture. Beste Qualität, beste Verarbeitung. So etwas sei heute nirgends mehr zu finden und unbezahlbar. An der Schwelle zum Haus blieb sie stehen und erklärte mit gesenkter Stimme, als würde sie Rizzi ein Geheimnis verraten: »Mein Giorgio hat die Blaue Salamander speziell für mich anfertigen lassen. Sie wurde exklusiv für mich entwickelt. Verstehen Sie? Sie kam zusammen mit diesem Haus. So einer war mein Giorgio. In solchen Kategorien hat er gedacht.«

Rizzi gab »haute couture« in sein Handy ein und fragte: »Wie heißt denn der Hersteller?«

»Lupi.«

Sie betraten den Salon, und Signora De Lulla ließ sich am Sekretär nieder. »Aber die Firma gibt es nicht mehr, und das ist auch nur gerecht.« Sie öffnete die große Schublade. »Es war gegen die Abmachung, dass noch eine zweite Blaue Salamander angefertigt wurde. Giorgio hat das zum Glück nicht mehr erlebt.«

Rizzi war verwirrt. »Aber Sie sagten doch, dass es sich bei der Blauen Salamander um ein Einzelstück handelt und dass sie speziell für Sie angefertigt wurde.«

Signora De Lulla kramte zwischen Papieren, alten Zeitungsausschnitten und Fotos und sagte: »Nur wenige Wochen nachdem ich mich mit der Blauen Salamander in der Öffentlichkeit gezeigt hatte, hatte auch die liebe Sophia aus Pozzuoli, besagte Tochter einer Klavierlehrerin, ein solches Exemplar in ihrem Besitz.« Signora De Lulla betrachtete prüfend ein altes Foto – und suchte weiter. »Was habe ich ihr eigentlich getan«, murmelte sie, »dass dieses Weib mich ihr ganzes Leben lang verfolgt? Alles, was ich tue, tut sie auch. Alles, was ich habe, muss sie auch haben. Als hätte sie kein eigenes Leben. Das ist doch verrückt!«

»Die Firma heißt also Lupi«, stellte Rizzi fest, bevor er fortfuhr: »Sie sagten, Roberto Esposito habe an jenem Abend die Tasche hergeholt.«

Signora De Lulla faltete einen Zeitungsartikel auseinander, betrachtete ihn und faltete ihn wieder zusammen.

»Wo war Rosalinda Fervidi zu dem Zeitpunkt?«

»Wie meinen Sie das?« Signora De Lulla kramte. »Sie war hier, das sagte ich doch schon.«

»Hat sie Roberto ins Ankleidezimmer begleitet, als er die Tasche holte?«

»Natürlich nicht.«

»Sondern?«

»Sie blieb bei mir am Tisch.«

»Die ganze Zeit?«

»Ja. Warum fragen Sie?«

Rizzi steckte sein Telefon ein und nahm den Zeitungsausschnitt entgegen, den Signora De Lulla ihm reichte, datiert vom November 1959. Es war ein Bericht über eine Filmpremiere in Venedig, illustriert mit einem großen Foto, in dessen Mittelpunkt eine schöne Frau mit großem Hut und strahlendem Lächeln stand – Sophia Loren. Dahinter, halb verdeckt von Marcello Mastroianni, stand eine weitere Frau, die in der Bildunterschrift namentlich nicht erwähnt war und eine Tasche trug, die vom Bildrand angeschnitten war.

»Das ist die Blaue Salamander«, sagte Signora De Lulla. »Sie können den Zeitungsausschnitt behalten.«

»Eine bessere Aufnahme gibt es nicht?«

»Nein.«

»Danke«, sagte Rizzi, auch wenn das Foto von der Blauen Salamander, schwarz-weiß und angeschnitten, für seine Zwecke nahezu wertlos war. Was die Tasche so besonders machte, war darauf jedenfalls nicht zu erkennen. Er steckte den Zeitungsausschnitt ein und verabschiedete sich.

In der Tür drehte er sich noch einmal um. Signora De Lulla saß in ihre Gedanken vertieft vor der Schublade, als Rizzi fragte: »Wenn Rosalinda Fervidi sich bei ihren Besuchen verabschiedet hat – haben Sie sie dann zur Tür begleitet?«

Signora De Lulla schob die Schublade zu. »Ich begleite Sie doch auch nicht zur Tür. Warum? Weil Sie den Weg zur Tür kennen, wie auch Rosalinda ihn kannte.«

»Hat Roberto sie zur Tür gebracht?«

»Warum stellen Sie so seltsame Fragen?« Signora De Lulla schüttelte verständnislos den Kopf. »Nein.«

Rizzi nickte. »Danke.«

15

Als Rizzi an der Rampe parkte, die zum Polizeiposten hinunterführte, ging es auf drei Uhr zu. Cirillos Vespa stand an ihrem angestammten Platz – was ihn verwunderte, bis er sein Telefon checkte und im Nachrichteneingang ihre Mitteilung fand. Sie musste sie ihm geschickt haben, kurz nachdem er bei Signora De Lulla losgefahren war.

Er ging nicht zum Polizeiposten hinunter, sondern die Via Roma entlang zur Piazzetta. Es war heiß, die Temperaturen lagen deutlich über dreißig Grad, und jeder normale Mensch, der nicht Polizist war oder etwas Dringendes zu erledigen hatte, war jetzt am Strand oder hielt zu Hause eine Siesta. Rizzi wählte die Nummer des Polizeipostens.

Teresa meldete sich. »Keine Neuigkeiten«, sagte sie und fügte hinzu: »Wenn du mich fragst, bedeutet das nichts Gutes. Noch eine Nacht im Gewahrsam, und Salvatore dreht durch.«

»Hör zu.« Rizzi stieg die Treppe zur Via Madre Serafina hinauf. »Kannst du bitte herausfinden, ob es ein Foto von einer bestimmten Tasche gibt? Sie heißt Blaue Salamander und scheint eine Rarität zu sein. Signora De Lulla war im Besitz eines solchen Exemplars, und jetzt ist die Tasche verschwunden.«

»Blaue Salamander«, wiederholte Teresa. »Tasche.«

»Anscheinend gibt es ein zweites Exemplar«, sagte Rizzi, »es ist im Besitz ihrer Rivalin –«

»Sophia Loren?«, unterbrach Teresa, während im Hintergrund zu hören war, wie ihre Tastatur klapperte und gleichzeitig das Telefon zu klingeln begann. »Ich muss Schluss machen«, sagte sie – und legte auf.

Rizzi ging durch die schattige Gasse, unter Wäscheleinen hindurch. Zwischen den Häusern stand die Luft, und sein Hemd klebte am Rücken. Er hielt sich rechts, und stieg die nächste Treppe hinauf.

Sie endete vor einer Pforte, die offen stand und von einer Bougainvillea überrankt wurde. Der schmale Weg dahinter war gepflastert und führte an einer Hauswand entlang und einem kleinen Fenster, hinter dem Stimmen zu hören waren und Geklapper von Geschirr. Es roch nach Kräutern, Knoblauch und heißem Fett.

Die Terrasse wurde zur Hälfte von einer Pinie überschattet, während im vorderen Bereich mehrere Sonnenschirme standen, ein buntes Dach für die Plätze mit der besten Aussicht. Kinder spielten mit einer Katze, die Erwachsenen am Tisch tranken Wein, unterhielten sich, lachten und löffelten Tiramisù. Ein Pärchen, das abseits saß, hatte die nackten Füße auf die Brüstung gelegt, hielt Händchen und genoss den Blick aufs Meer.

Cirillo saß in der Ecke, halb verdeckt von den Zweigen eines weiß blühenden Oleanders, und war über ihr Notizbuch gebeugt. Vor ihr standen ein Brotkorb, eine große Flasche Wasser, ein Glas und ein Teller Bruschetta.

»Das war eine gute Idee«, sagte Rizzi, als er sich ihr gegenüber auf den Stuhl fallen ließ.

Sabrina, die zwei Tische weiter Espresso servierte, kam herüber. Sie begrüßten sich herzlich, und Sabrina sagte, das Tablett in die Hüfte gestemmt: »Ich kann dir die Tagliatelle empfehlen, Erri. Von Papà frisch zubereitet. Dazu gibt's eine leichte Zitronen-Basilikum-Soße.« Sie legte ihm eine Serviette mit Besteck bereit und goss Wasser in sein Glas, bevor sie verschwand.

Rizzi nahm seine Mütze ab, strich sich die Haare nach hinten, nahm ein Stück Brot, beträufelte es mit Olivenöl und fragte Cirillo, wo sie gewesen war. »Warum bist du nicht an dein Telefon gegangen?«

Sie teilte ihre Bruschetta in der Mitte, schob Rizzi eine Hälfte zu und berichtete, sie habe in Anacapri, nachdem er weggefahren war, noch eine interessante Beobachtung gemacht. Eine der beiden Mitarbeiterinnen aus der Leder- und Gürtelwerkstatt, die Rothaarige, Emma, habe drüben in der Via Vigna in Anacapri einen Mann getroffen, der auch Rizzi bekannt war: Umberto Fervidi.

»Rosalindas Halbbruder?«, wunderte sich Rizzi.

»Zuerst wollte ich die beiden konfrontieren und fragen, woher sie sich kennen und ob sie ein Paar sind«, berichtete Cirillo, »aber dann beobachtete ich, wie Emma Umberto ein Tütchen mit Drogen überreicht hat, und ich dachte, es wäre besser, mich zurückzuhalten. Was meinst du?«

Rizzi überlegte und erklärte, dass er das auch für die richtige Strategie hielt.

Sabrina servierte die Tagliatelle, stellte einen Korb mit frischem Brot auf den Tisch, öffnete eine zweite Flasche Wasser und schenkte nach, während am Nachbartisch nach der Rechnung verlangt wurde.

»Jetzt bist du dran«, sagte Cirillo. »Was war los bei Signora De Lulla?«

Rizzi drehte die Pasta mit der Gabel am Tellerrand und berichtete von der erstaunlichen Freundschaft zwischen der alten Dame und Rosalinda Fervidi. Und von der Handtasche, der Blauen Salamander, die verschwunden war.

Cirillo machte sich Notizen.

Rizzi trank einen Schluck und signalisierte Sabrina, dass die Pasta hervorragend war. Dann berichtete er weiter, Rosalinda habe sich die Blaue Salamander von Signora De Lulla nicht nur zeigen lassen, sie habe sie auch genauestens studiert. Und sie wusste, wo die Tasche aufbewahrt wurde.

»Theoretisch – und auch praktisch – wäre es für Rosalinda Fervidi problemlos möglich gewesen, die Tasche mitzunehmen.«

»Also zu klauen«, präzisierte Cirillo.

Rizzi nahm mit einem Stück Brot die Soße vom Teller auf. »Es ist ein verhältnismäßig langer Weg vom Salon, wo Signora De Lulla ihre Besucher empfängt, bis zur Haustür. Savio und ich sind so weit mit den Räumlichkeiten vertraut, dass die Signora sich diesen Weg spart, wenn sie sich von uns verabschiedet. Wir gehen dann allein durchs Esszimmer und die Empfangshalle, vorbei an der Treppe zum ersten Stock, zur Tür hinaus. Bei Rosalinda Fervidi hat sie es ebenso gehalten.« Rizzi legte seine Serviette neben den Teller. »Sie hätte also auf dem Weg zur Tür kurz hoch in den ersten Stock laufen und dort im Ankleidezimmer die Blaue Salamander aus der Truhe nehmen können.«

»Wir müssen die Tasche finden«, sagte Cirillo und holte ihr Smartphone hervor.

»Ich habe Teresa schon beauftragt, nach einer Abbildung zu suchen.«

Sie verließen die Terrasse, diesen luftigen, abgehobenen Ort, und mit jeder Stufe abwärts schien die Temperatur nach oben zu klettern, die Luft trockener und heißer zu werden. Auf der Via Madre Serafina wandten sie sich nach rechts.

»Wieso warst du eigentlich in der Via Vigna?«, wollte Rizzi wissen.

»Via Vigna?« Cirillo blieb einen halben Schritt hinter Rizzi und tippte auf ihrem Telefon herum.

»Du sagtest doch vorhin, du hättest dort Emma mit Umberto Fervidi gesehen. Ich meine nur: weil die Via Vigna nicht gerade am Weg liegt.«

»Ich habe mir dort eine Wohnung angeschaut«, murmelte Cirillo. »Hat sich spontan so ergeben.«

Die Hauswände reflektierten die Hitze, und die trockenen Blätter einer Magnolie, deren Äste über die Mauer ragten, knackten unter ihren Schuhsohlen.

»Zwei Zimmer«, berichtete Cirillo und steckte ihr Telefon weg. »Eins davon mit einem tollen Ausblick aufs Meer, das andere leider total dunkel, ein Loch. Aber vom Preis gerade noch machbar.« Sie seufzte. »Und allein deshalb müsste man ja schon Freudensprünge machen.«

»Wenn das Immobilienangebot von Carlo kommt«, erwiderte Rizzi knapp, »kann ich dir nur raten: Lass die Finger davon.«

»Das Angebot kommt von Nobile Immobiliare«, korrigierte Cirillo und schwieg eine Weile irritiert – bevor sie fortfuhr: »Und Signor Pescatore hat, nebenbei gesagt, auf mich einen ganz vernünftigen Eindruck gemacht.«

»Wenn du meinst«, antwortete Rizzi. »Aber dann komm hinterher nicht und sag, ich hätte dich nicht vor Carlo gewarnt.« Er blieb so abrupt stehen, dass Cirillo beinahe in ihn hineingerannt wäre. »Warum sagst du mir eigentlich nicht, dass du eine Wohnung suchst?«, fragte er.

Cirillo antwortete nicht – und Rizzi ging weiter.

Je näher sie der Via Li Campi kamen, umso mehr Menschen waren unterwegs und – auch das fiel auf – umso mehr Abfall lag herum. Eine zerknüllte Tüte hier, eine Plastikflasche da, Einwegmasken, Bonbonpapier und anderes mehr. Als hätte es bereits eine Auswirkung, dass Salvatore in den vergangenen vierundzwanzig Stunden nicht mehr seiner Arbeit als Straßenkehrer nachgehen konnte. Jetzt sah man, wie gewissenhaft er vom frühen Morgen bis in die späten Abendstunden seinen Job machte und emsig unterwegs war zwischen Piazzetta und Via Krupp, zwischen den Augustusgärten, dem Kartäuserkloster und dem Castello del Castiglione.

Alessandra Nobile war dabei, den Ständer vor ihrer Boutique mit neuen Gürteln zu behängen, und ihrer Miene war deutlich anzusehen, dass sie alles andere als begeistert war, Rizzi und Cirillo – gerade mal sechs Stunden nach ihrem Gespräch am Vormittag – wiederzusehen.

Von einer Tasche, die Blauer Salamander hieß, hatte sie noch nie etwas gehört. Dass Rosalinda bei einer alten Dame zu Besuch gewesen war, die im Besitz einer solchen Tasche war, wusste sie ebenfalls nicht, und weder war ihr der Name

Ludovica De Lulla geläufig, noch kannte sie deren Künstlernamen Ludovica Ferretti.

Als müsse sie sich für ihre Unwissenheit entschuldigen, fügte Alessandra Nobile hinzu, Rosalinda sei eben wahnsinnig umtriebig gewesen. »Sie hat ständig nach Ideen gesucht und neuen Designs«, berichtete sie, »hat alle möglichen Zeitschriften gewälzt, Bücher, Bild- und Kunstbände. Aber über Einzelheiten oder in welchem Stadium sie sich mit welcher Idee befand – darüber hat sie nichts erzählt. ›Zerbrich dir darüber mal nicht dein hübsches Köpfchen‹ – das war ihr Standardspruch.«

Rizzi und Cirillo bedankten sich für die Informationen, verabschiedeten sich und gingen hinüber auf die andere Straßenseite, um Lorenzo Fusco in dessen Boutique nach der Tasche zu befragen.

Der Mann lehnte in der offenen Ladentür, hatte die Arme vor der Brust verschränkt und schaute ihnen fragend entgegen.

»Meinen Sie *die* Blaue Salamander?« Er rang theatralisch die Hände. »Natürlich kenne ich sie! Sie ist eine Legende!«

»Und wussten Sie, dass es hier auf der Insel ein Exemplar davon gibt?«, fragte Rizzi.

»Das kann nicht sein.« Lorenzo Fusco schüttelte entschieden den Kopf. »Soweit ich weiß, gibt es von der Blauen Salamander nur ein Exemplar. Und das ist bei Sophia. Ich meine: bei Sophia Loren.« Lorenzo Fusco schlug bescheiden die Augen nieder. »Ich habe einmal mit ihr geplaudert, als sie hier war, auf Capri, und ich ihr ein Seidenfoulard verkauft habe.« Er seufzte. »Es ist aber auch schon wieder ein paar Jahre her.«

»Hatte sie die Blaue Salamander dabei?«, fragte Cirillo.

»Machen Sie Witze?« Lorenzo Fusco schüttelte den Kopf – empört über so viel Unwissen und Ignoranz. »Die Tasche ist ein Vermögen wert. Die trägt man nicht so einfach mit sich herum.«

16

Die Nachricht traf ein, als Rizzi und Cirillo den Abzweig über den Trampelpfad nahmen, ungefähr dort, wo ihnen am Vortag Umberto Fervidi völlig aufgelöst entgegengekommen war, weil er die Nachricht vom Tod seiner Halbschwester bekommen hatte. Sie traten unter das Blätterdach eines Feigenbaums und holten beide ihr Smartphone hervor. Rizzi schob sich die Sonnenbrille in die Stirn und schaute sich das Foto an. Cirillo neben ihm tat das Gleiche.

Auf der Abbildung war die junge Sophia Loren zu sehen, umringt von Fotografen, vielleicht vor einem Hotel oder Kino. Sie trug eine elegante Robe, und über ihrer Schulter erkannte man einen schmalen Riemen, der zu einer Tasche führte, die auf Hüfthöhe hing und halb verdeckt wurde durch den Mann, der neben ihr stand. Jean-Paul Belmondo schien jemandem im Getümmel etwas zuzurufen, machte dabei einen Schritt nach vorn und hob den Arm, sodass von der Tasche kaum mehr zu erkennen war als am Rand eine schuppige, kleinteilige Oberfläche, die – wenn man ganz genau hinschaute und die Aufnahme bis ins Letzte vergrößerte – leicht zu schimmern schien. Aber vielleicht täuschte der Eindruck, denn das Foto war schwarz-weiß.

Etwas Besseres habe ich nicht gefunden, schrieb Teresa als Begleittext. *Ich mache jetzt Feierabend. Bis morgen.*

»Immerhin«, sagte Cirillo. »Besser als nichts.«

Rizzi steckte sein Telefon wieder ein. »Es kann doch nicht sein«, sagte er, »dass es von dieser verdammten Tasche keine bessere Abbildung gibt.«

»Vielleicht muss man über den Hersteller gehen«, meinte Cirillo. »Wie hieß die Firma noch mal? Lupi?«

»Die gibt es leider nicht mehr.«

Die Sonne stand im Westen und verlor langsam an Kraft. Das Haus, umrahmt von Zypressen und Pinien, und sogar der Schrott drum herum, den Dino Fervidi über die Jahre angesammelt hatte, sah im goldenen Licht viel gefälliger aus als am Vortag. Wäsche, Unterhosen und T-Shirts hingen unverändert an der Leine, während die Bier- und Weinflaschen auf dem Tisch neben dem verrosteten Grill und den Brennnesseln neu dazugekommen waren. Aus der Hängematte zwischen den Zypressen hing ein Arm heraus, und die Hand, die herunterbaumelte, berührte mit den Fingerspitzen das Gras.

Umberto Fervidi hatte Kopfhörer auf, die Augen geschlossen und im Mundwinkel einen verkrumpelten Joint.

»Signor Fervidi?« Rizzi brachte mit einer Handbewegung die Hängematte ins Schaukeln.

Umberto öffnete die Augen, blinzelte überrascht, zog die Kopfhörer herunter und nahm den Joint aus dem Mund. »Was ist los?«, fragte er.

»Woher hast du das Zeug?« Rizzi nahm ihm den Joint weg und trat ihn aus.

»Entspannen Sie sich«, sagte Umberto Fervidi. »Haben Sie keine anderen Probleme? Ich denke schon.« Er rückte die Kopfhörer zurecht, doch Rizzi packte ihn am Arm.

»Steh auf«, sagte er. »Los, Hosentaschen leeren!«

»Was fällt Ihnen ein?«, rief Umberto Fervidi empört und versuchte, sich loszumachen. »Lassen Sie mich!«

Cirillo signalisierte Rizzi mit einem Blick, dass sie jetzt dran war, und trat vor. »Sagt Ihnen der Name Blauer Salamander etwas? Hat Ihre Halbschwester in der letzten Zeit eine Tasche erwähnt, die so heißt?« Cirillo holte ihr Notizbuch hervor.

»Keine Ahnung. Ich kenne keine Tasche, die so heißt.«

»Nie gehört?«

»Nein, ich schwöre es. Warum fragen Sie?«

»Haben Sie mit Emma irgendeine nähere Beziehung?«

»Ich schätze« – Umberto Fervidi langte nach seiner Bierflasche –, »Emma steht mehr auf Frauen.«

»Ist dein Großvater daheim?«, fragte Rizzi.

Umberto Fervidi nahm einen Schluck und fuhr sich mit dem Handrücken über den Mund. »Im Haus«, sagte er.

»Die Kollegen von der Kriminalpolizei werden sich demnächst an dich wenden und dich ausführlich vernehmen«, sagte Rizzi. »Halt dich also bitte zur Verfügung, und verlass die Insel nicht. Und was das Kiffen angeht«, ergänzte Rizzi, »sprechen wir uns noch.«

Sie gingen über das sonnenverbrannte Gras zum Haus. Die Fensterläden im Erdgeschoss waren geschlossen, aber die Seitentür stand sperrangelweit offen.

»Dino!«, rief Rizzi, als er mit Cirillo eintrat. »Ich bin's. Enrico! Ich bin hier mit meiner Kollegin, Antonia Cirillo.«

Auf dem Tisch stapelten sich Tassen und Teller, als hätte jemand das Geschirr aus dem Schrank geräumt und zwischen den Unterlagen abgestellt, mit denen der Tisch übersät war, lose Blätter, Aktenordner und Bücher, obendrauf Werbeprospekte und ungeöffnete Post.

Rizzi schaute die Treppe hinauf. »Bist du oben?«

Ein Knarren war zu hören, aber niemand antwortete.

»Ich komme jetzt hoch«, rief Rizzi. »Hast du gehört?«

Oben war es merklich wärmer. Es roch nach Harz, nach warmem Holz und nach Männerschweiß.

Die Tür zum Schlafzimmer stand offen. Auf dem Boden lagen Kleidungsstücke, und an der Wand hing ein Poster mit den naturgetreuen Abbildungen von Fischen. Der Kleiderschrank war geöffnet, und auf dem Bücherbord stand ein Teller mit einem vertrockneten Panino, über dem Fliegen schwirrten. Die Tür zum Zimmer nebenan war nur angelehnt. Rizzi klopfte und schob vorsichtig die Tür auf.

Dino lag auf einer karierten Decke, hatte die Arme hinter dem Kopf verschränkt und starrte an die Decke.

»Was ist los?«, fragte Rizzi.

Der alte Mann antwortete nicht. Sein sonnenverbranntes Gesicht war unrasiert. Vielleicht hatte er geweint.

Rizzi setzte sich auf die Bettkannte und legte Dino eine Hand auf den Arm. Er war ratlos, und es zerriss ihm das Herz. Der alte Mann hatte seine Enkelin verloren, die voller Pläne und Ideen gewesen war und noch ihr halbes Leben vor sich gehabt hatte. Welchen Trost konnte es da geben?

»Dino«, sagte Rizzi. »Es ist schrecklich, ich kann es selbst auch kaum fassen. Und ihr wart euch so nahe. Aber du musst da jetzt durch. Umberto braucht dich. Mehr als je zuvor.«

Dino wischte sich mit dem Handrücken über die Augen. »Er ist kein schlechter Junge«, sagte er.

»Nein«, sagte Rizzi. »Natürlich nicht.«

»Und er hat nichts getan.« Dino richtete sich auf und bemerkte Cirillo, die in der Tür stehen geblieben war. Peinlich berührt zog Dino sein Hemd über dem Bauch zurecht. »Warum seid ihr hergekommen?«, fragte er. »Gibt es etwas Neues?«

»Wir haben einige Fragen«, sagte Cirillo.

»Fragen«, wiederholte Dino und machte eine wegwerfende Handbewegung. Dann stemmte er sich hoch und ignorierte Rizzis Hand, mit der er ihm aufhelfen wollte.

In der Küche schlurfte Dino wortlos an den Tisch, sank auf den einzigen freien Stuhl und schaute teilnahmslos, mit hängenden Schultern, über die Unordnung wie über eine Landschaft, die nichts mit ihm zu tun hatte.

Cirillo setzte sich an die Küchenbank und legte ihr Notizbuch in den Schoß.

»Bei dir sieht's aus wie in einem Saustall«, stellte Rizzi fest und nahm eine Tüte vom Stuhl. Krevetten waren darin, frisch gefangen, wahrscheinlich von Dino selbst. Er legte die Tüte auf die Spüle.

»Sag das deinen Kollegen«, brach es aus Dino heraus. »Die haben das Chaos angerichtet. Kommen hier reinmarschiert, sagen keinen Ton, stellen alles auf den Kopf und gehen wieder.«

»Haben sie etwas mitgenommen?«, fragte Cirillo.

»Nicht, dass ich wüsste.« Dino verschränkte die Arme.

»Hast du etwas gegessen?« Rizzi schaute sich in der Küche um und nahm kurzentschlossen einen Topf aus dem Regal, füllte ihn mit Wasser, stellte ihn auf den Herd und entzündete die Gasflamme.

»Es geht um eine sehr berühmte Handtasche«, sagte Cirillo, »die Blaue Salamander.«

Dino Fervidi erstarrte, und seine Gesichtszüge bekamen etwas Eisiges.

»Sagt Ihnen der Name etwas?«, fragte Cirillo.

»Den blauen Salamander gibt es nicht«, erwiderte Dino schroff. »In Wahrheit handelt es sich um blaue Eidechsen.«

»Ist klar«, sagte Rizzi, nahm eine Pfanne, pustete hinein, stellte sie neben den Topf auf den Herd und gab Öl hinein. »Trotzdem wurde die Tasche so genannt, und Rosalinda hat sich sehr für sie interessiert. Wusstest du davon?«

»Es war eine ihrer vielen fixen Ideen. Aber sie hat sich verrannt.«

»Was hat sie vorgehabt?«, fragte Cirillo.

Dino lehnte sich zurück. »Rosalinda war manchmal störrisch und verschlossen. Sie war wie ich. Wir haben es nicht immer leicht miteinander gehabt. Aber sie war nicht zimperlich, handwerklich begabt und hatte ein feines Gespür für Material.«

»Was war ihre fixe Idee?«, fragte Rizzi und gab Knoblauch und die Krevetten ins heiße Öl.

Dino starrte auf einen Punkt auf dem Tisch und erzählte, wie Rosalinda und er vor vielen Jahren nachts rausgefahren waren zum Fischen. Er erinnerte sich genau. Es war windstill, und der Mond schien so hell, dass das Meer, das Boot und alles um sie herum aussah, als wäre es mit Silber übergossen. Und dann geschah etwas, das nur ganz selten und an bestimmten Tagen im Jahr passierte. Die Faraglioni-Felsen begannen zu schimmern, aber nicht silbern, wie alles andere um sie herum, sondern bläulich, als würden die Steine aus ihrem Inneren heraus leuchten. In dieser Nacht verriet Dino Rosalinda das Geheimnis der *lucertola azzurra.*

»Ich hätte es nicht tun dürfen.« Dino ballte die Faust und kämpfte mit den Tränen. »Die Geschichte hat Rosalinda nicht mehr losgelassen.«

Es wurde still in der Küche. Eine Weile waren nur das Köcheln der Krevetten sowie das brodelnde Wasser zu hören, dann goss Rizzi die Pasta ab und befüllte einen Teller. Mit dem Ärmel schaffte er Platz auf dem Tisch, stellte das Essen vor Dino, überreichte ihm eine Gabel und sagte: »Jetzt iss erst mal was.«

Es war ein Mythos, wie er entstand, wenn eine Geschichte von Generation zu Generation weitererzählt wurde, ohne dass irgendjemand noch mit Bestimmtheit sagen konnte, ob das, was erzählt wurde, überhaupt stimmte. Rizzi berichtete Cirillo davon, als sie sich auf den Weg zurück nach Capri-Stadt machten. Sie nahmen nicht den direkten Weg, sondern gingen über Montegiardino und Matermania. Rizzi hatte darauf bestanden, damit sie an den Faraglioni-Felsen vorbeikamen.

Als sie nebeneinander auf der Via Pizzolungo gingen, sprach Rizzi über die *lucertola azzurra,* die Eidechse, die oft, wahrscheinlich, weil es einfach schöner klang, Salamander genannt wurde. Das Besondere und Einzigartige war die spezielle Pigmentierung von Haut und Schuppen, die anders als bei anderen Eidechsen keine grüne bis bräunliche Färbung aufwies, sondern bläulich war. Vor rund hundertfünfzig Jahren von einem deutschen Zoologen entdeckt, war die *lucertola azzurra* bisher nur vor der Küste von Capri auf den Faraglioni-Felsen gesichtet worden. Die blaue Körperoberfläche erklärten sich die Wissenschaftler durch eine Mutation und schrittweise Anpassung an den felsigen Untergrund, auf dem nichts Grünes wuchs, und diente der Tarnung gegen tierische Fressfeinde, in erster Linie den Greifvögeln.

»Und worin besteht das Geheimnis?«, fragte Cirillo.

Das Meer lag jetzt vor ihnen wie ein blauer, sanft gewellter Teppich, der sich bis zum Horizont ausbreitete. Segelboote kreuzten vor dem Arco della Stella, und eine Jacht hielt auf die Faraglioni-Felsen zu, die gestochen scharf in den Himmel ragten.

Das Geheimnis der *lucertola azzurra,* erklärte Rizzi, bestehe in ihrem rätselhaften Verhalten, das sich in jenen raren Nächten entfaltet, wenn die Faraglioni-Felsen bläulich zu schimmern beginnen, weil das Mondlicht in einem bestimmten Winkel auf die Felsen und die Wasseroberfläche trifft. Dann gehe mit der *lucertola azzurra* eine seltsame Veränderung vor sich. Kein Forscher der Welt hat für das Verhalten bisher eine Erklärung gefunden. Die *lucertola azzurra,* hieß es, schaut in diesen Nächten wie gebannt ins helle Mondlicht, ist dabei völlig unbeweglich, wie erstarrt. In diesen Minuten sei es spielend einfach, sie zu fangen und wie eine blaue, im Mondlicht flirrende Blume von den Felsen zu pflücken. Nur die erfahrenen und verwegenen Fischer wüssten, wo es einen Zugang zu den Faraglioni gab, und riskierten beim Besteigen der Felswand ihr Leben. Und so war wohl aus den Häuten der *lucertola azzurra* die berühmte Tasche entstanden, die sogenannte Blaue Salamander.

17

Agenti, ich verstehe ehrlich gesagt nicht, was diese Tasche mit dem Tod von Rosalinda Fervidi zu tun haben soll.« Ispettore Lombardi saß mit dem Rücken zum Fenster, und sein kahler Kopf versank zwischen seinen Schultern und den goldenen Epauletten. Auf dem Tisch vor ihm waren verschiedene Zettel ausgebreitet, die er im Laufe der Unterredung – wie er es immer tat – hin- und herrückte, als handele es sich um ein Kartenspiel.

»Wir müssen die Blaue Salamander finden«, erwiderte Rizzi. »Erst dann können wir diese Frage abschließend klären. Aber mein Gefühl sagt mir, dass hier das Tatmotiv liegt.«

»Ihr Gefühl in Ehren« – Lombardi trommelte nervös mit den Fingern – »aber das ist mir zu wenig.«

Rizzi stand auf. »Wir brauchen einen Durchsuchungsbeschluss für die Boutique und die Werkstatt von Alessandra Nobile sowie für die Wohnungen aller Beteiligten.«

»Das können Sie vergessen«, antwortete Lombardi. »Außerdem: Welchen Sinn soll das ergeben? Wie ich dem Protokoll entnehme, haben Sie doch schon alle mit der Tasche verrückt gemacht. Sollte jemand aus Rosalindas näherem Umfeld die Tasche an sich genommen haben, wird der- oder diejenige sie jetzt beiseitegeschafft haben. Das Überraschungsmoment ist verpufft. Jawohl, Agente Rizzi. Sie haben einen Fehler gemacht! Wir haben nichts in der Hand. Setzen Sie sich.« Lombardi schaute starr vor sich auf die Zettel und wartete stumm, die Hände flach auf dem Tisch, bis Rizzi seiner Aufforderung nachgekommen war und wieder Platz genommen hatte.

»Noch eine Bemerkung, Ispettore«, begann Rizzi, aber Lombardi schnitt ihm das Wort ab.

»Zu Ihren Aufgaben, Agenti«, sagte er. »Der Beichtstuhl, in dem Rosalinda Fervidi tot aufgefunden wurde, entwickelt sich seit gestern zum Publikumsmagneten.« Er schürzte seine Lippen. »Das liegt zum einen natürlich an der schrillen Berichterstattung der Presse und dem ekelhaften Sensationshunger der Leute, zum anderen aber auch daran, dass niemand durchgehend vor Ort ist, der konsequent die Gaffer verscheucht beziehungsweise dafür sorgt, dass es zu keinen Menschenansammlungen vor Santo Stefano kommt.« Lombardi schlug mit der Hand auf den Tisch, sodass der Deckel des Porzellandöschens hochsprang und schief wieder darauf zu liegen kam. »Ich will, dass immer jemand vor Ort ist«, rief Lombardi. »Sprechen Sie sich also mit den Kollegen Savio und Gatti ab. Ist das klar?«

Er schaute überrascht auf, als Cirillo die Hand für eine Wortmeldung hob. »Der Müllsack von Salvatore«, sagte sie. »Sie erinnern sich, Ispettore?«

»Der Müllsack?«, wiederholte Lombardi verständnislos und schaute auf die Zettel vor ihm. Sekunden verstrichen, dann fragte er: »Was war noch mal mit dem Müllsack?«

»Wir hatten ihn vorgestern sichergestellt, nachdem die Kollegen aus Neapel ihn außer Acht gelassen hatten. Falls der Täter etwas hinterlassen hat, irgendeine Spur, könnte Salvatore es zusammengefegt haben. Savio hatte den Sack samt Inhalt deshalb gestern nach Neapel gebracht.«

»Ich fürchte«, Lombardi überflog die Zettel, »da liegen noch keine Untersuchungsergebnisse vor.« Er machte sich eine Notiz. »Das betrifft anscheinend auch den Gürtel, den Sie in Salvatores Wohnung gefunden haben. Ich nehme an, das wäre Ihre nächste Frage gewesen.«

»Heißt das«, fragte Rizzi ungläubig, »dass all diese Untersuchungen, die möglicherweise zu Salvatores Entlastung führen könnten, noch nicht in die Wege geleitet wurden?«

»Ich weiß es nicht.« Lombardi traten die Schweißperlen auf die Stirn. »Ich habe den Gürtel gestern persönlich dem Mitarbeiter von Commissario Serra, diesem Scotto, übergeben. Was dann damit geschehen ist, kann ich Ihnen nicht sagen.« Er rang die Hände. »Schauen Sie mich nicht so an! Was soll ich denn machen? Ich kann Commissario Serra keine Vorschriften machen, wie er zu arbeiten hat, und unser Fall wird nicht der einzige sein, der dort bearbeitet wird.«

»Ich finde diesen Zustand unerträglich.« Rizzi stand wieder auf. »Wie Salvatore da drüben weggesperrt ist und Untersuchungen nicht unverzüglich vorgenommen werden.« Lombardi wollte etwas erwidern, doch dieses Mal brachte Rizzi ihn mit einer Handbewegung zum Schweigen. »Bitte lassen Sie mich ausreden, Ispettore. Ich möchte den Kollegen in Neapel meine Unterstützung anbieten. Ich will Salvatore verhören, und zwar heute noch. Ich kenne ihn, und wenn ihn jemand zum Reden bringen kann, dann ich.«

»Das ist alles nicht so einfach, wie Sie es sich vorstellen«, sagte Lombardi.

»Warum nicht?«, fragte Rizzi. »Rufen Sie Commissario Serra an, und sagen Sie, dass ich komme.«

Lombardi erhob sich wortlos aus seinem Sessel und trat, die Hände auf dem Rücken verschränkt, ans große Fenster mit dem Panoramablick auf Marina Grande, das Meer und die wolkenumkränzten Höcker des Vesuv.

»Was schlagen Sie vor, Ispettore?«, fragte Rizzi.

»Sie gehen auf die Piazzetta.« Ispettore Lombardi drehte sich zu Rizzi und Cirillo herum. »Sie zeigen Präsenz und sorgen dafür, dass sich der Beichtstuhl in Santo Stefano nicht in einen touristischen Wallfahrtsort verwandelt. Haben Sie mich verstanden?« Lombardi machte eine Handbewegung. »An die Arbeit, Agenti.«

Während Cirillo auf die Toilette verschwand, ließ Rizzi sich hinter seinem Schreibtisch auf den Stuhl fallen und starrte auf den Bildschirmschoner seines Computers – die Skyline von New York. Lombardi war sein Vorgesetzter, und er musste seine Anweisungen befolgen. Doch alles in ihm sträubte sich dagegen. Die Kollegen Savio und Gatti konnten doch genauso gut vor Santo Stefano Präsenz zeigen – weshalb durfte er nicht nach Neapel und dort von größerem Nutzen sein?

Teresa meldete von ihrem Platz am Schreibtisch, dass sie bei ihrer Suche nach einem brauchbaren Foto von der Blauen Salamander auf den Namen des Herstellers gestoßen sei.

»Lupi?« Rizzi winkte ab. »Der Name ist uns bekannt.«

»Ich weiß.« Teresa drehte sich auf ihrem Stuhl zu Rizzi herum. »Aber ich habe hier eine Adresse und eine Telefonnummer.« Sie begann, auf ihrem Schreibtisch zwischen den Unterlagen zu suchen. »Zwar meldet sich dort niemand, und ich kann dir nicht sagen, ob es sich um eine Privatadresse oder einen Firmensitz handelt.«

»Die Firma gibt es nicht mehr«, erklärte Rizzi.

»Doch.«

»Was?«

»Es gibt sie.« Teresa hielt einen Zettel in der Hand. »Im Handelsregister ist eine Firma namens Lupi verzeichnet.«

Cirillo nahm Teresa im Vorbeigehen das Stück Papier aus der Hand. »Piazzetta Nilo«, las sie laut – und gab den Zettel an Rizzi weiter. »Wir sollten die Information an Neapel weitergeben. Dann kann Commissario Serra jemanden hinschicken, der nach der Blauen Salamander fragt.«

»Klar«, spottete Rizzi, »und vielleicht haben sie dort auch gleich noch ein Foto von der Tasche herumliegen«, aber Cirillo ging nicht darauf ein.

Sie setzte sich an ihren Schreibtisch, gegenüber von Rizzi, und sagte: »Ich habe mir etwas überlegt. Wir teilen uns auf. Du sorgst in der Kirche für Ordnung, kannst dich dabei von den Touristen fotografieren lassen, und ich fahre nach Anacapri und nehme mir Emma vor.«

»Emma«, wiederholte Rizzi. »Die Mitarbeiterin aus der Werkstatt, die mit Drogen dealt.« Er überlegte. »Was versprichst du dir davon?«

»Einen besseren Einblick in das, was in der Werkstatt hinter den Kulissen vor sich geht. Ich muss nur einen guten Grund finden, um mit Emma ins Gespräch zu kommen.«

»Wie gut, dass ich Sie noch erwische, Agenti!«, ließ sich die Stimme von Ispettore Lombardi vernehmen. Er kam mit behäbigem Schritt die Treppe herunter. »Und dass Sie sich noch nicht auf den Weg gemacht haben, um zu tun, was ich angeordnet habe.«

Rizzi und Cirillo erhoben sich von ihren Plätzen und schwiegen ertappt.

Ispettore Lombardi nahm sich ein Stück Pfirsich von Teresas Obstteller. »Ich habe gute Nachrichten«, sagte er und musterte Rizzi mit zusammengekniffenen Augen. »Sie, Agente Rizzi, machen sich sofort auf den Weg nach Neapel.«

»Nach Neapel?«, wiederholte Rizzi ungläubig.

»Es ist offiziell. Sie werden Salvatore verhören.«

Rizzi wechselte mit Cirillo einen überraschten Blick und sagte: »Danke, Ispettore. Das ist … wunderbar.«

»Ich hoffe, dass Sie sich und Ihre Fähigkeiten nicht überschätzen und Salvatore tatsächlich zum Reden bringen.« Lombardi lächelte gequält. »Ich habe mich jedenfalls weit für Sie aus dem Fenster gelehnt und Sie als meine Wunderwaffe angepriesen. Und ich möchte mich, wie Sie sich vorstellen können, nicht vor Commissario Serra lächerlich machen.« Lombardi schaute auf die Uhr. »Das *aliscafo* geht in zwanzig Minuten. Na los. Auf geht's. Man erwartet Sie. Und kommen Sie mit brauchbaren Ergebnissen zurück.«

Rizzi setzte seine Mütze auf. »Zu Befehl, Ispettore!«

18

Pünktlich um 11.15 Uhr, kurz nachdem Rizzi den Fahr-
gastraum des *aliscafo* nach Neapel betreten hatte, zogen die Männer in den geringelten T-Shirts scheppernd die
Gangway an Land. Leute, die – Gepäckstücke und Kinder
hinter sich herzerrend – die Mole entlanghasteten und verzweifelt versuchten, zwischen den Scharen von Ankömm-
lingen hindurchzukommen, waren chancenlos. Um diese
Zeit, am späten Vormittag, waren die Abreisenden den An-
kommenden zahlenmäßig hoffnungslos unterlegen.

Der Steward schloss mit einem lauten Knall die Tür zur
Kabine. Ein lang gezogenes Tuten ertönte. Die Schiffsschrauben rotierten, das Wasser im Hafenbecken schäumte,
und in schwarzen Schwaden stieg Diesel auf und verflüch-
tigte sich im blauen Himmel, an dem sich Wolken wie riesige wattige Gebilde übereinandertürmten.

Rizzi begrüßte den Steward Alessandro Pago mit Hand-
schlag und ging durch die Sitzreihen. Er nickte am Fenster
rechts der Nichte von Fortunata Parisi zu, die mit ihrem
Bandscheibenvorfall einmal wöchentlich in Neapel zur
Physiotherapie musste, legte im Vorbeigehen Maurizio eine
Hand auf die Schulter, der nach seiner Pleite als Weinhänd-
ler inzwischen für eine Autovermietung am Flughafen tätig
war und alles andere als glücklich aussah, und bestellte an

der Snackbar einen Espresso. Hinter den Fenstern zogen die Häuser von Marina Grande mit ihren bunten Fassaden und farbigen Fensterläden wie in einem Film vorbei. Die Badenden am Strand, die gestreiften Sonnenschirme und Markisen – alles wurde kleiner und verschwamm zu einem Sommergemälde voller Tupfer, während das *aliscafo* an der Hafenausfahrt die korinthische Säule passierte.

Rizzi ließ den Zucker aus dem Tütchen in den Espresso rieseln, wo er in der Crema versank, trank den Kaffee in einem Zug aus und stieß die Tür zum Deck auf. Der Wind zerrte an seiner Mütze, während an der Nordküste Capris die dunklen Felsen mit ihrem Macchia-Bewuchs vorbeizogen, und Rizzi dachte, an die Reling gelehnt, dass Ispettore Lombardi in einem Punkt vermutlich recht hatte: Er war viel zu schnell vorgeprescht und hatte mit seinen Befragungen nach der Blauen Salamander die Leute verrückt gemacht und möglicherweise den Dieb gewarnt, der vielleicht etwas mit dem Mord zu tun hatte. Oder war er dabei, sich zu verrennen, wenn er glaubte, es gäbe zwischen der Blauen Salamander und dem Mord an Rosalinda Fervidi einen Zusammenhang? Wieso war Cirillo sich ihrer Sache immer so sicher, und weshalb wurde er das Gefühl nicht los, dass sie ihm immer einen Schritt voraus war? Hatte er sie eigentlich jemals gefragt, ob sie überhaupt glaubte, dass es zwischen dem Verschwinden der Tasche und dem Tod von Rosalinda einen Zusammenhang gab?

»Mein Beileid.« Ein Mann in hellem Anzug und mit einer weinroten Aktenmappe unterm Arm stützte sich neben Rizzi aufs Geländer. »Eine Kollegin von solchem Kaliber – das ist hart.« Carlo Pescatore nickte todernst, und in den

Gläsern seiner schwarzen Sonnenbrille spiegelte sich ein Boot, das auf den Bugwellen heftig auf und ab zu schaukeln begann. »Sie hat's einfach drauf«, fuhr Carlo fort. »Merkt man sofort. Da sieht ein Polizist wie du natürlich alt aus.« Er grinste, und sein Gesicht verzog sich zu einer Fresse, die wie gemacht dafür war, um mit der Faust reinzuschlagen.

Rizzi stieß sich von der Reling ab, drehte sich um und spazierte ohne Eile übers Deck auf die andere Seite, wo der Behälter für die Rettungswesten war. Die Silhouette von Capri, der steil abfallende Tiberio-Felsen und der Monte Solaro mit den hingewürfelten Häusern verschwanden langsam im Dunst. Rizzi würde sich von niemandem provozieren lassen. Er hatte eine wichtige Aufgabe. Er musste Salvatore verhören und vorher den Fall durchdenken, die Fakten durchgehen, Punkt für Punkt. Er musste Ergebnisse liefern, dem Druck standhalten, den Ispettore Lombardi aufgebaut hatte, und er wusste plötzlich nicht, ob er dazu wirklich in der Lage war.

»Wollte dich nicht kränken, Mann, wirklich nicht.« Carlo stand wieder neben ihm. »Ist mir nur so herausgerutscht.« Er schlug mehrmals mit den Händen aufs Geländer und lachte dabei, wie Rizzi ihn noch nie hatte lachen hören. »Gib's zu«, schrie Carlo in den Wind. »Dir geht gerade der Arsch auf Grundeis.«

Rizzi betrachtete Carlos blaues Einstecktuch mit den weißen Punkten, die spitzen Schuhe, das ölige Haar, das selbst im Wind wie angeklebt war, und sagte: »Lass mich einfach in Ruhe.«

Er ging wieder zurück auf die andere Seite, hinter den

Sitzreihen und den Leuten entlang, die in ihren Plastikschalen saßen wie im Kino. Sorrent zog vorbei, hohe Felsen und Häuser mit prächtigen Fassaden, während der Steward auf einem Tablett eine Auswahl an Sekt-, Bier- und Wasserflaschen zum Kauf anbot.

»Ich meine, schau dich an.« Carlo ließ nicht locker. »Du bist total überfordert.«

Gischt spritzte auf und benetzte die Gläser von Rizzis Sonnenbrille. Einer plötzlichen Eingebung folgend, zupfte Rizzi das Einstecktuch aus Carlos Brusttasche, nahm seine Sonnenbrille ab und begann, die Gläser zu putzen, während er sagte: »Wo warst du in der Nacht von Dienstag auf Mittwoch?«

»Wie bitte?« Carlo trat einen Schritt zurück.

»Antworte.«

»Das geht dich einen Scheißdreck an.«

»In jener Nacht wurde Rosalinda Fervidi umgebracht und in der Kirche im Beichtstuhl abgelegt. Aber du hast recht, Carlo, die Frage brauche ich dir nicht zu stellen.« Rizzi behauchte die Gläser und fuhr fort zu putzen. »Ich traue dir vieles zu, aber nicht eine solche Tat. Mich interessiert etwas anderes.« Er stopfte das Tuch zurück in Carlos Brusttasche. »Du warst oft in Rosalindas Nähe. Hast sie regelmäßig gesehen. Hast mit ihr bestimmt das eine oder andere Wort gewechselt.«

»Ist ja auch nicht verboten, oder?«

»Was ist dir an ihr aufgefallen?«

»Ich verstehe nicht, was du meinst.«

»Hatte sie mit Emma aus der Werkstatt ein Verhältnis?«

Carlo starrte auf das flatternde Kleid und die Frau, die

sich von ihrem Begleiter im Wind fotografieren ließ und mit dem Vesuv im Hintergrund posierte.

»Du meinst – Emma ist auch lesbisch?« Carlo legte verblüfft seine Aktenmappe ab.

»Stell dich nicht dümmer, als du bist.«

»Mag ja sein.« Carlo hob beide Hände und wiederholte: »Es mag alles sein. Aber wenn es um Frauen geht, die auf Frauen stehen – tut mir leid: Da bin ich raus.«

»Was ist deine Meinung zu Rosalinda?« Rizzi lehnte sich bequem an die Reling. »Erzähl mal. Interessiert mich wirklich.«

»Meine Meinung zu Rosalinda?«, wiederholte Carlo. »Willst du die wirklich hören?« Er schob etwas trotzig den Unterkiefer vor. »Ich glaube, Rosalinda hatte einfach noch nicht den richtigen Typen getroffen. Und wenn ich gewollt hätte« – Carlo schnalzte mit der Zunge –, »du verstehst, was ich meine.«

»Hat sie dir etwas anvertraut? Oder mal eine Bemerkung gemacht, die dir im Nachhinein seltsam vorkommt?«

»Und wenn, würde ich es dir ganz bestimmt nicht erzählen.« Carlo grinste, und in diesem Grinsen lag etwas seltsam Anzügliches. Dann verdüsterte sich seine Miene. »Ich bin keine Klatschtante«, sagte er, »und wasche keine schmutzige Wäsche. Damit das klar ist.«

»Ich sage dir jetzt mal was.« Rizzi trat näher und roch sogar im Fahrtwind Carlos stechendes Aftershave. »Ich bin auf dem Weg zur Questura, zu einem Termin mit dem Commissario. Und wenn ich das Gefühl habe, du verheimlichst mir etwas, nehme ich dich mit und übergebe dich den Kollegen – schneller, als du gucken kannst.«

Carlo betrachtete seine Finger mit den kurz geschnittenen Nägeln und schien zu überlegen. »Na gut, eine Auskunft gebe ich dir«, warf er Rizzi hin. »Zwischen Rosalinda und Alessandra sind öfters mal die Fetzen geflogen.«

»Sie haben gestritten?«, fragte Rizzi. »Worüber?«

»Über dies und das.«

»Geht's etwas genauer?«

»Ich weiß es nicht.«

»Das reicht nicht, Carlo. Mach das Maul auf.«

»Alessandra hat nicht verstanden, wieso Rosalinda so wild darauf ist, die Leute zu betrügen.«

»Zu betrügen? Womit?«

Carlo schob seine Hände in die Hosentaschen und hob dabei gleichzeitig die Schultern. »Ich glaube, es ging um Leder.«

»Um Leder?«, fragte Rizzi. »Welches Leder?«

»Keine Ahnung.«

»Um die Gürtel und Taschen, die sie in der Boutique verkaufen?«

»Ich weiß es nicht. Ehrlich!« Carlo wandte sich ab, und Rizzi konnte nicht einschätzen, was hinter seiner Sonnenbrille vor sich ging. Ob Carlo sich gerade selbst verfluchte, weil er Informationen preisgegeben hatte, die er auf keinen Fall preisgeben wollte. Oder ob er sich heimlich ins Fäustchen lachte, weil er Informationen platzierte, die ihn, seinen Intimfeind und Nachfolger bei Gina, in die Irre führen sollten.

Das *aliscafo* passierte das Denkmal des San Gennaro, des Schutzheiligen der Seefahrer, und einen rostigen Tanker, der unter einer Flagge fuhr, die Rizzi noch nie gesehen hatte. Der Wind roch nach Diesel und Salzwasser, und in der Ferne waren die spiegelnden Fassaden des Centro Direzionale zu sehen, des Viertels, das in den Achtzigerjahren errichtet wurde, um Neapel ein modernes Gesicht zu geben. Im Gegensatz zu vielen anderen mochte Rizzi diese Hochhäuser. Sie erinnerten ihn an Manhattan, und letztlich waren sie Geschmackssache – wie die dunkelrote Aktenmappe, die sich in den Wurstfingern von Carlo viel zu fein ausnahm.

»Woher hast du die Mappe?«, fragte Rizzi und befühlte das Leder, das glatt und gleichzeitig samtweich war.

»Grazia Nobile hat sie mir geschenkt.« Carlo hielt sie ihm hin wie eine besondere Auszeichnung, eine Krone auf einem Kissen.

Rizzi nahm die Aktenmappe, drehte und wendete sie und wiederholte: »Ein Geschenk von Grazia Nobile. Das heißt, aus den Beständen von Alessandras Boutique?« Er öffnete den goldenen Verschluss.

Carlo nickte, lächelte stolz und schaute zu, wie Rizzi den Deckel aufklappte.

Das Leder war an der Innenseite aufgeraut und sah aus wie Wildleder. Oder war es synthetisch? Rizzi hatte keine Ahnung. Das Futter war aus Baumwolle, und wenn keine Nähte zu sehen waren, konnte die Tasche nur geklebt sein. Was von außen so teuer aussah, entpuppte sich innen als billiger Mist. Und der Inhalt war lachhaft: eine Handvoll loser Blätter. Was man als Immobilienmakler anscheinend so brauchte. Rizzi klappte die Mappe zu und gab sie Carlo zurück.

»Sehr schön«, sagte er.

Das *aliscafo* drosselte das Tempo, kam fast vollständig zum Stillstand und begann das Wendemanöver. Während am Kai die Gangway bereitgestellt wurde und Rizzi mit Carlo die Treppe zum Unterdeck hinunterstieg, sagte er: »Wie ich gehört habe, hast du meiner Kollegin Cirillo eine Wohnung an der Via Vigna gezeigt.«

»Wenn sie schlau ist, sollte sie keine Sekunde zögern und zuschlagen«, antwortete Carlo.

»Wie viele Zimmer?«

»Zwei.«

Rizzi korrigierte: »Es handelt sich um ein Zimmer mit schönem Blick und eine Kammer, die ein Loch ist. Du weißt das. Und versuchst, ihr die Abstellkammer als zweiten Raum zu verkaufen.« Er legte Carlo eine Hand auf die Schulter und drückte dort fest zu, wo sich das Schlüsselbein befand. »Sieh zu, dass du Agente Cirillo etwas Anständiges vermittelst. Eine Wohnung, in der jedes Zimmer ein richtiges Zimmer ist. Zu einem guten Preis. Und beweis ihr, dass wir auf Capri anständige Leute sind, die auf anständige Weise Geschäfte miteinander machen.«

Carlo schwieg, und Rizzi hob dicht vor seinem Gesicht den Finger und sagte: »Ich verlass mich auf dich.«

19

Die Questura an der Via Medina war ein Komplex aus sandsteinfarbenen Quadern, sieben Stockwerke hoch, mit Fenstern, die aussahen wie Schießscharten. Das Gebäude war in den Zwanziger- oder Dreißigerjahren zu Zeiten der Mussolini-Diktatur errichtet worden, als man hier, im Carità-Viertel, alte Häuser sprengte, ganze Straßenzüge verschwanden und ein Klotz wie dieser für Fortschritt und Modernität stand. Der einzige Schmuck waren die italienische und die europäische Fahne am Eingang, die in der Mittagshitze über den wachhabenden Polizisten herunterhingen. Die Männer mit dem weißen Pistolengürtel nickten und ließen Rizzi passieren.

Zehn Schritte weiter, als er an der Pförtnerloge vorbei und durch die Sperre gehen wollte, erklang eine schrille Stimme: »*Scusi* – Entschuldigung?«

Die Leute, die am anderen Ende der Eingangshalle vor den Fahrstühlen standen, drehten sich neugierig um. Rizzi blieb stehen.

»Kann ich Ihnen helfen?« Die Stimme hallte und wurde durch den Granit und den Marmor noch verstärkt.

»Ich habe einen Termin«, erklärte Rizzi.

»Bei wem?«

»Commissario Serra. Zimmer 301. Er erwartet mich.«

»Name?«

»Agente Rizzi. Enrico Rizzi.«

Die Frau tippte auf ihrer Tastatur, rückte die Brille auf ihrer Nase zurecht und starrte in den Computerbildschirm. »Dienststelle?«, fragte sie.

»Capri.« Rizzi beugte sich näher ans Fenster und die kleine Öffnung darin. »Ich habe es eilig«, sagte er. »Wie gesagt, der Commissario erwartet mich.«

»Commissario Serra ist außer Haus.«

»Ach, wirklich?« Rizzi nahm überrascht seine Mütze ab. »Und sein Kollege, Andrea Scotto?«

»Ebenfalls.«

»Sind Sie sicher? Ich bin einbestellt, um ein Verhör zu führen.«

»Ohne Rücksprache kann ich Ihnen leider keinen Passierschein ausstellen.«

»Passierschein?« Rizzi drehte sich um, als gäbe es hinter ihm jemanden, der ihm helfen könnte. Die Leute vor dem Fahrstuhl hatten inzwischen das Warten aufgegeben und stiegen schwatzend die Treppe hinauf, und die Polizisten vor dem Eingang waren verschwunden.

»Hören Sie«, begann Rizzi noch einmal. »Ich bin extra aus Capri gekommen.«

»Tut mir leid.« Die Frau schloss das Fenster und widmete sich einem Buch, in dem es, wenn Rizzi es richtig sah, um kunstgeschichtliche Abhandlungen ging.

Unter normalen Umständen hätte er sich jetzt umgedreht, die Gelegenheit genutzt und irgendwo einen Kaffee getrunken, die Großstadt genossen und Zeit überbrückt, bevor er später, im Laufe des Tages, wiedergekommen wäre, um noch einmal sein Glück zu versuchen. Aber er war hier als Wunderwaffe angekündigt und extra aus Capri angereist, um Salvatore zum Reden zu bringen.

Rizzi holte sein Telefon hervor, während sich von irgendwoher eine Person auf hochhackigen Schuhen näherte. Das Geräusch der Absätze auf Marmor verstummte jäh, und eine weibliche Stimme rief: »Erri?«

Die Stimme war Rizzi sehr vertraut. Er schaute auf.

Barbara trug ein dunkles Businesskostüm, eine offene Bluse, hochhackige Schuhe und hatte ihre schwarzen Locken hochgesteckt. »Was tust du hier?«, fragte seine Schwester und kam mit ausgebreiteten Armen auf ihn zu.

Rizzi umarmte Barbara und begrüßte ihren Begleiter, der in jeder Hand einen Aktenkoffer trug und aussah, als bräuchte er dringend ein Glas Wasser, und berichtete, dass er wegen Salvatore hier war, der sich immer noch in Polizeigewahrsam befand.

»Und ihr?«, fragte er und steckte sein Telefon wieder ein.

»Wir hatten gerade eine Gerichtsverhandlung.« Barbara machte eine Handbewegung, mit der sie den Termin zu einer Angelegenheit degradierte, über die es sich nicht zu reden lohnte, und wiederholte ungläubig: »Salvatore befindet sich in Polizeigewahrsam? Was hat er verbrochen?«

»Schon seit zwei Tagen. Es ist unglaublich.« Rizzi senkte die Stimme. »Hast du es nicht mitgekriegt? Commissario Serra verdächtigt ihn allen Ernstes, den Mord an Rosalinda Fervidi begangen zu haben.« Er berichtete, dass Salvatore die Leiche von Rosalinda im Beichtstuhl gefunden habe und dass darüber hinaus bei ihm in der Wohnung ein Ledergürtel aufgetaucht war, der nachweislich aus den Beständen der

Boutique von Rosalinda Fervidi und deren Lebensgefährtin Alessandra Nobile stammte, und dass dieser Gürtel mutmaßlich die Tatwaffe war, mit der Rosalinda Fervidi erdrosselt wurde.

»Wenn du mich fragst«, fasste Rizzi zusammen, »soll der Fall möglichst schnell zu den Akten gelegt werden, und Salvatore ist ein leichtes Opfer. Du kennst ihn. Er hat keinen Anwalt, keine Angehörigen und ist dem Commissario und der Justiz total ausgeliefert.«

»Verzeih.« Barbara verschränkte die Arme vor der Brust. »Aber man kann die Fakten ja nicht einfach ignorieren.«

Rizzi hasste es, wenn seine Schwester die Juristin raushängen ließ und – bewusst oder unbewusst – versuchte, eine Hierarchie herzustellen, in der sie, als Mitarbeiterin bei der Staatsanwaltschaft, natürlich über ihm stand – nicht nur, was das Gehalt anbelangte.

Bevor Rizzi etwas erwidern konnte, drängte Barbaras Begleiter zum Aufbruch, und Barbara boxte Rizzi in den Arm: »Ruf mich an, wenn du fertig bist. Ich möchte noch etwas mit dir besprechen.«

»Wenn ich hier fertig bin, fahre ich mit Salvatore zurück nach Capri!«, rief Rizzi seiner Schwester hinterher – und bemerkte in diesem Moment eine Frau in Uniform, die ihre grauen Haare zum Pferdeschwanz gebunden hatte und mit spöttischer Miene auf ihn zutrat.

»Agente Rizzi?«, fragte sie. »Bitte kommen Sie. Ich soll Sie zu Salvatore Greggi bringen.«

Während er im Untergeschoss der Beamtin den langen Flur mit den geschlossenen, schalldichten Türen hinunterfolgte, erklärte sie, Commissario Serra und der Kollege

Scotto seien wegen eines unerwarteten Einsatzes verhindert und könnten der Vernehmung nicht persönlich beiwohnen.

»Kein Problem«, sagte Rizzi – insgeheim froh darüber, bei der Vernehmung frei agieren zu können.

Salvatore saß bereits am Tisch, hatte die Hände im Schoß und starrte zur Seite, in den großen Spiegel, der dort fast die ganze Wand einnahm. Er schien nicht glauben zu können – oder war er sogar erfreut darüber? –, dass er, der Straßenkehrer, der normalerweise mit Besen, Schaufel und Abfall zu tun hatte, hier in einem angenehm klimatisierten Raum auf einem gepolsterten Stuhl saß, wo ihm ein Glas Wasser serviert wurde und eigens ein Beamter für ihn abgestellt war, der ihn bewachte. Er sah so fein aus, wie Rizzi ihn noch nie gesehen hatte, in seinem sauberen Hemd, das bis oben zugeknöpft war, frisch rasiert und ordentlich gekämmt. Und so angenehm überrascht Rizzi davon war, so sehr beschämte es ihn gleichzeitig zu sehen, dass der zu Hause auf Capri so verwahrloste Salvatore hier, im Gewahrsam, zu einem gepflegten Menschen verwandelt worden war.

»Brauchen Sie noch etwas?«, fragte die Uniformierte, und in ihrer Stimme klang Gleichgültigkeit, vielleicht sogar Geringschätzung.

»Nein, danke«, sagte Rizzi.

Die Frau verschwand und schloss hinter sich die Tür.

Salvatore fuhr fort, in den Spiegel zu starren, als würde er dort an der Wand einen Film sehen und gespannt verfolgen, wie Rizzi den Uniformierten in der Ecke grüßte und sich Salvatore gegenübersetzte.

»Wie geht's dir, Kumpel?«, begann Rizzi und berührte Salvatore an der Schulter.

Es dauerte ein paar Sekunden, bis sich Salvatore ihm zuwendete und sich in seiner Miene die Überraschung darüber abzuzeichnen begann, dass Rizzi tatsächlich zugegen war. Dann verwandelte sich die Überraschung in echte Wiedersehensfreude. »Erri«, rief er. »Wie toll, dass du mich besuchst. In deiner Dienstzeit! Bist du mit dem 11.15-Uhr-*aliscafo* gekommen?«

»Ich bin hergekommen, um dich zu verhören«, erklärte Rizzi. »Hast du mich verstanden? Ich komme als Freund, aber auch als Polizist.«

Salvatore senkte bescheiden den Kopf und erwiderte beschämt: »Das wäre aber nicht nötig gewesen. Wirklich, Erri. Mir geht's gut.« Er lächelte tapfer. »Das Bett quietscht, aber die Leute sind in Ordnung. Nur das Essen« – Salvatore wollte anheben, sich zu beklagen, doch er besann sich, wischte alles mit einer großzügigen Handbewegung beiseite und sagte abschließend: »Es ist alles in Ordnung.«

»Nichts ist in Ordnung«, erklärte Rizzi. »Wir brauchen dich auf Capri.«

Salvatore blinzelte erstaunt, wandte sich dann um und rief dem Beamten in der Ecke zu: »Hast du gehört? Ich habe es dir gesagt. Niemand ist so gut wie ich im Straßenkehren.«

Der Uniformierte murmelte etwas Unverständliches. Salvatore schlug sich aufmunternd auf die Schenkel und stand auf. »Also dann«, sagte er. »Gehen wir.«

»Setzen!«, bellte der Beamte in der Ecke.

Salvatore legte den Kopf schief, zwinkerte Rizzi zu und sagte halblaut: »Kümmer dich nicht um den. Der hat keinen Humor.«

»Setz dich«, bat Rizzi, als sein Blick auf Salvatores Schuhe fiel. »Wo hast du deine Schuhbänder gelassen?«

Salvatore streckte seine Sneakers hervor. Die Ösen waren nur Attrappen, das Modell brauchte keine Schnürsenkel. »Hab ich gratis bei der Kleiderbörse bekommen«, sagte er. »Warum fragst du?«

»Hinsetzen!« Der Beamte erhob sich drohend von seinem Stuhl. »Sofort!«

»Tu, was er sagt«, befahl Rizzi.

»Willst du dir von dem etwas vorschreiben lassen?« Salvatore starrte Rizzi ungläubig an.

»Ich will mit dir besprechen, was in der Nacht von Dienstag auf Mittwoch passiert ist.«

»Verstehe.« Salvatore gehorchte, sank zurück auf den Stuhl und schien plötzlich in sich zusammenzufallen. Er starrte betrübt auf seine Fingernägel. »Es ist, wie es ist«, murmelte er, »und so ist es in Ordnung.« Er hob den Kopf und schaute Rizzi offen ins Gesicht. »Ich bin bereit zu büßen.«

»Zu büßen?«, wiederholte Rizzi überrascht. »Wofür?«

»Für das, was ich getan habe.«

In der Stille, die entstand, überschlugen sich Rizzis Gedanken. Was sollte er tun, wenn sie Salvatore hier in den vergangenen Tagen so hart bearbeitet hatten, dass er bereit war, eine Tat zuzugeben, die er gar nicht begangen hatte, und im Ergebnis der wahre Täter weiter frei herumlief? Rizzi wollte aufspringen, Salvatore bei den Schultern packen, aber er beherrschte sich und fragte in ruhigem Ton: »Was hast du getan? Raus mit der Sprache.«

Salvatore öffnete den Mund, schloss ihn wieder und

schien nach den richtigen Worten zu suchen, bevor er flüsterte: »Ich schätze, ich habe mich schlafen gelegt. Kannst du dir das vorstellen?«

»Du hast dich schlafen gelegt«, wiederholte Rizzi. »Was ist daran so verwerflich?«

»Ich habe mich einfach schlafen gelegt und vergessen, die Kirche abzusperren. Nur so konnte Rosalinda umkommen, verstehst du?« Salvatore ballte erregt die Faust. »Dabei hätte ich sie beschützen müssen. Nach allem, was sie für mich getan hat.«

»Was hat sie für dich getan?«

»Alles. Sie hätte alles für mich getan.«

»Ich brauche es etwas genauer, Salvatore. Gib mir ein Beispiel.«

Er schaute suchend im Raum umher. »Sie hat mir einen ausgegeben. Hat mir etwas zu essen spendiert. Ein Panino hier, eine Kugel Eis dort. Hat mit mir geredet. Und ich?« Salvatore rang die Hände. »Habe sie hängen lassen.«

»Sie hat dir also Geschenke gemacht«, stellte Rizzi fest. »Kannst du dich noch an andere Geschenke erinnern? An einen Gürtel, zum Beispiel?«

»Einen Gürtel?« Salvatore schüttelte den Kopf. »Wie kommst du darauf?«

»Einen von denen, die sie bei sich in der Boutique verkauft.«

»Die Boutique habe ich nie betreten« – Salvatore hob abwehrend beide Hände –, »und die Gürtel dort habe ich nie angefasst.«

»Aber du hast sie dir angeschaut.«

»Natürlich habe ich sie mir angeschaut.«

»Und hat dir einer besonders gut gefallen?«, fragte Rizzi. »Der mit dem Schlangenkopf, zum Beispiel?«

»Der mit dem Schlangenkopf ist schön«, stimmte Salvatore zu.

»Hast du gedacht, dass du einen solchen Gürtel gerne besitzen würdest? Und hast du ihn dir genommen, so im Vorbeigehen, als du mit deinem Besen auf der Via Vittorio Emanuele zugange warst?«

»Du meinst: geklaut?«

»Hast du ihn bei dir zu Hause versteckt? Unter der Matratze, zum Beispiel?«

Salvatore kratzte sich nervös am Arm. »Nein«, sagte er. »So etwas würde ich nie tun.«

»Warum nicht?«

»Weil ich kein Dieb bin.« Er fasste nach Rizzis Hand. »Erri, glaubst du, dass ich ein Dieb bin?«

»Nein, Salvatore.« Rizzi stand von seinem Stuhl auf.

»Warum sagst du dann so etwas?«

Rizzi machte ein paar Schritte bis zur Wand. »Du hast gesagt, du hättest Rosalinda beschützen müssen. Vor wem?«

»Vor wem?«, wiederholte Salvatore. »Ich sage dir, vor wem.« Er raufte sich die Haare. »Vor dem, der sie umgebracht hat.«

»Hatte sie Angst?«

»Rosalinda hatte keine Angst. Vor nichts und niemandem.«

»Also gut.« Rizzi setzte sich wieder. »Der Reihe nach. Du machst dir Vorwürfe, weil du dich schlafen gelegt hast. Zur Erinnerung: Wir reden von der Nacht vom vergangenen Dienstag auf Mittwoch. Salvatore, schau mich an. Wann hast du dich schlafen gelegt?«

»Ich war plötzlich so müde.« Salvatore schloss die Augen. »So entsetzlich müde.«

»Ich brauche eine Uhrzeit. War es schon dunkel?«

»Ich würde sagen, es war zwischen zehn und elf Uhr.« Salvatore überlegte. »Vielleicht auch etwas später. Ich erinnere mich nicht mehr so genau.« Er beugte sich vor. »Aber das haben die Leute hier mich alles schon gefragt, Erri. Und ich habe denen, wenn ich mich richtig erinnere, gesagt, zwischen zehn und elf. Es kann aber auch halb zwölf gewesen sein. Sie haben alles aufgeschrieben. Jedes Wort. Kannst du dir das vorstellen? Und am Ende musste ich unterschreiben.«

»Konzentrier dich, Salvatore«, bat Rizzi. »Hat dich jemand gesehen, als du nach Hause gegangen bist? Hast du jemanden gegrüßt oder mit jemandem gesprochen?«

»Ich weiß es nicht.« Salvatore zuckte die Schultern.

Rizzi erhob sich wieder von seinem Stuhl. Er musste noch einmal neu ansetzen. »Rosalinda war nett zu dir«, sagte er. »Und sie war anders nett zu dir als Padre Ivano. Oder als ich. Habe ich das richtig verstanden?« Er beugte sich zu Salvatore herunter. »Wie nett war sie denn? So nett, dass du dachtest, du könntest ihr mal näherkommen? Ich meine, richtig nahe. So nah, dass du sie anfassen konntest, zum Beispiel. Schau mich an, Salvatore. Du sollst mich anschauen. Hast du Rosalinda angefasst?«

»Nein«, heulte Salvatore. »Ich habe Rosalinda nicht angefasst.«

»Warum nicht? Sie war doch immer so nett zu dir.«

»Ich habe sie nicht angefasst, weil sie nicht so eine war.«

»Was meinst du damit?«

»Sie mochte Frauen.«

»Hat sie dich weggestoßen?«

»Nein!«

»Hat sie geschrien? Wolltest du, dass sie aufhört zu schreien?«

»Sie hat nicht geschrien!«

»Hast du dann den Gürtel genommen?«

»Welchen Gürtel?«

»Den Rosalinda dir geschenkt hat?«

»Sie hat mir keinen Gürtel geschenkt!«

»Hast du Rosalinda umgebracht?«

»Nein!«

»Gut«, sagte Rizzi. »Das ist gut.« Er legte Salvatore die Hand auf die Schulter. »Bleib dabei. Und lass dir nichts einreden.«

20

Cirillo beschleunigte auf dem geraden Stück und bremste rechtzeitig vor der nächsten Serpentine. Der Autofahrer hinter ihr drängelte und fuhr so dicht auf, dass er mit seiner Stoßstange fast ihr Nummernschild berührte und sie im Rückspiegel seine wutverzerrte Visage sehen konnte. Sie hatte die größte Lust, ihn anzuhalten und seine Papiere zu kontrollieren. Doch sie war selbst auch in Eile und wollte keine Zeit mit so einem Idioten verlieren.

Sie hatte alles mit den Kollegen abgesprochen. Savio und Gatti übernahmen für sie den Einsatz auf der Piazzetta, zeigten Präsenz und sorgten dafür, dass die Gaffer der Kirche und dem Beichtstuhl fernblieben. Und auch Teresa Villa würde ihr den Rücken freihalten, falls Ispettore Lombardi Fragen stellte und wissen wollte, wo sie abgeblieben war.

Als sie wenig später in der Via Pagliaro ihre Vespa an der Pforte abstellte, hörte sie Musik. Fenster und Türen ihres Wohnhauses standen offen. Die Feriengäste, mit denen sie Wand an Wand schlief – oder auch nicht schlief, weil diese Leute die Wand jede Nacht zum Wackeln brachten und ihr mit ihrem lustvollen Geschrei den Schlaf raubten –, waren in der Gemeinschaftsküche am Kochen und schauten überrascht auf, als sie vorbeiging. Sie grüßte knapp und schloss ihre Zimmertür auf. Immerhin stellten sie jetzt die Musik leiser.

»Möchten Sie einen Teller mitessen?«, rief der Typ mit jenem weichen schwedischen Akzent, den sie so gut von Björn, ihrem Ex-Mann, kannte und der ihr einen kleinen Stich versetzte.

»Nein, danke«, erwiderte Cirillo, betrat ihr Zimmer und zog die Tür hinter sich zu. Sie hatte einen Plan, und sie musste sich beeilen. Sie öffnete den Einbauschrank und wühlte zwischen den Winterkleidern. Motten flogen ihr entgegen.

Die Tasche mit den Nieten und farbigen Lederapplikationen hatte sie jahrelang nicht benutzt, aber gehütet wie einen Schatz. Sie war mit vielen Erinnerungen behaftet und wunderschön. Das weiche Leder war am Boden abgeschabt, doch das war leider kein Grund, die Tasche zur Reparatur zu bringen, sondern eher ein Zeichen, dass sie das Leder pflegen musste. Auch die Aufhängung für den Schulterriemen und der Reißverschluss, die natürlichen Schwachstellen einer jeden Tasche, waren stabil und in Ordnung.

Sie drehte die Tasche um und schüttelte sie. Alte Kassenzettel, Münzen, Tampons und kleine Hotel-Marmeladengläser fielen auf die Bettdecke. Grüße aus einer längst vergangenen Zeit, als ihr Ex noch kein Ex und Oscar ein kleiner Knirps gewesen war. Sand rieselte hinterher. Sie stülpte das fuchsrote Innenfutter nach außen. Aber auch hier war kein Schaden, kein Loch, kein Riss, nichts.

Im Flur waren Stimmen zu hören. Kurz heulte ein Staubsauger auf, und eine Schranktür knallte. Cirillo nahm das Futter, packte es mit beiden Händen und zog es mit aller Kraft auseinander. Die Naht hielt dem Druck stand.

Sie stand auf, ging ins Bad, holte die Nagelschere und begann, die Naht aufzutrennen, Stich für Stich. Als der Anfang gemacht war, nahm sie den Stoff und riss das Futter auseinander, bis ein faustgroßes Loch entstanden war, durch das die Innenseite des Leders zu erkennen war.

Sie betrachtete zufrieden ihr Werk der mutwilligen Zerstörung, als es an der Tür klopfte und eine energische Stimme rief: »Signora Cirillo? Ich weiß, dass Sie da sind. Machen Sie auf. Ich muss etwas mit Ihnen besprechen. Es ist dringend.«

Das Letzte, worauf Cirillo Lust hatte, war eine Unterhaltung mit ihrer impertinenten Vermieterin Signora Spirelli.

Bevor sie öffnete, rief sie: »Ich habe überhaupt keine Zeit!«, zählte bis drei – und riss unwillig die Tür auf.

Signora Spirelli trug eine riesige Sonnenbrille im Haar, einen verblüffend engen Rock, eine ärmellose Bluse und war dazu barfuß. Rock und Bluse betonten ihre üppigen Formen, die runden Hüften und den großen Busen, den sie vorstreckte, während sie eine Hand herausfordernd in die Seite stemmte.

»Wo ist das Geld?«, fragte sie laut. »Sie wissen genau, wovon ich spreche. Sie haben den Brausekopf kaputt gemacht, deshalb müssen Sie ihn auch bezahlen.« Signora Spirelli streckte ihren Finger aus und berührte mit der Spitze fast den hellblauen Stoff von Cirillos Uniformbluse. »Haben Sie mich verstanden?«

»Ich habe Sie akustisch verstanden«, bestätigte Cirillo.

»Mit Ihren ständigen Ausflüchten ist jetzt Schluss.« Die Stimme von Signora Spirelli überschlug sich. »Und die Zeugen sind alle auf meiner Seite.« Als wäre damit alles klar, stellte sie sich auf die Zehenspitzen, streckte den Hals und versuchte, an Cirillo vorbei ins Zimmer zu schauen. »Sind Sie nicht im Dienst?«, fragte sie. »Packen Sie? Wollen Sie wegfahren? Oder haben Sie Besuch?«

»Der Brausekopf war uralt, und das wissen Sie.« Cirillo drängte Signora Spirelli zurück in den Flur.

In der Küche wurde ein Stuhl gerückt. Das Pärchen verhielt sich so still wie noch nie.

»Zur Erinnerung!« Cirillo sprach nun auch sehr laut. »Als der Duschkopf seinen Geist aufgegeben hat, bin ich los und habe einen neuen besorgt – noch dazu einen, der Wasser spart. Ich habe das Ding eigenhändig eingebaut und Ihnen die Handwerkerkosten erspart. Schon vergessen? Deshalb habe ich den verdammten Betrag von 18,90 Euro von der Miete abgezogen und schulde Ihnen gar nichts. Verstanden?«

»Das werden wir ja sehen, wer hier wem etwas schuldet.« Signora Spirelli drehte sich abrupt um und watschelte den Flur hinunter, blieb am Eingang zur Gemeinschaftsküche stehen und erkundigte sich bei den beiden Feriengästen demonstrativ liebenswürdig, ob alles zu ihrer Zufriedenheit sei, wobei sie, um ihre Weltläufigkeit zu beweisen, Englisch sprach.

Cirillo nahm ihre kaputte Tasche vom Bett, zog die Zimmertür zu, schloss ab und verließ ohne ein weiteres Wort die Wohnung.

Wenige Minuten später parkte sie ihre Vespa auf der Piazza Boffe unter dem Olivenbaum. Das Immobilienbüro war geschlossen, ein kleiner Zettel hing an der Tür. Cirillo wollte keine Zeit verlieren und die Sache jetzt durchziehen.

Mit der Tasche unterm Arm lief sie über die Gasse, öffnete die kleine Pforte und stieg die Stufen mit den bunten Kacheln in den Hof hinunter.

»Zaza!«, rief die alte Frau auf der Galerie, ohne dass sie zu sehen war.

Die Schiebetür zur Werkstatt stand, wie beim letzten Mal, offen, und der Vorhang war zugezogen. Die Stimme von Alessandra Nobile drang heraus, abgehackte Sätze, die nicht zu verstehen waren und auf ein geschäftliches Telefonat schließen ließen, während mitten im Hof, unter dem Feigenbaum, umgeben von Paketen und Päckchen, die Mitarbeiterin Zoe stand. Sie hatte ihre weißblonden Haare zu dünnen Zöpfen geflochten, mit Klammern kunstvoll am Kopf befestigt und war dabei, mit ihrem Smartphone die Strichcodes auf den Paketen zu scannen. Zwischendurch blätterte sie immer wieder in Listen auf ihrem Klemmbrett und machte auf dem Papier Haken oder Notizen.

»Buongiorno«, grüßte Cirillo und ließ ihren Blick über die Pakete und Päckchen schweifen.

»Wenn Sie zu Alessandra wollen, haben Sie sich einen schlechten Zeitpunkt ausgesucht«, sagte Zoe und ließ das Klemmbrett sinken. Der Stift fiel herunter, was sie nicht zu bemerken schien. Sie sah müde und übernächtigt aus, als hätte sie durchgearbeitet und schon lange kein Auge mehr zugemacht. »Kommen Sie später wieder«, bat sie. »Oder noch besser: Melden Sie sich telefonisch. Ich will wirklich nicht unhöflich sein, aber –« Zoe verstummte, wandte sich ab und schien kurz davor, in Tränen auszubrechen.

»Was ist los?«, fragte Cirillo, hob den Stift vom Boden auf und überreichte ihn Zoe.

»Alles nicht der Rede wert. Ein paar Dinge gehen eben immer schief.« Zoe nahm den Stift und gab vor, sich wieder in ihre Listen zu vertiefen.

»Eigentlich komme ich nur deshalb«, behauptete Cirillo, trat näher und hielt Zoe ihre Tasche hin.

»Was ist damit?« Zoe streifte widerwillig den Lederbeutel mit einem Blick, sah das Loch im Innenfutter und schüttelte den Kopf. »Es tut mir leid, aber wir sind keine Reparaturwerkstatt.«

»Was ist los? Bist du fertig?«, rief Alessandra Nobile aus der Werkstatt. »Dann ruf den Boten. Hast du gehört?« Sie schob ruckartig den Vorhang zur Seite und blieb mit dem ausgestreckten Arm, in einer Hand das Telefon, wie auf einer Bühne stehen. Ihr schwarzes Kleid war aus matt schimmernder Seide, die sich um ihren schlanken Körper schmiegte, das Dekolleté von halb durchsichtiger schwarzer Spitze verdeckt, die in einem engen Kragen bis unters Kinn reichte. Eine modischere und elegantere Art, Trauer zu tragen, hatte Cirillo noch nie gesehen.

»Agente Cirillo?«, fragte Alessandra Nobile überrascht. »Gibt es etwas Neues?« Zögernd trat sie aus der Werkstatt. *»Dio mio«*, rief sie. »Sie wissen, wer es war, stimmt's?«

»Beruhigen Sie sich«, bat Cirillo.

»Sie wissen, wer es getan hat.« Alessandra legte die Hände wie zum Gebet aneinander, und für einen Moment dachte Cirillo, sie würde auf die Knie fallen. »Jetzt sagen Sie doch etwas! Haben Sie den Täter? Wer ist es?«

»Wir stecken noch mitten in den Ermittlungen«, erklärte Cirillo. »Es tut mir leid, Signora Nobile, dass ich Ihnen nichts Neues berichten kann.«

Alessandra sah von einem Moment auf den anderen müde und abgekämpft aus. Durch die gebräunten Wangen schimmerte eine Blässe, die ihrem Gesicht etwas Wächsernes gab, und Cirillo erinnerte sich daran, wie Savio am Polizeiposten erklärt hatte, was seiner Meinung nach bei der Schönheits-OP von Alessandra alles schiefgegangen war: Die Nase sei zu klein geraten, die Lippen seien zu stark aufgespritzt und die Augen durch die Lidstraffung zu groß geworden, weshalb die gesamte Symmetrie im Gesicht verrutscht sei. Auch mit den Pupillen, bemerkte Cirillo in diesem Moment, schien etwas nicht zu stimmen. Sie verdrehten sich auf eigenartige Weise, und die Augenlider von Alessandra Nobile begannen plötzlich zu flattern.

Als Cirillo verstand, was los war, und sie helfend den Arm aussteckte, war es schon zu spät. Alessandra knickte um und stürzte zwischen die Kartons, die krachend auseinanderfielen.

»Was ist passiert?«, murmelte sie und blinzelte verwundert, als Cirillo und Zoe sich erschrocken über sie beugten und bei den Schultern hielten, während Emma aus der Werkstatt gelaufen kam.

»Keinen Arzt.« Alessandra hob mühsam die Hand und versuchte sich aufzurichten. »Es geht schon wieder.«

»Sie haben gerade das Bewusstsein verloren«, stellte Cirillo fest und bat Emma, von der anderen Seite her Alessandra unterzufassen, damit sie ihr mit vereinten Kräften auf die Beine helfen konnten.

»Der Kreislauf«, ächzte Alessandra.

»Haben Sie etwas gegessen?«, fragte Cirillo. »Und genügend getrunken?«

Auf Cirillo und Emma gestützt, ließ Alessandra Nobile sich in die Werkstatt bringen und aufs Sofa helfen. Cirillo bat Zoe, ein Glas Wasser zu holen, während Emma nach einem Kissen griff und es ihrer Chefin auf unbeholfene Weise unterstopfte.

»Alles nicht der Rede wert. Es geht mir gut.« Alessandra Nobile versuchte, ihrer Stimme einen festen Klang zu geben. »Geht wieder an die Arbeit.«

Zoe legte Cirillos Tasche auf den Beistelltisch und verschwand, während Emma verunsichert fragte, ob sie noch etwas tun könne, und sich dann widerstrebend an ihren Arbeitstisch zurückzog.

»Wir sind alle fertig mit den Nerven«, erklärte Alessandra matt, während Cirillo ihr das Glas Wasser reichte. »Wir versuchen, irgendwie weiterzumachen. Aber es klemmt und quietscht an allen Ecken und Enden.«

»Ich möchte Sie etwas fragen.« Cirillo schenkte Wasser nach. »Sagt Ihnen der Nachname Lupi etwas?«

Draußen war die alte Frau mit ihrem »Zaza! Zaza!«-Ruf zu hören und Zoe, die mit überraschend kräftiger Stimme antwortete: »Schnauze!«

»Lupi?«, wiederholte Alessandra und schüttelte den Kopf. »Wer soll das sein?«

»Ist Ihnen der Name nicht irgendwann einmal untergekommen? Vielleicht in Zusammenhang mit der Tasche, der Blauen Salamander?« Cirillo ließ nicht locker. »Bitte überlegen Sie.«

»Es tut mir schrecklich leid.« Alessandra hatte Tränen in den Augen. »Ich weiß überhaupt nichts.« Sie drehte ratlos das Glas in ihrer Hand. »Ich kann nicht mal sagen, wie Rosalinda es geschafft hat, das alles hier zu managen.« Sie machte eine ausholende Bewegung, die die Werkstatt, das Büro nebenan und draußen den Hof mit einbegriff. »Sie hat sich um den Einkauf gekümmert, um die Reklamationen und die Mädchen, denen man alles dreimal erklären muss. Und nebenbei hat sie sich auch noch neue Produkte ausgedacht. Und alles mit links.« Erschöpft lehnte sie sich ins Kissen zurück und schaute voller Trauer an die Decke. »Sie hatte einfach eine unglaubliche Energie.« Sie spreizte ihre Finger, betrachtete die lackierten Nägel und sagte mit leiser Stimme: »Ich muss Ihnen etwas gestehen.«

Sie schaute über ihre Schulter zu Emma, die mit einer Lupe in der Hand über einer Reihe silberner Gürtelschnallen saß und sie inspizierte, als wären es Juwelen.

»Meine Mutter«, fuhr Alessandra leise fort, »bringt mich an den Rand des Wahnsinns. Sie ist fest davon überzeugt, ich wäre in Gefahr. Und ich gebe zu: Sie hat mich mit ihrer Angst schon angesteckt.« Alessandra schaute Cirillo beschwörend an. »Was glauben Sie?«, fragte sie in einem mädchenhaften Ton, den Cirillo so noch nicht an ihr gehört hatte. »Muss ich um mein Leben fürchten?«

Cirillo wollte die Situation nicht unnötig dramatisieren, die Gefahr aber auch nicht kleinreden und wägte ihre Worte sorgsam ab. »Ich bin ganz ehrlich«, sagte sie. »Ich glaube nicht, dass Sie in akuter Gefahr sind. Aber das Schicksal herausfordern sollten Sie auch nicht.«

»Was meinen Sie damit?«, fragte Alessandra erschrocken.

»Seien Sie aufmerksam. Gehen Sie, zum Beispiel nachts, nicht allein durch die Straßen.« Cirillo erhob sich.

»Dann hat Mamma also doch nicht ganz unrecht.«

»Wo ist sie denn, Ihre Mutter?« Cirillo nahm ihre Tasche und schaute auf die Uhr.

»Bei einer Wohnungsbesichtigung hier in der Nähe«, antwortete Alessandra und streckte ihre Hand nach Cirillos Lederbeutel aus. »Um Gottes willen, was ist denn das?«

»Das Futter ist gerissen«, erklärte Cirillo entschuldigend und reichte ihr die Tasche.

Alessandra befühlte das Leder, besah sich das Innenleben und stellte im sachlichen Ton fest: »Die Tasche ist scheußlich. Wo haben Sie die her?« Als ihr Telefon zu klingeln begann, angelte sie nach dem Apparat. »Emma wird sich darum kümmern«, sagte sie.

Während sie das Gespräch annahm, ging sie mit der Tasche zu Emma, legte sie ihr auf den Tisch und verschwand in ihrem Büro.

»Das wäre sehr freundlich, wenn Sie sich um die Tasche kümmern«, sagte Cirillo.

Emma schaute kaum hoch. Neben den Gürtelschnallen lagen noch immer die Schnittmuster und die Streifen aus verschiedenfarbigem Leder herum.

»Zwei von zehn Gürtelschnallen müssen wir zurückschicken.« Emma machte mit Bleistift auf einem Zettel eine Notiz. »Es sind zwar meistens nur kleine Kratzer, aber es geht ums Prinzip. Meistens entstehen die Schäden dadurch, dass die Schnallen nicht richtig verpackt sind.« Emma nahm Cirillos Tasche und krempelte das Innenfutter nach außen.

»Sagt Ihnen der Name Lupi etwas?«, fragte Cirillo.

Emma ging nicht darauf ein. Ein seltsamer Ausdruck lag in ihren Augen, als sie sagte: »Ich bringe Ihnen die reparierte Tasche in einer Stunde nach Hause.«

»Das ist wirklich nicht nötig«, erklärte Cirillo.

Während Alessandra im Hintergrund telefonierte, berührte Emma beiläufig neben der Lupe den Zettel, auf dem sie eben die Notiz gemacht hatte. Dann wiederholte sie die Geste, und Cirillo las, was Emma geschrieben hatte: *Via Tuoro, Parkplatz,* stand da.

»In einer Stunde?«, fragte Emma, zerknüllte den Zettel und stand von ihrem Stuhl auf.

»Einverstanden«, antwortete Cirillo.

Emma nahm die Schnallen, legte sie in einen Korb im Regal und setzte sich wieder, ohne etwas zu sagen oder Cirillo noch einmal anzusehen.

»Zaza!«, rief die alte Stimme, als Cirillo über den Hof zur Treppe ging.

Sie legte den Kopf in den Nacken und entdeckte auf der Galerie die Frau mit den langen weißen Haaren. Von Wein umrankt, stand sie in der Nische wie eine Statue – nur dass sie in einem fort unruhig von einem Bein aufs andere trat und hin- und herwippte. Eine Statue, die aus dem Gleichgewicht gekommen war.

21

Cirillo zog die Pforte hinter sich ins Schloss, ging zügig die Gasse hinunter und holte ihr Telefon hervor. Sie hatte mit ihrer Vermutung richtiggelegen. Es gab einen dunklen Fleck, ein Geheimnis, etwas Unausgesprochenes, und um was es ging, würde sie von Emma erfahren. Bei einem konspirativen Treffen auf dem Parkplatz.

Sie wich einem E-Bike-Fahrer aus, der an ihr vorbeirauschte, während sie Rizzis Nummer wählte. Doch am anderen Ende meldete sich nur seine Mailbox. Sie beendete die Verbindung und sah auf dem Display, dass Oscar versucht hatte, sie zu erreichen. Sekunden nachdem sie den Rückrufbutton gedrückt hatte, ertönte bei ihrem Sohn in Schweden das Freizeichen.

»Ciao, Mamma.« Er war sofort dran, und seine Stimme klang so unerwartet nah, als würde er bereits in Neapel mit seinem Rucksack am Hafen Molo Beverello stehen und sich nach Capri einschiffen.

»Wo bist du?«, rief sie, und in der Vorfreude schlug ihr Herz schneller.

»Ich hatte versucht, dich anzurufen.« Er klang ein wenig vorwurfsvoll und gleichzeitig zerstreut, als wäre er mit etwas anderem beschäftigt. Und plötzlich war ihr klar, was gleich passieren würde. Er wollte absagen.

Sie stand auf der Piazza Boffe vor dem Immobilienbüro, und ihre euphorische Stimmung verwandelte sich von einer Sekunde auf die andere ins Gegenteil. Sie begann, sich zu wappnen und den schon oft erprobten, für alle Seiten gesichtswahrenden Modus zu finden. Sie durfte auf keinen Fall mit Vorhaltungen reagieren, das war nur kontraproduktiv. Und auch wenn gleich ihre Hoffnungen auf ein baldiges Wiedersehen mit ihrem Sohn zerschlagen werden würden, wollte sie sich weder verletzlich noch enttäuscht zeigen. Sie sog die Luft ein und wartete auf Oscars nächsten Satz.

»Rate mal, was ich gerade getan habe«, hörte sie ihn sagen, und seine Stimme hatte nichts mehr mit der hellen Kinderstimme von damals zu tun, die ihr so vertraut gewesen war. Er war jetzt erwachsen – ein junger Mann.

Sie sah ihre Silhouette in der dunklen Scheibe des Immobilienbüros und fragte sich: Wie konnte das so schnell passieren? Eben war er noch ihr kleiner Junge gewesen, den sie beschützen musste – und jetzt? Plötzlich war alles wieder da, die Bilder aus jener Nacht in Bergamo, ihr Polizeieinsatz und die fatalen Folgen. Die Trennung von ihrem Sohn, seine Rückkehr zum Vater, ihre Strafversetzung. Sie hatte als Ehefrau versagt, als alleinerziehende Mutter – und als Polizistin. Und deshalb stand sie jetzt hier, allein, auf dieser grässlichen Insel.

»Bist du noch dran?«, fragte Oscar.

»Ja, mein Schatz. Sag schon.«

»Ich habe gebucht«, rief Oscar am anderen Ende. »Ich bin übermorgen da. Freust du dich? Mamma?«

Sie kämpfte mit den Tränen. »Ja«, sagte sie und verspürte

eine grenzenlose Erleichterung. »Ich freue mich. Sehr sogar.« Sie tastete in ihrer Hosentasche nach dem Schlüssel, den Carlo Pescatore ihr für die Wohnung in der Via Vigna überlassen hatte. »Und du kannst dich auch freuen«, fügte sie hinzu. »Von unserer Wohnung haben wir einen wunderschönen Blick aufs Meer.«

»Das klingt traumhaft, Mamma.« Er lachte. »Ich muss Schluss machen. Ich melde mich.«

»Oscar?«, sagte sie – aber er hatte schon aufgelegt.

Sie steckte ihr Telefon ein. *Das Büro ist zurzeit nicht besetzt,* las sie auf dem Zettel im Fenster von Nobile Immobiliare. *In dringenden Fällen erreichen Sie uns unter der Nummer …*

Sie tippte die Zahlenfolge in ihr Telefon. Hatte Alessandra Nobile nicht gesagt, ihre Mutter würde hier in der Nähe eine Wohnungsbesichtigung durchführen? Cirillo beschloss, jetzt kein unnötiges Risiko mehr einzugehen und den Mietvertrag so schnell wie möglich zu unterschreiben, am besten heute noch.

Das Freizeichen ertönte, aber niemand ging ran. Als Cirillo schon auflegen wollte, meldete sich Grazia Nobile doch noch. Im Hintergrund waren Stimmen zu hören, als wäre sie im Gespräch.

»Ich rufe zurück«, erklärte sie knapp – und die Verbindung brach ab, bevor Cirillo eine Chance hatte zu erklären, worum es überhaupt ging. Nicht einmal ihren Namen hatte sie sagen können.

Sie schaute auf die Uhr. Ihr Treffen mit Emma war in fünfundvierzig Minuten und die Via Vigna um die Ecke. Auf dem Weg versuchte sie, Carlo Pescatore zu erreichen, aber eine automatische Ansage meldete, dass der Teilnehmer zurzeit nicht erreichbar war.

Wieso war Carlo Pescatore mitten am Tag nicht zu sprechen? Sie versuchte sich zu beruhigen. Ihr Sohn reiste übermorgen an, und bis dahin würde sich alles fügen. Sie würde den Mietvertrag unterschreiben, noch ein paar Vorbereitungen treffen, und Oscar würde eine fantastische Wohnung vorfinden. Sie würde alles Mögliche mit ihm unternehmen und die Orte besichtigen, die sie selbst in all der Zeit, die sie schon auf Capri war, noch nicht gesehen hatte: die Villa Lysis zum Beispiel und die Opiumhöhle dort, die Villa San Michele, an der sie täglich zweimal vorbeifuhr. Vielleicht sogar die Blaue Grotte, wegen der die Leute aus der ganzen Welt anreisten und die sie, wenn sie ehrlich war, überhaupt nicht interessierte. Und bei allen gemeinsamen Unternehmungen würden sie sich viel zu erzählen haben und die ganze verlorene Zeit nachholen.

Vor dem Haus in der Via Vigna blieb sie stehen, schloss die Haustür auf und stellte sich vor, wie stolz Oscar sein würde, wenn er seinen eigenen Schlüssel für sein italienisches Zuhause hätte, und was er für ein Gesicht machen würde, wenn er das enge, etwas muffige Treppenhaus sah.

Oben angekommen, blieb sie stehen. Die Wohnungstür war nur angelehnt. Hatte sie vergessen, sie hinter sich zuzuziehen? Sie versuchte sich zu erinnern und zu rekonstruieren, wie sie die Wohnung gestern Nachmittag verlassen hatte. Sie hatte so schnell wie möglich die Verfolgung von Emma und Umberto Fervidi aufnehmen wollen. Alles andere hatte in dem Moment keine Rolle gespielt. Sie drückte mit den Fingern gegen die Tür und vergrößerte den Spalt.

»Hallo?«, rief sie.

Stimmen waren zu hören. Gelächter und Gläserklirren. Cirillo machte die Tür ganz auf und schaute ins große Zimmer, das menschenleer war und genau so aussah wie am Vortag.

»Hallo?«, rief sie noch einmal.

Von einer Sekunde auf die andere war es still. Nur ein Hupen war unten auf der Straße zu hören.

»Wer ist da?«, fragte eine energische Stimme.

Grazia Nobile kam vom Balkon. Ein wagenradgroßer Strohhut verschattete ihr Gesicht. Ohne ein weiteres Wort zog sie Cirillo beiseite und flüsterte erschrocken: »Agente Cirillo, was machen Sie hier? Ist etwas mit meiner Tochter?«

Cirillo schüttelte den Kopf. »Mit Ihrer Tochter ist alles in Ordnung.«

Auf dem Balkon standen zwei Gestalten mit Sektgläsern, Mann und Frau, die misstrauisch in den Raum äugten.

»Wie haben Sie mich gefunden?«, fragte Grazia Nobile in gedämpftem Ton und stellte ihr Sektglas auf der Fensterbank ab. »Gibt es Neuigkeiten?«

Bevor Cirillo antworten konnte, rief Grazia Nobile laut und heiter über ihre Schulter: »Es ist alles in Ordnung!«

»Was tun Sie hier?«, wollte Cirillo jetzt ihrerseits wissen, wobei auch sie einen gedämpften Ton anschlug, als gäbe es ein Geheimnis zu hüten. »Ihr Mitarbeiter, Signor Pescatore, hat mir für diese Wohnung einen Mietvertrag in Aussicht gestellt. Er hat mir sogar schon die Schlüssel überlassen.« Zum Beweis ließ sie die Schlüssel am Schlüsselring direkt vor Grazia Nobiles Augen hin und her klimpern.

»Das ist ein Missverständnis«, erklärte Grazia Nobile entschieden.

»Missverständnis?«, zischte Cirillo.

»Hören Sie«, befahl Grazia Nobile ungeduldig. »An der Sache gibt es nichts mehr zu rütteln. Die Herrschaften haben soeben den Mietvertrag unterschrieben.«

»Gibt es ein Problem?« Die Leute traten vom Balkon in den Raum, und Cirillo wurde von Grazia Nobile mit liebenswürdiger Miene am Arm gepackt und als zuverlässige Polizistin gepriesen. Man kenne sich auf Capri, pflege guten Kontakt zueinander, und Sicherheit werde auf der Insel im Übrigen ganz groß geschrieben.

Cirillo erfuhr, die Herrschaften seien aus Turin und hätten sich vorgenommen, künftig einen Großteil des Jahres auf Capri zu verbringen. Sie hörte die Worte wie durch Watte, wollte weinen vor Wut und war wie gelähmt. In ihrem Kopf flitzten tausend Gedanken hin und her, doch nichts davon ließ sich in Worte fassen. Sie wusste nicht, was sie hätte sagen oder tun können, ohne ausfällig zu werden oder laut loszuschreien. Stattdessen schaute sie stumm dabei zu, wie Grazia Nobile den Turinern zu ihrer Entscheidung gratulierte und sie elegant aus der Wohnung komplimentierte.

Als die Tür zu war, drehte Grazia Nobile sich aufatmend zu Cirillo herum. »Seien Sie versichert«, sagte sie, »im Herbst kommt wieder Bewegung in den Markt. Dann finden wir auch eine Wohnung für Sie.«

»Ich brauche aber jetzt eine Wohnung«, murmelte Cirillo.

»Wir können nicht zaubern.« Grazia Nobile trat näher.

»Und jetzt raus mit der Sprache«, sagte sie. »Was ist los? Wie ist der Stand der Ermittlungen?«

Cirillo brauchte ein paar Sekunden, um sich zu sammeln. »Wir ermitteln in unterschiedliche Richtungen«, erklärte sie mechanisch, während sich eine dumpfe Schwermut in ihr breitmachte.

»Unterschiedliche Richtungen?«, wiederholte Grazia Nobile. »Was soll das heißen? Erzählen Sie!« Sie war plötzlich keine Immobilienmaklerin mehr, sondern eine besorgte Mutter.

»Also gut.« Cirillo nahm ihre Mütze ab und versuchte sich zu konzentrieren. »Vielleicht können Sie mir tatsächlich helfen. Wir sind im Zuge unserer Ermittlungen auf eine Firma gestoßen, die damals die Blaue Salamander produzierte. Wissen Sie, wovon ich rede?«

Grazia Nobile schaute Cirillo fragend an. »Was soll das sein?«

»Es geht um die Tasche, für die Rosalinda sich interessierte, die Blaue Salamander.« Cirillo erzählte von der legendären Kreation, die Rosalinda so fasziniert hatte, und schloss: »Die Firma, die damals, Ende der Fünfzigerjahre, mit der Herstellung der Tasche beauftragt wurde, heißt Lupi. Haben Sie den Namen schon einmal gehört?«

»Lupi?« Grazia Nobile überlegte – und schüttelte den Kopf. »Nein. Der Name ist mir noch nicht untergekommen.«

Cirillo nickte enttäuscht, fühlte sich nur noch müde und ausgelaugt und hätte sich gerne hingesetzt. Sich mit ihrem Kollegen Rizzi besprochen. Aber sie riss sich zusammen. »Ist Ihnen sonst etwas zu Ohren gekommen?«, fragte sie.

»Etwas, von dem Sie heute sagen, es könnte eine Bedeutung haben? Ein Name, ein Ort oder eine Unterhaltung, die Sie mitgehört haben? Bitte denken Sie nach. Jede Kleinigkeit kann nützlich sein.«

»Also gut«, sagte Grazia Nobile plötzlich – und Cirillo horchte überrascht auf.

Grazia Nobile betrachtete die Ringe an ihren Fingern, als hätte sie einen Rest Zweifel, ob das, was sie sagen wollte, richtig war und ob sie die Konsequenzen, die ihre Aussage möglicherweise nach sich ziehen würden, verantworten konnte. Aber die Art und Weise, wie sie jetzt den Kopf hob und das Kinn vorstreckte, konnte nur bedeuten, dass sie entschlossen war, reinen Tisch zu machen.

»Es gibt tatsächlich etwas, das Sie wissen sollten.« Ihr Blick wanderte zum Fenster und war voller Hass. »Es geht um Emma«, sagte sie.

Als Cirillo fünfzehn Minuten später auf dem Parkplatz an der Via Tuoro eintraf, dachte sie im ersten Moment, sie hätte sich in der Straße oder der Richtung geirrt. Wo gestern noch ein Parkplatz mit vielen Autos gewesen war, gab es jetzt eine freie Fläche und in der Mitte eine Absperrung aus Eisenstangen. Dahinter war ein Bagger dabei, ein Loch auszuheben. Zwei Autos standen in der Nähe und gehörten wahrscheinlich zu den Männern, die in Arbeitswesten gestikulierten und zuschauten, wie der Baggerfahrer hin- und herrangierte, um Schaufel für Schaufel Haufen vom Erdreich heraufzubefördern.

Emma saß, mit dem Rücken an die Mauer gelehnt, auf dem Boden und rauchte eine Zigarette. Cirillo ging zu ihr.

»Man merkt, dass Sie aus Norditalien sind«, empfing Emma sie.

»Wie kommen Sie darauf?«, fragte Cirillo.

»Ihre Pünktlichkeit.«

Cirillo schaute auf die Uhr. »Sie sind sogar überpünktlich.«

»Ich bin ja auch aus dem Norden«, sagte Emma.

»Ah ja?« Cirillo stützte sich mit dem ausgestreckten Arm an die Mauer. »Woher denn?«

»Parma.«

»Und was bringt Sie nach Capri?«

»Ich hatte hier mal etwas mit einem Typen. Ist aber schon eine Weile her. War ein Arschloch. Von denen laufen hier ja einige herum.«

»Reden Sie von Umberto Fervidi?« Cirillo verschränkte die Arme vor der Brust und beschloss, gleich in die Offensive zu gehen. »Ich habe Sie beide gesehen. Ich weiß, dass Sie ihm Drogen verkaufen – und wahrscheinlich nicht nur ihm. Und ich weiß noch etwas. Ich habe gehört, Rosalinda Fervidi wollte Sie rausschmeißen.«

»Sagt wer?«

»Spielt das eine Rolle?«

Emma zuckte gleichgültig die Schultern. »Ich kann mir schon denken, aus welcher Ecke das kommt. Aber Alessandra hat Ihnen wahrscheinlich nicht erzählt, dass Rosalinda sich selbst ab und zu eine Tüte gedreht hat. Wenn sie mal entspannen und runterkommen wollte. Und raten Sie mal, warum. Weil Alessandra eine Nervensäge ist. Das wissen wir alle. Und was sie Ihnen über mich erzählt – davon können Sie mindestens die Hälfte abstreichen.« Die Augen von

Emma blitzten wütend. »Rosalinda hat den ganzen Tag gerackert, und Alessandra stand immer auf der Bremse – egal, mit welchem Plan oder mit welcher Idee Rosalinda ankam. Aber am schlimmsten war ihre Eifersucht. Sie war auf alles und jeden eifersüchtig, der sich Rosalinda nur genähert hat – egal, ob Männlein oder Weiblein. Fragen Sie Zoe.«

»Ist es das, was Sie mir erzählen wollten?«

»Nein.«

»Sondern?« Cirillo ging neben Emma in die Hocke.

Emma strich die Asche von ihrer Zigarette ab. »Ich erzähle Ihnen das jetzt, weil es mich nervt, dass Alessandra immer so ahnungslos tut, dabei weiß sie ganz genau Bescheid. Sie lügt, wenn sie behauptet, sie hätte den Namen Lupi nie gehört. Bei Alessandra und Rosalinda ging es seit Monaten um nichts anderes als um das sogenannte Projekt Blauer Salamander. Ob man Lupi die Rechte für die Kreation abkauft oder ob man am Ende nur schlafende Hunde weckt, wenn man Lupi kontaktiert. Ob man kleine Abweichungen in der Gestaltung der Tasche vornimmt, um so das Urheberrecht zu umgehen, oder besser nicht, da man sich dann nicht mehr auf den Mythos des blauen Salamanders beziehen kann, und so weiter und so fort.«

»Das heißt, Alessandra wusste vom Projekt Blauer Salamander?«

»Natürlich wusste sie davon. Wir alle wussten davon: ich, Zoe, Grazia Nobile, sogar Lorenzo Fusco aus dem Krawattenladen. Der hat sich kaum mehr eingekriegt, weil doch das einzige Exemplar davon im Besitz der großartigen Sophia Loren sei, der er bekanntlich einmal im Leben begegnet ist und ihr ein Foulard verkauft hat.« Emma drückte ihre Zigarette aus. »So, nun wissen Sie Bescheid. Und nur der Vollständigkeit halber: Ich bin die Einzige, die das Projekt richtig scheiße findet.«

»Warum?«

Emma holte hinter ihrem Rücken Cirillos Tasche hervor und hielt sie ihr hin. »Wissen Sie, wie viele Liter Wasser benötigt werden, um allein das Leder zu gerben, aus dem Ihre Tasche gemacht wurde? Es sind Tausende.«

»Das wusste ich nicht.« Cirillo schaute in ihre Tasche und betrachtete das Futter. »Perfekt«, sagte sie. »Danke.«

»Und womöglich haben sie auch noch vor, die *lucertola azzurra* zu jagen, um ihre Haut für die Tasche zu verwenden. Das ist schon bei anderen Tieren problematisch, aber bei einem Reptil, das es nur auf den Faraglioni-Felsen gibt, sollte es verboten sein. Und all das nur, damit ein paar Weiber sich mit dem exklusiven Teil schmücken können und zwei andere Weiber, nämlich Rosalinda und Alessandra, sich daran bereichern.«

»Ich glaube, Sie sind in der falschen Branche«, bemerkte Cirillo trocken.

Emma grinste schief. »Auf der anderen Seite ist Leder natürlich ein geiles Material. Langlebig und damit total nachhaltig. Wie Ihre Tasche. Einfach nicht totzukriegen.«

Cirillo befühlte das Leder, das geschmeidig und weich und von Emma anscheinend gefettet worden war. »Ich will noch einmal zurück zum Anfang unserer Unterhaltung«, erklärte sie. »Uns liegt die Aussage vor, dass Rosalinda Fervidi Ihnen kündigen wollte.«

»Noch einmal«, unterbrach Emma. »Alessandra lügt. Das stimmt einfach nicht.«

»Die Aussage stammt nicht von Alessandra«, erklärte Cirillo und fuhr fort: »Mir ist weiter zu Ohren gekommen, Sie hätten ein Verhältnis mit Rosalinda gehabt. Und Rosalinda wollte dieses Verhältnis beenden.«

»Wer sagt das?« Emma starrte auf die Tasche. »Das ist der größte Blödsinn, den ich je gehört habe.« Sie wollte aufstehen.

»Bleiben Sie sitzen«, befahl Cirillo.

Emma gehorchte. Sie war blass geworden.

»Ich nehme die Aussage sehr ernst«, sagte Cirillo. »Damit ergibt sich für mich folgendes Bild. Weil Rosalinda ihr Verhältnis mit Ihnen beenden wollte, sollten Sie aus dem Betrieb und am besten auch gleich ganz von der Insel verschwinden. Darum hatten Sie vor Rosalindas Tod noch eine Unterredung mit ihr. Zum Abschied hat sie Ihnen noch einen Gürtel geschenkt, um Sie dann für immer in die Wüste zu schicken. Da sind bei Ihnen die Sicherungen durchgebrannt.«

»Das ist ungeheuerlich und die dümmste Geschichte, die ich je gehört habe«, sagte Emma. »Ich nehme an, Sie haben sie von Grazia Nobile. Richtig? Ich finde es hochinteressant, wie die alte Glucke die Wahnvorstellungen ihrer Tochter übernimmt und sich dann noch weiter in sie hineinsteigert. Ich habe es Ihnen schon gesagt: Alessandra ist chronisch eifersüchtig – auf alles und jeden. Ihre Angst, von Rosalinda verlassen zu werden, war schon pathologisch. Ich erkläre es mir damit, dass sie alles auf eine Karte gesetzt hat, als sie damals ihren Mann und ihre Kinder verließ. Und dann panische Angst hatte, dass ihr eines Tages das gleiche Schicksal blüht. Dazu kommt, dass Alessandra ursprünglich ihre lesbische Liebesbeziehung nicht offen leben wollte. Aber das ist ein anderes Thema.« Emma starrte ins Leere. »Rosalinda hat Alessandra bedingungslos geliebt. Das sah man jeder ihrer Gesten an, und das sagte sie auch immer und überall. Niemals hätte sie Alessandra betrogen. Aber das konnte sich Alessandra nicht vorstellen. Sie hat Rosalinda misstraut und ihr massiv zugesetzt.«

»Was heißt das?«

»Sie ist ihr gegenüber handgreiflich geworden. Sie hat sie geschlagen, und nicht nur einmal.«

Cirillo holte ihr Notizbuch hervor. »Wo waren Sie in der Nacht von Dienstag auf Mittwoch?«

Emma lächelte. »Das ist jetzt nicht Ihr Ernst, oder?«

»Bitte antworten Sie.«

»Ich habe die Werkstatt aufgeräumt und mich dann, wie man so schön sagt, herumgetrieben.«

»Haben Sie gedealt und Drogen verkauft?«

»Soll ich Ihnen meine Kundenliste geben?«, spottete Emma.

»Ich bitte darum. Und kreuzen Sie die Namen an, mit denen Sie sich in der Nacht von Dienstag auf Mittwoch getroffen haben. Wir werden das überprüfen.« Cirillo erhob sich. »Eine Frage habe ich noch. Wissen Sie, ob es zwischen Rosalinda und der Firma Lupi zu einem Treffen kam?«

»Davon gehe ich aus.«

»Warum?«

»Weil ich irgendwann eine Notiz gefunden habe. Lupi, Piazzetta Nilo. Mit Datum und Uhrzeit. Ich sag's gleich: Welches Datum und welche Uhrzeit, weiß ich nicht mehr.«

Cirillo machte eine Notiz.

»Ich würde übrigens gerne mal wissen, was mit Ihrer Tasche passiert ist«, sagte Emma. »Das Loch im Futter hatte jedenfalls nichts mit Materialermüdung zu tun. Die Naht hat jemand fein säuberlich aufgetrennt, richtig fachmännisch, und vom Baumwollstoff nichts beschädigt. Das hat die Reparatur leicht gemacht. Ich vermute, Sie hätten das auch selbst hingekriegt.«

»Es war ein Vorwand«, sagte Cirillo.

Emma zündete sich wieder eine Zigarette an. »Dachte ich mir.«

22

Rizzi stieg an der Piazza Matteotti die Stufen hinauf und bahnte sich einen Weg durch das Angebot, das mittellose Hausfrauen und verarmte Rentner wie immer auf den Stufen ausgebreitet hatten: Tafelsilber, Familienschmuck, Glas-Nippes, Elektrogeräte und andere Gegenstände, die sich in der Not entbehren und vielleicht zu Geld machen ließen. Gleich dahinter, in der Via Toledo, standen die Tische der Straßenhändler, die – wahrscheinlich ohne Gewerbeschein – Krawatten, Smartphone-Hüllen und Schreibwaren zu Schleuderpreisen feilboten.

Er versuchte, Cirillo zu erreichen, aber sie ging nicht an ihr Telefon. Er schickte ihr eine Textnachricht und ging zwischen den Passanten am Schuhputzer und seinem Stand mit dem blank polierten Messingschild vorbei, an Straßenmusikanten mit Gitarre und Mundharmonika und Gauklern, die in bunten Kostümen mit Bällen jonglierten, während Bettler am Boden nichts anderes anzubieten hatten als einen Hut, ein Stück Pappe oder einen Becher für die Almosen. Männer und Frauen auf Motor- und Elektrorollern kurvten um die Fußgänger herum, die einen gleichmäßigen Strom bildeten, der an der Piazza Trieste e Trento begann und sich irgendwo hinter der Piazza Dante in den Gassen verlief.

Die Beamten in der Questura hatten Rizzi wenig Hoffnung gemacht, dass Commissario Serra oder sein Mitarbeiter Scotto nach ihrem dringenden Einsatz heute noch einmal hereinkommen und sich das aufgezeichnete Verhör anschauen würden. Eine Entlassung des vorübergehend festgenommenen Salvatore Greggi am heutigen Tag war unter diesen Umständen nahezu ausgeschlossen, und ob es morgen anders aussah, würde die Auswertung des Verhörs zeigen.

Rizzi hatte dennoch darum gebeten, benachrichtigt zu werden, sobald Commissario Serra in der Questura auftauchte, und darüber hinaus dem Mann eine Nachricht mit der Bitte um Rückruf geschickt. Er war optimistisch, den Commissario in einem persönlichen Gespräch davon überzeugen zu können, Salvatore freizulassen, sodass er noch heute Abend zusammen mit Rizzi nach Capri zurückreisen würde.

Um der Sache eine Chance zu geben, beschloss Rizzi, daher nicht sogleich das nächste *aliscafo* nach Capri zu nehmen, sondern in Neapel an dem Ort auszuharren, an dem die Wahrscheinlichkeit, dem Commissario über den Weg zu laufen, am größten war.

Commissario Serras Stammplatz im Gambrinus an der Piazza del Plebiscito war der Tisch im zweiten Raum hinten links in der Ecke – wie der Kellner mit dem grau melierten Haar bestätigte, um gleich darauf mitzuteilen, dass der Commissario sich heute tatsächlich weder zum Frühstück noch zum Mittagessen hatte blicken lassen.

»Kann ich Ihnen etwas bringen?«, fragte der Mann und fegte mit der weißen Serviette ein paar Krümel vom Tisch.

»Einen Espresso«, bat Rizzi und fügte mit Blick auf die Kuchentheke mit ihren üppigen Torten und den Biscotti hinzu: »Und eine Sfogliatella.«

Der Kellner verschwand, und Rizzi rief in seinem Telefon die Nummer vom Polizeiposten auf. Kurz nachdem das Freizeichen ertönte, war Teresa am Apparat.

»Wie ist es gelaufen?«, fragte sie und klang dabei ganz atemlos.

»Schwer zu sagen.« Rizzi nahm seine Mütze ab, legte sie neben sich auf die Sitzbank und spürte, obwohl er keinen durchschlagenden Erfolg zu vermelden hatte, wie die Anspannung von ihm wich. Er hatte getan, was er tun konnte, und auch wenn nicht alle Verdachtsmomente aus dem Weg geräumt waren, hatte Salvatore doch keine Aussage gemacht, die den Verdacht erhärtet oder gar bestätigt hätte, dass er den Mord an Rosalinda Fervidi begangen hatte.

»Letztlich muss der Commissario entscheiden, ob Salvatore auf freien Fuß gesetzt wird«, sagte Rizzi und dankte dem Kellner, der ihm den Espresso und den Teller mit der kegelförmigen Blätterteigtasche servierte, gefüllt mit süßem Ricotta und versetzt mit Zimt und Orangenzesten.

Teresa sagte, sie drücke ihm die Daumen, dass er in den nächsten Stunden in Neapel noch ein Treffen mit dem Commissario hinbekam, und versprach, ihm bei Ispettore Lombardi den Rücken freizuhalten.

»Ich muss Schluss machen«, unterbrach Rizzi, als es in der Leitung anklopfte.

Anders als erhofft war es jedoch nicht Commissario Serra und auch nicht Cirillo, sondern seine Schwester.

»Warum meldest du dich nicht?«, rief Barbara, nachdem

Rizzi das Gespräch angenommen hatte, und fuhr sogleich fort: »Ich hab dir doch gesagt, dass ich etwas mit dir besprechen möchte. Es gibt interessante Neuigkeiten. Wo steckst du?«

»Im Gambrinus.« Rizzi schaute auf die Uhr.

»Das trifft sich gut«, antwortete Barbara. »Ich bin um die Ecke im Carolina Spa. Piazza Carolina. Wir treffen uns auf der Dachterrasse.«

Eine rote Kordel zwischen Ständern aus Messing und zwei Töpfe mit Buchsbaum machten optisch darauf aufmerksam, was dezent in kleinen Buchstaben an der Tür aus Milchglas stand: *Ingresso riservato ai soci* – Eintritt nur für Mitglieder.

Rizzi stand unentschieden davor. Noch während er überlegte, ob er wirklich um Einlass in Barbaras exklusiven Fitnessklub bitten und nicht lieber vorschlagen sollte, sie hier unten, im Kiosk gegenüber, auf ein Bier am Stehtisch zu treffen, öffneten sich geräuschlos die Schiebetüren, und drei Frauen, in leichte Kleider und eine blumige Duftwolke gehüllt, kamen lachend und schwatzend heraus, schulterten ihre Sporttaschen, und eine Stimme von drinnen rief: »Komm rein! Du bist Erri, Barbaras Bruder – richtig?«

Die Frau am Empfang hatte ihre Haare kunstvoll hochgesteckt und ein Gesicht, das von den hohen Wangenknochen über das Lächeln bis zum Wimpernschlag eine Professionalität ausstrahlte, die Rizzi für einen Moment frösteln ließ.

»Herzlich willkommen«, sagte sie. »Barbara erwartet dich auf der Terrasse.«

»Oberster Stock?«, fragte Rizzi, nachdem er gegrüßt

hatte, und wandte sich, die Polizeimütze unterm Arm, zum Fahrstuhl.

Statt zu antworten, legte die Frau ein Handtuch, einen gefalteten Bademantel sowie Flipflops, Sporthose und Shirt auf den Tresen und sagte: »Würde es dir etwas ausmachen?« Sie verzog ihr hübsches Gesicht, als müsste sie für eine Unartigkeit um Entschuldigung bitten. »Ich meine nur«, fügte sie in gedämpftem Ton hinzu, »wegen deiner Uniform.«

»Ich soll mich umziehen?«, fragte Rizzi ungläubig. »Warum? Damit niemand von den Mitgliedern einen Schreck bekommt?«

Die Miene der Frau wirkte für eine Sekunde wie erstarrt. Dann setzte sie wieder ihr Lächeln auf und sagte: »Es ist nur eine Bitte. Die Umkleideräume und den Zugang zum Spa findest du im sechsten Stock. Viel Spaß.«

Das gedimmte Licht, leise Musik und ein Duft nach Zitrus und Lavendel verfolgten Rizzi vom Fahrstuhl bis in den Garderobenbereich. Spinde aus dunklem Holz fungierten als Raumteiler, kunstlederne Sitzgelegenheiten bildeten kleine Wohlfühlinseln, und mannshohe Spiegel mit raffinierter Tönung tauchten den Betrachter sogar beim Aus- und Umziehen in ein mildes goldenes Licht. Einerseits bewunderte er Barbara dafür, wie sie sich ein Leben aufgebaut hatte, das mit dem ihrer Herkunft nichts oder nur sehr wenig zu tun hatte. Andererseits konnte er nicht sehen, worin der Sinn eines solchen Lebens bestand.

Er war gespannt, mit welchen Neuigkeiten sie aufwarten würde. Er hielt es nicht für ausgeschlossen, dass Barbara als Mitarbeiterin bei der Staatsanwaltschaft etwas über den

Mordfall auf Capri in Erfahrung gebracht hatte, eine interne Information, irgendein Detail, das ihn interessieren könnte – und das war letztlich der einzige Grund, warum er hier in die dunkelblauen Shorts und die Flipflops schlüpfte.

Mit dem weißen Handtuch über der Schulter schlenderte er an gläsernen Wänden entlang, hinter denen Leute an Geräten ein schweißtreibendes Workout absolvierten, das – was den Einsatz von Kraft betraf – seiner Arbeit in den Gärten wahrscheinlich in nichts nachstand, nur dass die Anstrengungen hier reiner Selbstzweck waren.

Mit diesen Gedanken betrat er die Dachterrasse – und blieb überrascht stehen. Sie bot einen Rundumblick über die Dächer von Neapel bis hin zum Hafen Molo Beverello, dem Vesuv auf der einen und dem Vomero-Viertel auf der anderen Seite. Die Kuppel der Basilica San Francesco di Paola war zum Greifen nah, und für einen kurzen Moment begann er zu ahnen, was Barbara an ihrem Leben liebte. Vielleicht waren es weniger der Champagner und die proteinhaltigen Getränke, die Barbara anregten, als die Möglichkeiten, die in der Luft zu liegen schienen, ein pulsierender Grundton, ein Vibrieren, ein Gelächter und Gehupe, das aus den Straßen bis hier heraufschallte und das sie möglicherweise ganz anders vitalisierte und vielleicht auch inspirierte als die Luft und das Vogelgezwitscher auf Capri.

Er sah seine Schwester durch die Scheibe, wie sie am Reck Klimmzüge machte und dabei von einem Mann beaufsichtigt und angespornt wurde, der nicht nur ihr Personal Trainer, sondern auch ihr Mitbewohner war. Die Beine gestreckt, zog sie sich in einem bewundernswert konstanten Rhythmus hoch. Wie bei allem, was sie tat, hatte sie auch hier einen starken Willen, war diszipliniert, ehrgeizig und wollte nicht nur allen anderen, sondern vor allem sich selbst beweisen, dass sie es schaffte.

Dann war Schluss. Sie ließ sich fallen, lachte, klatschte Ben ab, entdeckte Rizzi hinter der Scheibe und rief: »Jetzt du! Los, komm. Zeig, was du kannst!«

Rizzi winkte ab, aber Barbara ließ nicht locker – wie früher, als sie, zwei Jahre älter, beim Wettrennen immer im Vorteil war und es nicht ertragen konnte, dass sie beim Klettern keine Chance gegen ihn hatte.

Endlich kam sie mit dem Handtuch im Nacken um die große Scheibe herum an die Bar, gefolgt von Ben, der ihr immer noch Tipps gab. Sie grüßten einander herzlich.

Barbara bestellte bei der Barkeeperin Smoothies, und Ben legte Rizzi einen Arm um die Schulter und sagte: »Wann kommst du mal zu einer Trainingseinheit?« Er schenkte Barbara aus der Karaffe ein Glas Wasser ein. »Ich bin zwar ausgebucht, aber für dich würde ich schon noch einen Slot finden.«

»Danke für das Angebot«, sagte Rizzi, »aber – kein Bedarf.«

»Sicher?«

»Komm mal in die Gärten«, erwiderte Rizzi, »dann siehst du, was wir dort täglich stemmen.«

»Da hat er recht«, warf Barbara ein.

»Ich komme gerne auf dein Angebot zurück.« Ben boxte Rizzi kumpelhaft in die Seite, gab Barbara einen Kuss auf die Wange und verabschiedete sich.

»Du wärst sein Traummann«, stellte Barbara fest, während Ben im Fitnessbereich, an der Beinpresse, seinen nächsten Kunden empfing, einen übergewichtigen Mann mit Halbglatze.

Rizzi fischte den Rosmarinzweig aus dem Glas mit seinem Smoothie und nippte an dem grünlichen Getränk, das überraschend gut schmeckte, stellte das Glas ab und sagte: »Erzähl. Was wolltest du mir berichten? Hast du irgendwelche Erkenntnisse zum Fall Rosalinda Fervidi?«

»Ich wusste es.« Barbara beugte sich zu ihm herüber und legte einen Finger in die Kerbe auf seinem Kinn. »Der Fall lässt dir keine Ruhe. Aber es tut mir leid, Bruderherz, es dir so klar sagen zu müssen: Selbst wenn ich Informationen aus der Staatsanwaltschaft hätte und sie dir verraten würde – es würde dir nichts nützen. Der Fall ist nicht deiner. Du hast nichts damit zu tun.«

»Wovon sprichst du?«, fragte Rizzi verständnislos.

»Davon, dass du unterfordert bist. Und das nicht erst seit gestern.«

»Deshalb lässt du mich hier antanzen?«, fragte Rizzi. »Um mir das zu sagen?« Er stand verärgert auf. »Auch wenn du es dir nicht vorstellen kannst: Meine Kollegin Antonia Cirillo und ich sind in den Fall stark involviert und für den Commissario bei den Ermittlungen unentbehrlich. Wir leisten auf Capri einen wichtigen Beitrag, glaub mir.«

»Beruhig dich.« Barbara lächelte nachsichtig. »Komm, setz dich.« Sie wartete, bis Rizzi ihrer Aufforderung Folge leistete, und fuhr fort: »Es war nur ein Test. Und deine Reaktion zeigt mir, dass ich recht habe. Bevor du gleich wieder an die Decke gehst« – Barbara machte eine beschwichtigende Handbewegung –, »lässt du mich erst einmal ausreden.« Sie nippte seelenruhig an ihrem Getränk und fuhr fort: »Mir ist zu Ohren gekommen, dass auf der zentralen Polizeidienststelle in Neapel für den Bereich Innere Sicherheit ein Gruppenleiter gesucht wird. Die Stelle ist wie für dich gemacht. Du hättest ein eigenes Aufgabengebiet, das um ein Vielfaches interessanter ist als das auf Capri, mit eigenen Mitarbeitern und mit Kompetenzen, die weiter reichen als die von Ispettore Lombardi.«

»Ich habe im Moment wirklich andere Sorgen«, unterbrach Rizzi.

»Hast du nicht«, widersprach Barbara. »Schau dich an: Du machst den Fall zu deinem, weil es in deinem Job als Inselpolizist keine Herausforderungen für dich gibt. Die Stelle in Neapel ist deine Chance. Und du würdest endlich mal runterkommen von der Insel.«

»Weißt du, was mich verrückt macht?« Rizzi legte seine Hände flach auf den Tresen. »Nicht zu wissen, wer Rosalinda Fervidi getötet hat. Keine Ahnung zu haben, ob es jemand von uns war, von unserer Insel, oder ein Fremder. Aber ich sage dir eins: Ich werde keine Ruhe geben, bis ich den Kerl kriege, der das getan hat.«

»Aber du hast nicht die kriminalistischen Mittel und den Apparat, den du dafür brauchst«, antwortete Barbara sanft. »Versteh das doch.« Sie zupfte an seinem Shirt. »Weißt du, was mich verrückt macht? Zu sehen, wie du dein Talent und deine Fähigkeiten vergeudest. Überleg mal: Du warst auf der Polizeischule der Beste deines Jahrgangs. Und was bist du jetzt?«

»Zufrieden«, sagte Rizzi.

»Tatsächlich?«

»Ja.«

»Weißt du was?« Barbara stand von ihrem Barhocker auf und stellte ihn ordentlich unter den Tresen. »Dann versauere doch auf Capri, und werde dort glücklich.«

»Ich bin glücklich!«, rief Rizzi ihr hinterher, aber Barbara verschwand zwischen den Geräten, machte mit dem Mittelfinger ein Zeichen, das Rizzi geflissentlich übersah, und verschwand in Richtung Fahrstuhl, ohne sich noch einmal zu ihm umzudrehen.

Wahrscheinlich wäre es besser gewesen, nicht weiter über die Sache nachzudenken, sondern auf direktem Weg zurück in die Umkleideräume zu gehen, um dann so schnell wie möglich zu verschwinden und diesem Ort, an dem er nichts verloren hatte, den Rücken zuzukehren.

Stattdessen blieb Rizzi an der Bar sitzen und dachte an Matilda, die ihn vor drei Tagen, am Grab ihres gemeinsamen Sohnes, ohne Grund gefragt hatte, ob er glücklich sei. Stand ihm irgendetwas auf der Stirn geschrieben? Frauen und ihr verdammter Hang zum Psychologisieren und Problematisieren. Rizzi seufzte und schaute in den Himmel, der ihm hier weniger blau vorkam als der Himmel über Capri.

»Nimmst du noch einen?«, fragte die Barkeeperin, während sie die Smoothie-Gläser vom Tresen räumte.

»Nein, danke«, erwiderte Rizzi zerstreut.

»Deine Schwester liebt dich.« Die Frau hinter der Theke lächelte, und auf ihrem Schneidezahn glitzerte ein kleiner Strassstein. »Zahlst du, oder gehen die Getränke auf Barbara?«

Rizzi überlegte – und antwortete: »Auf Barbara.«

Auf dem Weg in die Umkleideräume machte er kurz entschlossen einen Abstecher in den Fitnessbereich. Die Laufbänder und Rudermaschinen waren fast alle belegt, aber für das Reck interessierte sich niemand.

Rizzi griff mit den Händen um die Stange, spannte die Bauchmuskeln an und zog sich langsam hoch. In diesem Tempo waren zehn Klimmzüge erfahrungsgemäß leicht zu schaffen. Er war glücklich und zufrieden, und er würde sich von niemandem das Gegenteil einreden lassen, schon gar nicht von Barbara, die ihn da einfach nicht verstand.

Bei Klimmzug Nummer sechs musste er, an der Stange hängend, bereits mit den Händen nachfassen und kurz verschnaufen. Natürlich war er in seinem Job am Polizeiposten unterfordert. Aber es gab Wichtigeres im Leben als allein das berufliche Fortkommen. Und überhaupt: Was war so verwerflich daran, sich nicht in die Mühlen eines riesigen Behördenapparats zu begeben, sondern sich Freiräume zu bewahren, die erst ein gutes Leben ermöglichten? Er liebte seine Arbeit als Polizist, und er liebte die Gärten. Sie waren über Generationen gewachsen, er war in ihnen groß geworden, sie waren ein Teil von ihm. Ganz abgesehen davon, dass sie seine ganze Pflege, Aufmerksamkeit und Fürsorge brauchten und Barbara sich anscheinend keine Gedanken darüber machte, wie das Obst und Gemüse aus den Gärten zu ihr auf den Tisch kamen.

Bei Klimmzug Nummer fünfzehn verließen ihn die Kräfte. Entweder irrte er sich, wenn er sich glaubte zu erinnern, dass er früher spielend bis zu fünfzig geschafft hatte, oder er war heute einfach nicht in Form. Er wollte sich schon geschlagen geben, als er ganz in der Nähe eine Stimme hörte: »Agente Rizzi?«

Ein Mann im Sportdress und mit akkurat getrimmtem Backenbart trat in Rizzis Sichtfeld und baute sich breitbeinig auf der Matte auf. Es war Andrea Scotto, der Mitarbeiter von Commissario Serra.

Statt zu grüßen, mobilisierte Rizzi seine letzten Reserven, zog sich mit aller Kraft hoch und presste mit zusammengebissenen Zähnen hervor: »Achtundvierzig.«

»Sie hier zu treffen«, meinte Scotto, »ist so ziemlich das Letzte, womit ich gerechnet hätte.«

»Neun-und-vierzig.«

»Kommen Sie, Agente!« Scotto lehnte sich abwartend an die Stange und verschränkte die Arme vor der Brust. »Einen schaffen Sie noch!«

Rizzi ließ sich kraftlos fallen, und Scotto beugte sich zu ihm hinunter. »Macht nichts«, sagte er – und reichte ihm die Hand.

»Wie sieht's aus?«, fragte Rizzi keuchend. »Habt ihr Salvatore entlassen?«

Scotto schien nachzudenken, aber sich nicht zu erinnern, um wen es sich bei Salvatore handelte.

»Salvatore Greggi«, erklärte Rizzi. »Unser Straßenkehrer. Ihr habt ihn festgenommen. Und jetzt ist es an der Zeit, ihn wieder auf freien Fuß zu setzen.«

»Warum?«, fragte Scotto.

»Weil er unschuldig ist!« Rizzi konnte nicht einschätzen, ob Scotto nur so ahnungslos tat und ihn mit seiner Unwissenheit auf den Arm nehmen oder sich einfach nur einem Gespräch entziehen wollte, oder ob ihm Salvatores Name wirklich nichts sagte.

Auf dem Weg in die Umkleideräume erklärte Rizzi: »Ich

habe Salvatore heute verhört. Auf Anordnung von Commissario Serra.«

»Richtig.« Scotto schien sich zu erinnern. »Und?« Er warf sein benutztes Handtuch durch eine Metallklappe und nahm sich ein frisches Handtuch aus dem Holzregal.

»Nichts.« Rizzi folgte Scotto in den Bereich mit den Sitzgelegenheiten, Schränken und gedämpftem Licht. »Kein Indiz, dass er irgendetwas mit dem Mord zu tun hat.«

»Fein.« Scotto schloss seinen Spind auf und holte seine Sporttasche heraus. »Gut zu wissen.«

»Was ist mit dem Müllsack?«, fragte Rizzi.

»Der Müllsack«, wiederholte Scotto, zog sich sein T-Shirt über den Kopf und stopfte es in die Sporttasche. »Was soll damit sein?«

»Liegen immer noch keine Untersuchungsergebnisse vor?«, fragte Rizzi. »Das wäre grob fahrlässig. Immerhin befindet sich darin alles, was Salvatore am Tatort und um den Tatort herum zusammengefegt hat.«

»Ob die Kirche oder die nähere Umgebung tatsächlich als Tatort in Betracht kommt oder ob Rosalinda Fervidi an einem ganz anderen Ort erdrosselt und anschließend in die Kirche geschafft wurde, wissen wir nicht«, korrigierte Scotto, drehte sich um und stieg aus seiner Sporthose.

Zwei Männer mit Kopfhörern gingen vorbei, irgendwo klappte eine Schranktür, und Rizzi senkte ein wenig die Stimme. »Nächster Punkt. Der Gürtel. Zur Erinnerung: Wir hatten ihn in der Wohnung von Salvatore sichergestellt, und Ispettore Lombardi hat ihn euch gestern übergeben.« Rizzi trat näher. »Salvatore kennt diesen Gürtel und weiß, dass er aus den Beständen der Boutique von Alessandra

Nobile und Rosalinda Fervidi stammt. Aber er hat keine Ahnung, wie er in seine Wohnung gekommen ist. Genauer gesagt: Er wusste gar nicht, dass sich in seiner Wohnung ein solcher Gürtel befand.«

»Das behauptet er jedenfalls.«

»Kommt der Gürtel als Tatwaffe überhaupt in Betracht?«, fragte Rizzi.

Scotto, mit dem Duschgel in der Hand, schien nach den richtigen Worten zu suchen, aber keine zu finden. Nur sein Blick sagte, er wünschte, er hätte Rizzi nicht angesprochen, sondern sich einfach verdrückt.

»Sobald die Ergebnisse vorliegen, schicken wir sie euch rüber«, erklärte Scotto. »Versprochen. Und jetzt ist Schluss. Feierabend.« Er wandte sich ab und ließ Rizzi stehen.

»Habt ihr überhaupt Salvatores Wohnung durchsucht?«, rief Rizzi und zog rasch sein Sporthemd und die Shorts aus. »Wenn ja – warum habt ihr sie nicht hinterher versiegelt?« Er folgte Scotto in den Nassbereich, in dem die Duschen durch einfache Wände voneinander getrennt waren, und stellte fest, während er den Wasserhahn aufdrehte: »Ihr habt sie nicht versiegelt, weil ihr sie nicht durchsucht habt – stimmt's?« Er hörte Scotto nebenan prusten und ließ sich das Wasser übers Gesicht laufen. »Euch ist klar, dass ihr einen riesigen Fehler gemacht habt – oder?«, fragte er, und als von Scotto keine Antwort kam, fuhr er fort: »Sonst wüssten wir jetzt nämlich, dass sich bei Salvatore kein Gürtel unter der Matratze befand und jemand – mutmaßlich der Täter – ihn hinterher dort versteckt hat, um Salvatore die Tat in die Schuhe zu schieben. Aber Salvatore ist unschuldig, davon bin ich hundertprozentig überzeugt.«

»Eins verstehe ich nicht.« Nebenan ging das Wasser aus, und Scotto schaute mit triefendem Gesicht und Wassertropfen im Bart um die Wand herum. »Warum kann jemand mit deinem Gehalt hier überhaupt trainieren und sich den Mitgliedsbeitrag leisten? Hat die Polizei aus Capri etwa Sonderkonditionen?«

Rizzi drehte ebenfalls den Hahn zu und ging tropfnass zum Regal mit den frischen Handtüchern. »Habt ihr bei euch in der Questura schon mal den Namen Lupi gehört?«

»Wer oder was soll das sein?« Scotto fing das Handtuch auf, das Rizzi ihm zuwarf.

»Oder von einer Tasche namens Blaue Salamander?«, fragte Rizzi.

»Warum sollten wir uns für eine Tasche interessieren?« Scotto fuhr fort, sich abzutrocknen.

»Weil Rosalinda Fervidi sich vor ihrem Tod für diese Tasche interessiert hat und diese Tasche nun verschwunden ist.«

»Und was hat das mit dem Mord zu tun?«

»Das ist die große Frage.«

Scotto knotete sich wortlos das Handtuch um die Hüften, und Rizzi rief ihm hinterher: »Du hast dein Duschgel vergessen.«

Rizzi ging, während er sich abtrocknete, zu seinem Schrank auf der anderen Seite des Umkleidebereichs, holte seine Hose heraus, zog das Telefon aus der Tasche und kontrollierte den Nachrichteneingang. Zwei verpasste Anrufe, einer von Gina, einer von Cirillo, und eine Textnachricht. Cirillo schrieb: *Ich kann dich nicht erreichen. Wenn du noch in Neapel bist, bleib da. Wir treffen uns um 18.30 Uhr an der Piazzetta Nilo.*

»Es gibt Neuigkeiten«, rief Rizzi, während er sich das Hemd zuknöpfte und in den Bereich hinüberging, in dem Andrea Scotto sich umgezogen hatte. Aber der war bereits verschwunden.

23

Die Piazzetta Nilo befand sich im Centro Storico, der Altstadt. Der Platz zwischen den stuckverzierten Palazzi mit blätterndem Putz, bunten Sonnenschirmen, Baugerüsten und Andenkenläden war nichts anderes als ein etwas breiterer Abschnitt der Straße und wäre wohl kaum aufgefallen, hätte da nicht der alte Mann mit Vollbart gelegen, lang ausgestreckt, in erhöhter Position, nur notdürftig mit einem Tuch bedeckt. In Marmor gehauen, mit einem Füllhorn im Arm, auf eine zierliche ägyptische Sphinx gestützt, handelte es sich wohl um den Nilgott, und was der hier, mitten in Neapel, zu suchen hatte, stand wahrscheinlich auf der lateinischen Inschrift gleich darunter, doch die Leute, die ihr Handy zückten, um das Denkmal abzulichten, schien das nicht weiter zu interessieren.

Ein geschlossener Fensterladen in der Nähe war gespickt mit kleinen Zetteln und Wünschen, von denen die Menschen hofften, dass sie eines Tages in Erfüllung gingen. Daneben saßen Leute an kleinen Tischchen, tranken Wein, während um sie herum Kinder lachten und schrien, Tauben flatterten und nach Krümeln pickten und über ihnen auf dem Gerüst Bauarbeiter in einem Rhythmus hämmerten, der dem Lied zuwiderlief, das ein Straßenmusikant auf dem Akkordeon spielte.

Vor einem Eingang zu einem dunklen Ladenlokal standen Ölgemälde auf Ständern und Staffeleien, farbige Darstellungen von Heiligen in barocken goldenen Rahmen. Ein Mädchen stand halb versteckt dahinter und schaute wie gebannt auf ihr Telefon.

»Von wem sind die Bilder?«, rief Rizzi. »Hat dein Vater sie gemalt?«

Das Mädchen, das Rizzi auf ungefähr zwölf Jahre schätzte, schaute auf, musterte ihn misstrauisch in seiner Uniform – und schüttelte den Kopf. »Mein Onkel.«

»Kennst du jemanden, der Lupi heißt?«

»Lupi?«, fragte das Kind. »Wer soll das sein?«

»Vielleicht ein Geschäft.«

»Kenne ich nicht«, antwortete die Kleine, während sie sich wieder ihrem Smartphone zuwandte.

Rizzi trat näher. »Euch gibt's hier doch bestimmt schon länger. Seit wann hat dein Onkel diesen Laden schon?«

Das Mädchen hatte sichtlich keine Lust, mit Rizzi zu reden. »Was wollen Sie?«, fragte sie.

»Vielleicht kennt dein Onkel jemanden, der Lupi heißt. Oder dein Großvater. Wo ist er? Hinten im Laden?«

»Fragen Sie mal da drüben.« Das Mädchen nickte auf die andere Seite der Piazzetta, wo eine Nonne, die Hände in die Hüften gestemmt, mit einem barfüßigen Jungen im Camouflage-T-Shirt sprach, der trotzig zu ihr aufschaute und aussah, als würde er seinen Lebensunterhalt als Taschendieb bestreiten.

Dahinter saß in einem Strandstuhl eine alte Dame, deren Gesicht fast komplett von einem großen Sonnenhut verdeckt war. In aller Seelenruhe strickte sie da und hob in gleichmäßigem Tempo Masche für Masche von einer Nadel auf die andere.

»Lupi?«, sagte sie und schaute von ihrer Arbeit auf. »Natürlich kenne ich Lupi.«

»Und wo finde ich den?«, fragte Rizzi, während ein streunender Hund an seinem Hosenbein schnupperte.

Die Alte zeigte mit einer Kopfbewegung, ohne ihr Strickzeug aus der Hand zu legen, schräg nach hinten, über ihre Schulter, und schnalzte mit der Zunge.

»Das Tor?«, fragte Rizzi, während sie fortfuhr zu stricken. »Das Gebäude? Sie meinen, ich soll da mal fragen?«

Die Alte signalisierte durch ihre unbewegliche Miene, dass sie genug geredet hatte und Rizzi in seiner Uniform weitergehen solle, um sie nicht in Schwierigkeiten zu bringen.

Das Tor aus massivem Holz war mehrere Meter hoch und so schmal, dass kein Auto hindurchpasste. Die niedrige Tür, die sich im Tor befand, war nur angelehnt. Rizzi beschloss, sich hier ein wenig umzusehen und, bis Cirillo da war, vielleicht schon herausgefunden zu haben, was dieser Ort mit der Firma Lupi zu tun hatte. Es war auf jeden Fall besser, als auf der Piazzetta Nilo in Uniform herumzustehen. Er drückte die kleine Tür auf und trat mit eingezogenem Kopf über die Schwelle.

Der Hof, der sich ihm hinter der dunklen Durchfahrt eröffnete, war quadratisch und die Gebäude drum herum gerade so hoch, dass man, auch ohne den Kopf zu sehr in den Nacken zu legen, noch ein Stück vom blauen Himmel sehen konnte. Obwohl kein Windzug zu spüren war, schien die Luft hier etwas kühler und ein wenig frischer zu sein, was an dem Brunnen liegen mochte, am plätschernden Rinnsal und dem Auffangbecken aus Marmor, in dem zwitschernd ein paar Spatzen badeten. Motorroller und Motorräder parkten hier ohne Ordnung. Hinter den vergitterten Fenstern im Erdgeschoss wurde gestritten, und kurz darauf schepperte es laut. Es duftete intensiv nach frisch Gebackenem. Von woanders war Musik aus einem Radio zu hören und eine helle Frauenstimme, die den Refrain eines Schlagers sang.

Tu, soltanto tu
Con tutte le sorprese che mi fai
Quel po' di timidezza che tu hai
Quel modo di vestire un po' strano, con le mani sul piano

Vor Rizzi führte eine breite Treppe mit ausgetretenen steinernen Stufen in den ersten Stock hinauf.

Oben lag ein zerfranster Kokosteppich auf einem Marmorboden mit braun-weißem Schachbrettmuster. Entlang des Geländers, über das man in den Innenhof hinunterschauen konnte, standen Topfpflanzen. An den Kassettentüren auf der gegenüberliegenden Seite prangten Nummern aus Messing, aber es gab nirgends eine Klingel oder ein Namensschild. Es mussten wohl die Zimmer eines Hotels sein. Am Ende des Flurs stand eine Tür offen. Gleichzeitig war irgendwo Gelächter zu hören.

»Hallo?«, rief Rizzi.

Der Raum, in den er trat, war ein Saal und der Kronleuchter unter der hohen Decke für den großen Raum zu klein, geradezu winzig. Ein Sessel, golden angemalt, sah so gewollt feudal aus wie die goldene Palme in der Ecke, während die vergilbten Seidentapeten und das alte Parkett einen authentischen, aber morbiden Charme verströmten. Überall standen Tische mit Resopaloberfläche, dazu Stühle aus Stahlrohr. Das Büfett an der Wand war mit weißem Papier bedeckt, und die Warmhalteplatten waren leer. Rizzi schaute sich um und konstatierte, dass dieser Esssaal mit der Firma Lupi, die in der Vergangenheit Taschen und Lederwaren hergestellt hatte, wahrscheinlich so viel zu tun hatte wie Leitungswasser mit Campari.

Durch die offenen Fenster waren Balkone und Fassaden der Altstadt zu sehen, ein bunt gewürfeltes Muster, das durch eine gerade Gasse durchschnitten wurde. Mit der warmen Luft drangen ein Stimmengewirr, Essensgeruch und das Geknatter von Motorrädern herein. Als Rizzi sich umdrehte, weil er glaubte, jemanden rufen zu hören, fiel hinter ihm die Paradetür ins Schloss, dann knallte das Fenster zu – und plötzlich war alles still.

»Hallo?«, rief Rizzi und entdeckte in der Ecke einen Paravent, der den Blick auf eine kleine Tür verstellte, wie sie früher von Dienstboten genutzt wurde. Die Tür stand offen, und die Treppe dahinter führte hinunter ins Dunkle. Bei jedem Schritt knarrten die Stufen.

Obwohl er sich nun wieder im Erdgeschoss befinden musste, hatte Rizzi das Gefühl, im Keller zu sein. An der unverputzten Wand stand ein Regal mit Putzmitteln, Klopapier und Schachteln, in denen Werkzeug und alles Mögliche aufbewahrt wurde. Unter einer Gastherme befanden sich zwei Waschmaschinen, von denen eine in Betrieb und beim Schleudergang war, weshalb die Schale mit Wäscheklammern obendrauf zitterte und vibrierte. Die Baumwollsäcke auf dem Wagen daneben waren mit Handtüchern und Bettwäsche vollgestopft. Rizzi hatte keinen Zweifel daran, dass er sich in den Wirtschaftsräumen eines Hotels befand.

Er holte sein Telefon hervor, um Cirillo eine Nachricht zu schicken, als er hörte, wie die Waschmaschine verstummte und irgendwo, ganz in der Nähe, wahrscheinlich im Nebenraum, eine Tür betätigt wurde.

Das Quietschen der Scharniere war leise und zaghaft. Als würde jemand möglichst unauffällig einen Schrank aufmachen. Dann verstummte das Quietschen. Rizzi hatte das Gefühl, beobachtet zu werden. Er tastete nach seiner Dienstpistole – und drehte sich um.

Aber da war niemand, alles sah unberührt aus, nur die Schale mit den Wäscheklammern war auf der Waschmaschine beim Schleudern so weit gewandert, dass sie jetzt auf der Kante stand.

Es quietschte wieder, kurz und entschlossen, eine Schranktür klappte zu, und eine Stimme, die ihm sehr bekannt vorkam, rief: »Komm mal her.«

Der Raum nebenan war durchflutet von Sonnenlicht, das durch zwei große vergitterte Fenster fiel. An den Wänden rechts und links standen weiß gestrichene altertümliche Küchenschränke und in der Mitte ein Herd, der so sauber aussah, als wäre er noch nie benutzt worden. Darüber hingen Töpfe und Pfannen aus blitzendem Stahl.

Cirillo stand hinter dem Pfeiler, an dem Handtücher und Schürzen hingen, und schien etwas sehr genau zu betrachten.

»Sieh dir das mal an«, sagte sie.

»Wie bist du hier hereingekommen?«, fragte Rizzi überrascht und trat näher.

»Durch die Tür.« Cirillo zückte ihr Telefon.

»Und woher wusstest du, dass ich hier bin?«

»Ein Junge auf der Piazzetta, ein ganz gerissenes Bürschchen, hat gesagt, er wisse, wo der andere Polizist hingegangen ist.« Cirillo fotografierte. »Ich musste ihm allerdings erst zwei Euro geben, bevor er es mir verraten und mich hier in den Hof geführt hat. Die Tür stand offen.«

Rizzi sah Striche auf dem Holz und Kerben, daneben Namen und Zahlen.

Federico, 1,21 m, 29. November 1967
Maria, 1,18 m, 21. April 1980
Giacomo, 1,12 m, 17. Juni 1959
Adriano, 1,10 m, 14. März 1978

»Interessant«, sagte Rizzi. »Aber wir sollten hier nicht weiter unsere Zeit vertrödeln.«

»Darf ich fragen, was Sie hier suchen?« Ein stämmiger Mann im Unterhemd schaute sie eher empört als fragend an. »Hat Fabiana Sie gerufen?« Er trat drohend näher.

»Beruhigen Sie sich.« Cirillo zeigte ihm ihren Ausweis.

»Ich bin ruhig, keine Sorge«, sagte der Mann gehässig. »Die Sache mit dem Türschloss hat sich längst aufgeklärt. Fabiana ist manchmal ein bisschen hysterisch.«

»Kennen Sie jemanden mit dem Namen Lupi?«, fragte Rizzi.

»Lupi?«, wiederholte der Mann. »Wer soll das sein?«

»Hat vielleicht eine Familie namens Lupi früher in diesem Gebäude gewohnt, oder waren hier die Geschäftsräume einer Firma Lupi?«, fragte Cirillo.

Der Mann zuckte die Achseln. »Ich bin hier seit zwei Jahren der Hausmeister. Mädchen für alles, wenn Sie so wollen, aber der Name Lupi ist mir noch nie untergekommen.«

»Wer ist hier der Chef?«, fragte Rizzi.

»Sascha. Aber der ist in Rom. Kann allerdings auch sein, dass er bloß der Verwalter ist.« Der Mann hob abwehrend die Hände. »Tut mir leid, Agenti, dass ich Ihnen nicht weiterhelfen kann. Aber Sie sind hier, glaube ich, an der völlig falschen Adresse.«

Rizzi überlegte. »Sagen Ihnen die Namen Federico, Maria, Giacomo oder Adriano etwas?«

»Mein Schwager heißt Federico.« Der Mann kratzte sich am Kopf. »Und Maria war unsere Nachbarin. Aber sie ist im vergangenen Jahr verstorben. Warum?«

»Nur so. Vergessen Sie's.«

Bevor der Mann sie hinausbegleitete, fragte Cirillo ihn nach seinem Namen. »Reine Routine«, erklärte sie. »Falls wir Rückfragen haben.«

»Maurizio Fontanello«, antwortete der Mann widerstrebend. »Wie gesagt, Fabiana ist übervorsichtig, und mit dem Schloss – das hat sich erledigt.« Aber dann schien ihm noch etwas einzufallen. »Kommen Sie mal mit«, sagte er. Er stieg eine Treppe hoch, öffnete die Tür zu einem Raum, in dem mehrere Koffer herumstanden, und rief: »Fabiana, ich habe dir jemanden mitgebracht.«

Rizzi und Cirillo folgten ihm um die Ecke. Eine Frau in schwarzem Rock und weißer Bluse saß an einem Schreibtisch hinter einem Tresen und schrieb etwas in ein Buch. Eine große Flügeltür mit dem goldenen Schriftzug *Albergo Nilo* stand offen. Hier war offensichtlich der Hauptzutritt zum Hotel.

»Die Agenti suchen jemanden, der Lupi heißt«, erklärte Maurizio.

»Lupi«, wiederholte die Frau, legte den Stift beiseite und wandte sich zum Computer. Sie drückte ein paar Tasten, tippte etwas ein und strich sich eine blonde Strähne hinters Ohr. »Lupi, sagten Sie?« Fabiana scrollte durch ein Namensverzeichnis und schüttelte den Kopf. »Nein, von unseren Gästen heißt niemand so. Ich schaue mal unter den Reservierungen, kleinen Augenblick.« Sie klickte weiter in andere Verzeichnisse. »Auch kein Lupi.« Sie nahm Zettel und Stift und fragte: »Soll ich Sie informieren, falls ich doch noch irgendwo auf diesen Namen stoße?«

»Ja, bitte«, antwortete Cirillo.

»Oder haben Sie vielleicht eine Personenbeschreibung?«

Cirillo erklärte, dass es sich bei dem Namen um den einstigen Hersteller von Taschen und anderen Lederwaren handele und dass eine solche Firma mit Sitz an der Piazzetta Nilo neuerdings wieder im Handelsregister verzeichnet sei. Rizzi betrachtete derweil die Ecke, in der der Schreibtisch stand. Er wusste nicht, was daran seltsam war. Es hatte nichts mit der Frau zu tun. Wohl auch nicht mit dem Kalender an der Wand, auf dem die Akropolis abgebildet war, oder dem kleinen Monitor, der schwarz-weiße Bilder einer Überwachungskamera zeigte.

Als ein Windstoß hereindrang, wusste Rizzi plötzlich, was es war. Es war der Vorhang, der vor der fensterlosen

Wand hing und zur Hälfte ein gerahmtes Foto verdeckte. Er schob ihn beiseite, und ein Sicherungskasten und ein Tresor kamen zum Vorschein. Das Foto war nun vollständig zu sehen und größer, als Rizzi gedacht hätte. Als er es vom Haken nahm, blieb ein helles Rechteck an der Tapete zurück.

»Was tun Sie da?«, fragte Fabiana und drehte sich überrascht zu Rizzi herum.

Ungefähr zwanzig Menschen waren auf dem Foto abgebildet, eine fröhliche Truppe aus Männern im Anzug, Frauen in schönen Kleidern und Kindern im Sonntagsstaat. Aber es gab auch Leute, die Arbeitsschürzen trugen, was darauf schließen ließ, dass es sich nicht um ein reines Familienfoto handelte. Der Mode und der Farbigkeit nach, schätzte Rizzi, stammte die Aufnahme aus den Sechzigerjahren, aber er konnte sich irren.

»Was ist das für ein Foto?«, fragte er.

»Gute Frage.« Fabiana betrachtete es, als sähe sie es zum ersten Mal.

»Ich glaube, das Bild gehört Giaco«, erklärte Maurizio Fontanello, »unserem Nachtportier.«

»Giacomo?«, wiederholte Rizzi und schaute fragend zu Cirillo hinüber, die ihr Telefon hervorholte. »Nachname?«

»Keine Ahnung«, antwortete Maurizio Fontanello, und auch Fabiana zuckte die Achseln.

»Reden wir möglicherweise von Giacomo« – Cirillo vergrößerte mit zwei Fingern die Abbildung auf ihrem Smartphone –, »der am 17. Juni 1959 genau 1,12 m groß war?«

»Ich verstehe kein Wort«, erklärte Maurizio.

Cirillo steckte ihr Telefon wieder ein. »Ist euer Nachtportier heute ungefähr siebzig Jahre alt?«

»Könnte hinkommen«, antwortete Fabiana. »Warum?«

»Wo ist er?«

»Das kann ich Ihnen sagen.« Maurizio schaute auf die Uhr. »Am frühen Abend, bevor er um zehn zur Arbeit kommt, ist er immer an demselben Ort. Wenn Sie wollen, bringe ich Sie hin.«

24

Die Vico del Fico al Purgatorio war für den Verkehr gesperrt, doch das hielt die Motorradfahrer nicht davon ab, an den Fußgängern, die in der engen Gasse unterwegs waren, im Affentempo vorbeizurasen. Der Himmel wurde hier das ganze Jahr von bunten Unterhosen, T-Shirts und Bettbezügen an der Leine verdunkelt, die an ungeraden Tagen den Bewohnern auf der einen Hausseite, an geraden den Bewohnern auf der anderen zuzuordnen waren.

Während sie an geöffneten Fenstern und Türen von Erdgeschosswohnungen vorbeigingen, in denen das Neonlicht brannte und der Fernseher flimmerte, erkundigte sich Maurizio Fontanello beiläufig bei Rizzi und Cirillo, warum die Polizei sich für eine Familie oder Firma Lupi interessierte und was Giacomo, der Nachtportier, damit zu schaffen hatte.

Cirillo tippte Nachrichten in ihr Telefon und tat, als hätte sie nichts gehört, und Rizzi redete von Routineermittlungen und Polizeiarbeit, wo es immer darum ging, Auskünfte einzuholen, um Dinge auszuschließen.

»Verstehe«, antwortete Maurizio Fontanello, und an seiner Miene war zu sehen, dass er überhaupt nichts verstand.

In einer Quergasse drängten sich Menschen, die alle

durch ein Tor mit grünen Läden wollten. Die Person, die den Eingang kontrollierte, war eine zierliche Frau in Jeans und T-Shirt, die ihre Haare zu einem strengen Zopf zusammengebunden hatte. In der Hand hielt sie Block und Stift und notierte darauf Namen und Zahlen, die die Leute um sie herum ihr zuriefen.

»Francesco, sechs Leute!«

»Wir sind bloß zwei. Ich heiße Lucia!«

»*Permesso!*«, brummte Maurizio Fontanello. »Lassen Sie uns durch.« Wie ein Schwimmer das Wasser teilte er mit seinen Händen die Leute, die nur widerwillig Platz machten. »Wir sind nicht zum Essen hier«, rief er und erklärte der Frau am Eingang: »Die Agenti wollen zu Giaco.«

Sie traten in ein weiß getünchtes Lokal mit einer Gewölbedecke. Rechts befand sich eine Bank, auf der Leute saßen und warteten, während gegenüber hinter der Theke ein Mann mit Schiffchenmütze und mehlbestäubten Händen dabei war, Pizzateig zu kneten. Der bauchige, mit bunten Mosaiksteinen verzierte Pizzaofen verströmte eine Hitze, die den Männern den Schweiß auf die Stirn trieb.

Das voll besetzte Restaurant befand sich im Atrium unter freiem Himmel. Gäste aßen, tranken und plauderten. Im Geklirre der Gläser, im Gelächter und Geschwätz ertönte immer wieder ein Klingeln, das Signal aus der Küche, während Kellner in Freizeitkluft mit Tabletts, Tellern und Gläsern unterwegs waren, beaufsichtigt von der Chefin an der Kasse, einer rundlichen Frau, deren Mundwinkel zuckten, als Rizzi und Cirillo zusammen mit Maurizio Fontanello den Gastraum betraten.

»Wir haben keinen Tisch, Agenti«, sagte sie. »Es tut mir

sehr leid. Aber wie wäre es mit einer Pizza zum Mitnehmen?«

Bevor Rizzi oder Cirillo antworten konnte, erklärte Maurizio Fontanello: »Sie wollen zu Giaco.«

»Zu Giaco«, wiederholte die Chefin, machte eine Verbeugung und fügte mit einer einladenden Handbewegung und einem devoten Lächeln hinzu: »Bitte.«

Hinter einer Anrichte, auf der Brot geschnitten und in kleine Körbe verteilt wurde, stand versteckt ein kleiner, quadratischer Tisch. Der Mann, der daran saß und aß, hatte gewellte, silbergraue Haare und trug zu einer weißen Hose und einem gelben Sakko mit Einstecktuch ein geblümtes Hemd. Das faltige Gesicht war so gebräunt, dass die blauen Augen darin ganz hell und strahlend aussahen. Die markante Nase verlieh ihm zusätzlich einen aristokratischen Ausdruck.

»Das ist Giaco«, flüsterte Maurizio Fontanello und zog die Schultern hoch, als wolle er sich für das wappnen, was gleich kommen würde. »Giaco«, krächzte er – und räusperte sich vernehmlich. »Sei mir nicht böse, aber hier sind zwei Agenti. Sie wollen dich sprechen.«

Der Mann am Tisch reagierte nicht. Nur die schwarzen Augenbrauen wanderten aufeinander zu, und auf seiner Stirn bildete sich eine steile Falte, während er in aller Ruhe fortfuhr, die Rigatoni auf seinem Teller mit der Gabel aufzuspießen.

Rizzi trat vor und sagte: »*Buon appetito*. Wir möchten Sie nicht beim Essen stören, aber wir wüssten gern, ob Sie vielleicht eine Familie Lupi kennen.«

Bevor der Mann antworten konnte, fügte Cirillo hinzu:

»Wir glauben, Ihren Namen entdeckt zu haben.« Sie holte ihr Telefon hervor. »An einem Pfosten in der Küche des Albergo Nilo. Kann das sein?« Sie präsentierte ihm die Aufnahme auf dem Display und las die Angaben darauf vor: Giacomo, 17. Juni 1959, 1,12 m. »Das sind doch Sie?«

Der Mann ließ sich mit der Antwort Zeit. Tupfte sich mit der Serviette den Mund ab. Nahm einen Schluck Wein und schaute über die Köpfe der Menschen im Restaurant in eine imaginäre Ferne. »17. Juni 1959«, sagte er. »Das war mein vierter Geburtstag. Wie groß war ich damals? Was sagten Sie? 1,12 Meter? Kaum zu glauben.«

»Dürfte ich bitte Ihren Personalausweis sehen?«, fragte Rizzi.

»Worum geht es denn eigentlich?«, fragte der Mann etwas beunruhigt und schob seinen Teller ein kleines Stück beiseite.

»Ihren Ausweis bitte«, wiederholte Rizzi.

»Ich pflege meine Papiere nicht mit mir zu führen, wenn ich aushäusig speise.« Der Mann faltete würdevoll seine Serviette und erklärte feierlich, während er begann, mit einem Stück Brot die Soße auf seinem Teller aufzunehmen, sein Name sei Giacomo Domenico Angelo Caputo. Er wohne in der Vico I Gravina, was nur ein paar Minuten zu Fuß von diesem Restaurant entfernt sei, das er als sein Stammlokal, sein zweites Wohnzimmer bezeichnete. Und etwas spöttisch fügte er hinzu, er sei ledig und habe keine Kinder.

Dann lehnte er sich zurück und fixierte Rizzi und Cirillo mit zusammengekniffenen Augen. »Was hat Maurizio Fontanello Ihnen über mich erzählt?«, fragte er lauernd. »Dass ich ein Hochstapler sei? Ein Heiratsschwindler? Oder hat er einen noch schlimmeren Ausdruck benutzt?«

Rizzi drehte sich zu Maurizio Fontanello um, aber der Hausmeister vom Hotel an der Piazzetta Nilo war einfach verschwunden.

Giacomo Caputo hob die Hand. »Bevor Sie mich weiter mit Ihren Fragen belästigen, möchte ich eins klarstellen: Das Mädchen ist meine Großnichte. Auch wenn Maurizio Fontanello es nicht glauben kann und sich in seinem kranken Kopf wahrscheinlich sonst was vorstellt: Sie kommt nur einmal in der Woche, und zwar freitags, zum Putzen, wäscht meine Wäsche und kauft ein. Und wenn dann noch Zeit ist, spielen wir eine Partie Dame.«

»Das ist nicht der Grund, weshalb wir hier sind. Dürfen wir uns kurz zu Ihnen setzen?« Cirillo zog sich einen Stuhl heran und sagte, während sie Notizbuch, Stift und Smartphone auf dem kleinen Tisch ablegte: »Wir ermitteln in einem Mordfall und sind dabei auf eine besondere Tasche gestoßen, die Blaue Salamander, die Ende der Fünfzigerjahre von der Firma Lupi hergestellt wurde.«

»Die Firma Lupi gibt es schon seit dreißig Jahren nicht mehr«, erwiderte Giacomo Caputo schroff. »Und von was für einem Mordfall sprechen Sie?«

»Wir haben andere Informationen zu der Firma.« Rizzi quetschte sich mit einem zweiten Stuhl neben Cirillo. »Im Handelsregister ist eine Firma namens Lupi verzeichnet. Mit Sitz an der Piazzetta Nilo.«

»Ihre Information stimmt nicht. Es gibt die Firma nicht mehr.« Giacomo Caputo nahm das Glas Wein, das der Kellner ihm über die Köpfe von Rizzi und Cirillo hinweg reichte.

»Wollen Sie etwas trinken?«, fragte der Kellner.

»Wir sind im Dienst.« Cirillo schaute mit gerunzelter Stirn zum Pizzaofen, von dem der Duft nach knusprig gebackenem Teig und ein Dunst aus Olivenöl, Knoblauch und Tomaten herüberzogen.

Rizzi und sie wechselten einen Blick, dann bestellten sie beim Kellner Bruschetta und Pizza.

Cirillo legte den Kugelschreiber in die Seiten ihres Notizbuchs. »Wer sind die anderen Namen, die am Pfosten verewigt wurden?«, fragte sie, nachdem der Kellner verschwunden war. »Federico, Maria und Adriano?«

»Das sind meine verstorbenen Cousins.«

»Und das Foto an Ihrem Arbeitsplatz?«, fragte Rizzi. »Das halb versteckt neben Ihrem Schreibtisch hinter dem Vorhang hängt? Eine Erinnerung an frühere Zeiten?«

»Was sollen diese Fragen?« Giacomo Caputo knüllte wütend seine Papierserviette. »Was vorbei ist, ist vorbei.«

»Wir müssen uns einfach einen Überblick verschaffen«, besänftigte ihn Cirillo so freundlich, dass er überrascht aufschaute.

»Sie kannten also die Firma Lupi«, stellte sie fest. »Was wissen Sie darüber?«

»Meine Mutter war eine geborene Lupi. Eine bildschöne Frau. Mit der Firma hatte sie allerdings nichts zu tun.«

»Wer hatte denn damit zu tun?«

»Ihr Bruder, mein Onkel, hat die Firma geführt, zusammen mit meinem Vater. Die Tasche, von der Sie sprachen, die Blaue Salamander, ist nie in Serie gegangen, sondern war eine einmalige Sache, ein Spleen, wenn Sie so wollen, und die Herstellung mit vielen Problemen verbunden. Aber sie hat die Marke Lupi damals wieder ins Gespräch gebracht. Es war eine Art Reklame. Man hat versucht, die alten Zeiten, als Lupi Avantgarde war, aufleben zu lassen.«

»Alte Zeiten? Avantgarde?«, fragte Cirillo.

»Wollen Sie die Geschichte hören?« Giacomo Caputo machte eine Handbewegung und erzählte mit etwas zittriger Stimme, sein Urgroßvater, Riccardo Lupi, ein kleiner, zierlicher Mann, aber überaus charismatisch, habe voller Ideen gesteckt. Er war von Beruf Tischler, mit einer Werkstatt hier ganz in der Nähe, in Sanità. Er habe sich früh auf den Kofferbau spezialisiert, und das sei schlau gewesen. Er tüftelte so lange, bis er einen Schrankkoffer entwickelt hatte, der leichter war als alles, was es sonst auf dem Markt gab. Mit ihm war Reisen plötzlich nicht mehr beschwerlich, sondern für die damalige Zeit komfortabel, ohne dass man beim Gepäck Abstriche an der Stabilität und Haltbarkeit hinnehmen musste. Wohlhabende Leute, die um die Welt reisten, hätten alle diesen hochwertigen Koffer von Riccardo Lupi gekauft.

Giacomo Caputo nestelte an dem Einstecktuch, zog es aus dem Sakko und fuhr sich damit über die Stirn. Seine Augen hatten einen melancholischen Ausdruck angenommen, sein Blick blieb einen Moment auf dem Schwarz-Weiß-Foto von Neapel hängen, das über Rizzis Kopf hing, als wäre es ein großer Bildschirm mit einer Live-Schaltung in die Vergangenheit.

»Riccardo Lupi hat groß gedacht«, berichtete Giacomo Caputo weiter, »und noch zu Lebzeiten in der Nähe des Doms ein Geschäft für Taschen und Koffer eröffnet. Sein Sohn, Romano Lupi, der Vater meiner Mutter, übernahm das Geschäft und die Werkstatt, stellte Leute aus Frankreich und Österreich ein, die seiner Meinung nach besser waren als die Leute von hier, importierte moderne Gerbereitechniken aus Deutschland, erweiterte das Sortiment und vereinte alles – Wohnräume, Geschäftsräume und die Werkstätten – unter einem Dach.«

»An der Piazzetta Nilo«, ergänzte Cirillo.

»Richtig.«

»Warum ist die Firma verschwunden?«, fragte Rizzi.

»Sie kennen die alte Weisheit: Die erste Generation baut etwas auf, die zweite erhält es, und die dritte verliert es wieder. Genau so war es bei uns. Meine Cousins Federico und Adriano haben die Firma mit vielen Fehlentscheidungen in die Pleite geritten.«

»Und Sie?«, fragte Cirillo. »Warum haben Sie die Firma Ihren Cousins überlassen?«

»Ich habe mich anderweitig umgeschaut.«

»Warum?«

»Nachdem mein Vater gestorben war, hat Onkel Domenico allein über die Nachfolge entschieden, und er war überzeugt, dass seine Kinder Federico und Adriano im Vergleich zu mir besser geeignet sind, Lupi zu leiten und voranzubringen.« Giacomo Caputo verstummte, während der Kellner die Teller mit Pizza und Bruschetta brachte und den Wein servierte.

»Hat Sie das gekränkt?«, fragte Cirillo und schaute zu, wie Rizzi die Pizza wie eine Torte in Stücke teilte.

»Die Überzeugung von meinem Onkel hat sich jedenfalls als Trugschluss erwiesen«, erklärte Giacomo Caputo würdevoll. »Adriano und Federico haben sich zuallererst die

Gehälter erhöht, statt in Neues zu investieren, waren faul statt engagiert. Wir hätten einen Koffer aus einem neuen federleichten Material entwickeln müssen. Das hat dann die Konkurrenz besorgt.« Giacomo Caputo lehnte sich erschöpft zurück und fuhr sich mit beiden Händen durchs wellige graue Haar. »Ich weiß allerdings nicht, ob ich es besser hingekriegt hätte. Wir waren alle verwöhnt.« Er legte stumm sein Besteck in den Teller. Es sah aus, als würde er mit den Tränen kämpfen.

Rizzi gab Giacomo Caputo ein paar Sekunden Zeit, sich zu sammeln, bevor er ihn dann noch einmal auf den Eintrag der Firma Lupi im Handelsregister ansprechen wollte, als er den strengen Blick von Cirillo auffing, die ihm mit lautlosen Lippenbewegungen zu verstehen gab, er solle die Klappe halten.

»Das heißt, Sie sind in dem Haus an der Piazzetta Nilo aufgewachsen?«, fragte sie. »Wo sich heute das Hotel befindet und Sie als Nachtportier arbeiten?«

»Ja, Sie haben es richtig erfasst. Ich bin nicht sehr weit gekommen. Aber wenn ich es so sagen darf: Ich bin mit meinem Leben zufrieden.«

»Wie gesagt«, begann nun wieder Rizzi, »wir ermitteln in einem Mordfall. Sagt Ihnen der Name Rosalinda Fervidi etwas?«

»Rosalinda Fervidi ...« Giacomo Caputo nickte vage. »Doch, ich erinnere mich. Leider. Sie ist hier hereinmarschiert und hat sich, wie Sie, ungefragt einen Stuhl herangezogen. Hat da gesessen, wo Sie jetzt sitzen, und ist nicht mehr weggegangen.«

»Was wollte sie?«

Giacomo Caputo tastete nach einem Zahnstocher. »Sie hat mir so viele Fragen gestellt, dass ich irgendwann dachte, sie will wohl eine Doktorarbeit über diese verdammte Tasche schreiben.«

»Die Blaue Salamander«, sagte Rizzi.

»Ganz recht.« Mit dem Zahnstocher im Mundwinkel fügte Giacomo Caputo hinzu: »Eins muss man dieser Frau allerdings lassen: Sie hat sich wirklich für alles interessiert, für jedes Detail.«

»Zum Beispiel?«

»Zum Beispiel wollte sie ganz genau wissen, wer die Blaue Salamander bei Lupi in Auftrag gegeben hatte. Ich meine: Wie lange ist das her? Ich war damals noch ganz klein, aber ich sehe den Mann noch genau vor mir. Ein richtiger Signore, mit seinem Strohhut und den weißen Gamaschen. Ich weiß noch, wie ich dachte: Wie kann jemand mit blütenweißen Gamaschen durch Neapel spazieren, ohne dass sie schmutzig werden?«

»Sie sprechen von Giorgio De Lulla?« Rizzi wechselte mit Cirillo einen Blick. »Dem damaligen Ehemann der Schauspielerin Ludovica De Lulla?«

»Der Mann hat auf mich großen Eindruck gemacht.«

Cirillo blätterte in ihrem Notizbuch eine Seite um. »Hat Rosalinda Fervidi erzählt, was sie vorhatte?«

»Sie hatte einen Plan, und zwar einen sehr genauen.« Giacomo Caputo ballte die Faust. »Sie wollte die Tasche nachbauen. Hatte sogar schon einen Vertrag aufgesetzt, den ich unterschreiben sollte. Und am liebsten wäre es ihr gewesen, wenn ich ihr gleich noch den fertigen Bauplan für die Tasche überreicht hätte.«

»Und haben Sie unterschrieben?«

Giacomo Caputo schüttelte den Kopf. »Ich besitze keine Unterlagen. Und von geschäftlichen Dingen habe ich sowieso keine Ahnung. Das habe ich der Frau auch gesagt.«

»Wann hat dieses Treffen stattgefunden?«, fragte Cirillo, während der Kellner die leeren Teller abräumte.

Giacomo Caputo überlegte lange. »Anfang Mai, würde ich sagen. Ja, das könnte hinkommen.«

»Gab es danach ein weiteres Treffen?«

»Nein.«

»Wie sind Sie auseinandergegangen?«, fragte Rizzi.

Giacomo Caputo zerknickte mit zwei Fingern den Zahnstocher. »Ich habe ihr viel Glück gewünscht. Danach haben wir uns nicht mehr gesehen oder gesprochen. Dafür bin ich auch dankbar.«

»Warum?«

»Sie hatte so eine Art, die mir unecht vorkam. Da war eine negative Energie, die von ihr ausging. Verstehen Sie? Als wäre sie von etwas getrieben.« Giacomo Caputo seufzte, stützte sich auf den Tisch und erhob sich langsam von seinem Stuhl. Wie er da stand, mit geradem Rücken, ein eleganter älterer Herr, sah er aus wie ein lebendes neapolitanisches Denkmal.

Rizzi und Cirillo standen ebenfalls auf.

»Was ist mit dieser Frau?«, fragte Caputo, und seine Miene hatte plötzlich etwas Herrisches. »Ist sie kriminell? Eine Betrügerin?«

»Sie ist tot«, sagte Rizzi.

»Tot?«, wiederholte Giacomo Caputo ungläubig.

»Wir sagten Ihnen doch: Wir ermitteln in einem Mordfall.« Cirillo klappte ihr Notizbuch zu. »Wo waren Sie in der Nacht von Dienstag auf Mittwoch?«

»Von Dienstag auf Mittwoch?«, wiederholte Giacomo Caputo. »Das kann ich Ihnen sagen: Ich war hier, in Neapel, wie immer. Ich bin spazieren gegangen.«

»Spazieren? Die ganze Nacht?«, fragte Rizzi.

»Ja.«

»Gibt es Zeugen?«

Giacomo Caputo streckte den Arm aus und machte eine weit ausholende Handbewegung. »Fragen Sie die Leute«, sagte er. »Bestimmt hat mich jemand gesehen. In den Nächten, in denen ich nicht arbeite, gehe ich spazieren. Die Leute wissen das. Jeder weiß das. Und jetzt entschuldigen Sie mich bitte.« Er schloss den Knopf an seinem gelben Sakko, beugte sich vor und verneigte sich.

Als Giacomo Caputo davonging, grüßte er rechts und links und wurde allseits zurückgegrüßt wie eine Berühmtheit, die gewisse Privilegien genoss – auch wenn es sich dabei nur um einen Platz an einem Tischchen hinter einer Anrichte handelte, der immer für ihn freigehalten wurde und auf dem sonst sowieso niemand sitzen wollte.

25

Es ging auf 22 Uhr zu. Das letzte *aliscafo* nach Capri hatte schon vor knapp zwei Stunden abgelegt. Als hätte Teresa geahnt, dass sich der Neapel-Aufenthalt von Rizzi und Cirillo in die Länge ziehen würde, hatte sie in ihrer Textnachricht geschrieben, dass die Morgenbesprechung bei Lombardi für Punkt neun Uhr und keine Minute später angesetzt war und dass der Ispettore schon habe verlauten lassen, er lege Wert auf pünktliches und vollständiges Erscheinen.

Während sie durch die Gassen des Centro Storico gingen, murmelte Cirillo, sie habe die Nachricht ebenfalls gerade gelesen, sie müssten also am nächsten Morgen spätestens das *aliscafo* um 8.15 Uhr nehmen, besser das um 7.30 Uhr.

Die hereingebrochene Nacht trieb immer mehr Menschen auf die Gassen. Überall waren Jugendliche auf Scootern oder in Cliquen zu Fuß unterwegs, scherzten und schäkerten laut.

Rizzi scrollte weiter durch seinen Nachrichteneingang und konnte nicht fassen, dass Commissario Serra sich in den vergangenen Stunden mit keiner Silbe zum Verhör geäußert hatte, das Rizzi doch auf seinen ausdrücklichen Wunsch mit Salvatore geführt hatte. Dass auch Teresa die

Angelegenheit nicht mehr erwähnt hatte, ließ keinen anderen Schluss zu, als dass der Commissario entschieden hatte, Salvatore weiter in Gewahrsam zu behalten. Wobei Rizzi nicht hätte sagen können, ob es eine bewusste Entscheidung war oder ob man Salvatore schlicht und einfach in seinem Loch vergessen hatte.

»Klarer Fall von ›Mission gescheitert‹, würde ich behaupten«, bemerkte Cirillo, den Blick auf ihr Smartphone geheftet, während sie neben Rizzi herging.

Rizzi widersprach: Seine Mission sei keinesfalls gescheitert – im Gegenteil. Und das würde sich schon noch zeigen. In dem Verhör habe sich erwiesen, dass es keine neuen Verdachtsmomente gegen Salvatore gab und alle bestehenden haltlos waren. Und darin, vermutete Rizzi, lag wahrscheinlich genau das Problem: dass er dem Commissario und seinen Leuten, speziell Scotto, vor Augen führte, wie miserabel sie arbeiteten und wie fahrlässig sie mit dem Beweismaterial umgingen, das Salvatore hätte entlasten können.

Wenn Rizzi sich an dieser Stelle von Cirillo einen zustimmenden Kommentar erhoffte, sah er sich getäuscht. Stattdessen berichtete Cirillo nun ihrerseits, sie sei, was ihre Ermittlungen in Anacapri anging, ebenfalls unzufrieden. Eine Unterredung mit Emma, der Mitarbeiterin aus der Werkstatt, habe zwar einen interessanten Blick hinter die Kulissen erbracht und vor allem ein neues Licht auf Alessandra Nobile geworfen.

Sie verstummte, weil ihre Aufmerksamkeit von ihrem Smartphone beansprucht wurde, und stellte Rizzis Geduld auf die Probe. Dann erzählte sie weiter, die hinterbliebene Ehefrau Alessandra Nobile sei in ihrer Beziehung zu Rosalinda wohl nicht nur einmal gewalttätig geworden. Eine Neigung zur Gewalt und der damit einhergehende Kontrollverlust seien also zwei Merkmale, die man sich in Bezug auf Alessandra Nobile merken müsse.

Cirillo ließ die Sache wirken, bevor sie fortfuhr, es sei bei ihrem Gespräch mit Emma allerdings noch etwas anderes herausgekommen. Laut Emma hätten alle aus Rosalindas Umfeld – von Alessandra Nobile bis Lorenzo Fusco – vom Projekt Blauer Salamander gewusst. Was bedeutete, dass sie beide – Cirillo und Rizzi – wohl zu gutgläubig waren und sich bei ihren Ermittlungen von den Leuten hinters Licht führen ließen.

»Lorenzo Fusco kam mir ehrlich gesagt von Anfang an etwas seltsam vor«, behauptete Rizzi. »Vielleicht sollte Neapel sich den mal vorknöpfen?«

Cirillo antwortete mit einer langen Pause, bevor sie resigniert fortfuhr, ihr Versuch, Emma in die Enge zu treiben, sei jedenfalls gründlich gescheitert. Dasselbe könnte man nun natürlich bei allen anderen potenziell Verdächtigen versuchen. Würde allerdings einige Zeit in Anspruch nehmen. Und die Aussicht auf Erfolg sei – na ja.

»Haben wir eine andere Möglichkeit?« Rizzi legte im Vorbeigehen einem Bettler ein paar Münzen in den Hut.

Cirillo blieb stehen und schaute ratlos umher. Die Gasse vor ihnen war so überfüllt, dass fast kein Durchkommen war. Die halbe Welt schien sich hier vor einer Bar zu treffen, wo aus unsichtbaren Boxen sanfte Bässe zu einer bekannten Melodie drangen.

An dem verspiegelten Tresen arbeitete ein hemdsärmeliger Typ, der seine dunklen Haare zum Dutt hochgebunden hatte. Die Frau im T-Shirt neben ihm war an Lippen, Ohren und am Bauchnabel gepierct und an den Armen und am Hals tätowiert. Daran, wie die beiden da mit Gläsern und Flaschen hantierten, Bestellungen annahmen und scherzten, merkte man, dass sie auf diesem Abschnitt der Gasse eine feste Instanz waren.

»Nimmst du auch einen Negroni?«, fragte Rizzi über seine Schulter, aber Cirillo hatte sich abgewandt und war wieder mit ihrem Telefon beschäftigt.

»Zwei Negroni«, rief Rizzi und spreizte dabei Zeige- und Mittelfinger.

Die Gepiercte griff zu den Flaschen und füllte die Gläser zügig zu jeweils einem Drittel mit Campari, rotem Wermut und Gin, während ihr von der Seite schon die nächsten Bestellungen zugerufen wurden.

Rizzi zahlte, nahm die Getränke und ging zu Cirillo, die sich abseits auf einer Treppenstufe niedergelassen hatte.

»Ich bin hundemüde«, sagte sie, als er ihr das Glas mit der glutroten Flüssigkeit reichte.

Rizzi setzte sich neben Cirillo, nahm einen Schluck und betrachtete die sorglos lachenden und schwatzenden Leute, die vorbeiflanierten. Er schmeckte den bittersüßen Alkohol und dachte an Gina und daran, wie wunderbar es wäre, jetzt auf Capri zu sein, neben ihr zu sitzen und mit ihr gemeinsam in die Sterne zu schauen. Er holte sein Telefon hervor, um ihr eine gute Nacht zu wünschen und zu sagen, dass er sie vermisste, als er sah, dass sie ihm genau das vor zwanzig Minuten geschrieben hatte.

Während er eine Antwort tippte und Cirillo ihm dabei ungeniert über die Schulter schaute, sagte er: »Was macht eigentlich deine Wohnungssuche?« Er drückte auf Senden und ließ sein Telefon in der Hosentasche verschwinden. »Hat Carlo Wort gehalten? Unterschreibst du demnächst einen Mietvertrag?«

»Es zieht sich alles noch ein wenig«, antwortete Cirillo vage und schaute demonstrativ gelangweilt in die andere Richtung. Dann sagte sie plötzlich: »Ich glaube, Giacomo Caputo verschweigt uns etwas.«

Rizzi stieß mit Cirillo an, aber das Klirren war überraschend dumpf und hässlich. »Lass uns zusammenfassen, was genau wir wissen.« Er fixierte einen Grashalm, der neben seinen Füßen aus dem Straßenpflaster spross. »Wir wissen, dass Rosalinda Fervidi die Idee hatte, einen Designklassiker, die Blaue Salamander, wiederzubeleben und möglichst originalgetreu herzustellen, um sie in Serie zu vertreiben.« Er trank einen Schluck. »Wir wissen außerdem, dass sie in den Wochen vor ihrem Tod bei Giacomo Caputo und Signora De Lulla war. Und dass sie bei der Umsetzung ihres Plans zunächst ganz korrekt und logisch vorging. Sie hat den Namen des Herstellers recherchiert und stieß dabei auf den damaligen Sitz der Firma Lupi an der Piazzetta Nilo. So gelangte sie zu Giacomo Caputo. Ihre Hoffnung, an die Originaltasche zu kommen oder wenigstens an alte Entwürfe oder Zeichnungen, hat sich dort allerdings schnell zerschlagen. Und den Vertrag, den sie vorausschauend aufgesetzt hatte, mutmaßlich mit der Abtretung der Markenrechte, wollte er auch nicht unterschreiben.«

Cirillo murmelte: »Vielleicht wurde ihr erst jetzt bewusst, wie kompliziert es war, den Plan dann auch tatsächlich in die Tat umzusetzen.«

»Trotzdem können wir festhalten«, fuhr Rizzi fort, »Rosalinda war nach dem Treffen mit Giacomo Caputo im Besitz von zwei hochinteressanten Informationen.«

»Nämlich?«

»Sie wusste nun, dass Giacomo Caputo, der vermutlich einzige Lupi-Erbe, von rechtlichen Dingen keine Ahnung hat. Dass ihn Paragrafen und Zahlen nicht interessieren und er ihr in diesem Bereich aller Wahrscheinlichkeit nach wohl nicht in die Quere kommen würde. Das war eine gute Nachricht, mit der sie so nicht unbedingt hatte rechnen können.«

»Und zweitens?«

»Hat sie den Namen des Auftraggebers und allerersten Besitzers der Blauen Salamander erfahren: Giorgio De Lulla. Sie hat eins und eins zusammengezählt und begriffen, dass sich die Originaltasche in unmittelbarer Nachbarschaft auf Capri befand: bei der Witwe von Giorgio De Lulla, die sie bis dahin überhaupt nicht auf dem Schirm gehabt hatte. Sie nahm Kontakt zu der alten Dame auf in der Hoffnung, bei ihr die Tasche zu finden. Das war der einzige Grund. Sie wollte herausfinden, ob sich die Blaue Salamander noch in ihrem Besitz befindet, und sie dann an sich nehmen. Doch so einfach ließ sich die Sache nicht bewerkstelligen.«

Rizzi drückte einen Anruf von seiner Schwester weg, stellte das Telefon stumm und fuhr fort: »Im Gegenteil. Signora De Lulla, eine komplizierte und exzentrische Persönlichkeit, die noch dazu sehr einsam ist, hat sofort gewittert, was Rosalinda wollte, und dass es in dem Moment, wo sie die Tasche herausrücken würde, vorbei wäre mit den Besuchen und der schönen Abwechslung.«

»Und darum hat Rosalinda Fervidi die Blaue Salamander einfach mitgehen lassen.«

»Sagen wir: Sie hat sie sich ausgeliehen. Ich will mal davon ausgehen, dass sie die Tasche später wieder zurückgebracht hätte. Zunächst hat sie sich das kostbare Stück genau angeschaut, hat gesehen, wie die Nähte verlaufen und wie die Blaue Salamander im Detail gemacht ist, um sie dann originalgetreu kopieren zu können. Bis hierhin konnte sie alles alleine machen und war von niemand anderem abhängig. Doch jetzt musste sie aus der Deckung kommen. Sie brauchte Leute, die ihr bei der weiteren Umsetzung ihres Plans helfen könnten. Sie brauchte den Rat und das Knowhow von Fachleuten.« Rizzi überlegte. »Wo sollte sie, zum Beispiel, das Oberflächenmaterial herbekommen, die Haut der *lucertola azzurra*?«

»Dass die Eidechse auf den Faraglioni-Felsen lebt, ist eine Tatsache«, stellte Cirillo fest. »Aber dass sie sich fangen lässt, wenn der Mondschein in einem bestimmten Winkel auf die Felsen trifft, ist wohl ein Mythos, ein schönes Märchen.«

»In einem Mythos steckt immer auch ein Funken Wahrheit«, behauptete Rizzi.

»Ein Funke reicht aber nicht.« Cirillo stieß hörbar die Luft durch die Nase und sagte: »Giacomo Caputo hat von modernen Gerbereitechniken gesprochen, die bei Lupi entwickelt und genutzt wurden. Erinnerst du dich? Dieses Wissen muss es ja noch geben.«

Rizzis Telefon begann zu leuchten und meldete einen eingehenden Anruf. Es war wieder Barbara. Er trank sein Glas in einem Zug aus und sagte: »Rosalinda brauchte die

Haut der blauen Eidechse in großen Mengen. Ich an ihrer Stelle hätte darüber nachgedacht, die *lucertola azzurra* zu züchten.« Er erhob sich, während Cirillo keine Anstalten machte aufzustehen. »Morgen, acht Uhr, Molo Beverello«, sagte er mit ausgestrecktem Arm.

Sie verabschiedeten sich voneinander.

Als Rizzi die Vico Bagnara hinunterging, rief er seine Schwester zurück. »Ich bin unterwegs«, sagte er, »und in zwanzig Minuten da.«

Barbaras Stimme klang ganz weich. »Ben hat gekocht und die Klappcouch für dich hergerichtet«, sagte sie. »Es ist alles bereit.«

Rizzi schaute über seine Schulter zurück und überlegte, Cirillo anzubieten, ob sie nicht mitkommen wollte, sie musste ja auch irgendwo übernachten, als er sah, wie der Typ von der Bar, der seine Haare zum Dutt hochgesteckt hatte, von hinten an Cirillo herantrat und ihr seine Hände auf die Schultern legte, wie man es nur tat, wenn man jemanden sehr gut kannte und sehr gernhatte. Cirillo lehnte sich zurück – und lachte.

»Bist du noch dran?«, fragte Barbara.

»Ich bin noch dran.«

»Und bist du noch sauer?«

»Warum sollte ich sauer sein?«

»Dann beeil dich.«

Cirillo wand sich vorsichtig aus seiner Umarmung, rollte zur Seite und lauschte in die Stille. Davide atmete ruhig und tief.

Sie ging zum Fenster, das weit offen stand, und trotzdem kam kaum Luft herein, schob die Zigarettenpackung und den Aschenbecher zur Seite und setzte sich. Es war still, für neapolitanische Verhältnisse totenstill. Nur ganz in der Ferne, irgendwo in den Gassen, war ein Rumpeln zu hören, die Müllleute. Der Himmel schien in Nuancen heller zu werden und der Vesuv sich irgendwo aus der Nachtschwärze zu lösen, der schlafende Vulkan, der sich wie ein Ungeheuer aus den Tiefen des Meeres erhob.

Oscar hatte seine Ankunftszeit mitgeteilt und dazugeschrieben, dass er sich sehr, sehr freue. Seiner Nachricht hatte er sieben Ausrufungszeichen hinzugefügt. Cirillo hatte sie gezählt.

Sie hatte also noch genau einen Tag Zeit, eine Wohnung zu finden. Vierundzwanzig Stunden, um das Unmögliche zu schaffen. Es würde wohl darauf hinauslaufen, dass sie Signora Spirelli bitten musste, ihr ein zusätzliches Zimmer zu vermieten, auch wenn die Miete mitten in der Hochsaison astronomisch war. Ansonsten bliebe nur noch die Luftmatratze, und auch die müsste noch besorgt werden. Sorry.

Sie hatte wieder mal leere Versprechungen gemacht. Hatte Mist erzählt.

Sie öffnete die Zigarettenpackung, sog den Duft von trockenem Tabak ein – und schloss die Schachtel wieder. Ausgerechnet bei Oscar war sie schon wieder dabei, etwas zu vermurksen. Nach so langer Zeit kehrte er zu ihr zurück, wollte ihrer komplizierten Mutter-Sohn-Beziehung vielleicht eine neue Chance geben, freute sich auf die tolle Wohnung mit Balkon und Meerblick und das Zimmer, das sie ihm in Aussicht gestellt und in leuchtenden Farben ausgemalt hatte, und dann sollte er stattdessen mit seiner Mutter wochenlang neben ihrem Bett auf einer Luftmatratze schlafen. Und einmal mehr bestätigte sich, dass sie anscheinend immer dann komplett ihren Kompass verlor, wenn es um ihren eigenen Sohn ging. Dann verlor sie den Kopf, handelte konfus und überstürzt oder versprach das Blaue vom Himmel – was sie irgendwann bereute und was einen Rattenschwanz von Problemen nach sich zog.

Davide rekelte sich, seufzte zufrieden und erinnerte Cirillo an das nächste Problem. Sie konnte sich kaum vorstellen, Oscar und Davide miteinander bekannt zu machen. Sollte sie dann zusehen, wie die beiden gegenseitig abschätzten, wie groß oder klein wohl ihr Altersunterschied war? Andererseits war Davide nun mal in ihrem Leben und ging einfach nicht mehr weg. Sollte sie ihn vor Oscar geheim halten?

Sie klopfte eine Zigarette aus der Packung, steckte sie sich zwischen die Lippen und tat, als würde sie daran ziehen und weiße Kringel zum Fenster hinauspusten. Sie schaute den imaginären Rauchkringeln hinterher, aber seltsamerweise lösten sie sich in ihrer Vorstellung nicht auf, sondern formten sich in der Nachtluft zu Ballons und schwebten über die Dächer davon.

Wenn sie sich nicht täuschte, musste irgendwo da drüben, weiter östlich, die Piazzetta Nilo sein. Dann wäre dort auch das Albergo Nilo, in dem Giacomo Caputo als Nachtportier arbeitete – genau in dem Palazzo, in dem er aufgewachsen war und in dem sich der Sitz der Firma Lupi befunden hatte. Dass er nie etwas habe mit der Firma zu tun haben wollen, nahm sie ihm nicht ab. Es war wohl eher eine Schutzbehauptung. Sie kannte es selbst, das Gefühl, herabgestuft zu werden. Man gewöhnte sich an den Schmerz, weil es gar nicht anders ging, und erstaunlicherweise wurde die Wut mit der Zeit weniger. Man nahm es wohl oder übel hin, dass das Leben oft in ganz anderen Schleifen verlief, als man es erwartet und geplant hatte. Und man lernte, dass die Frage, was im Leben richtig war und was falsch, sich immer wieder neu stellte und dass jeder Tag eine neue Wendung bringen konnte. Darum ging es, mehr als um alles andere: sich in einer veränderten Situation mit den Tatsachen zu arrangieren. Und wenn sie an ihre Begegnung mit Giacomo Caputo zurückdachte, wie er da saß an seinem Stammplatz in der Pizzeria, im gelben Sakko mit Einstecktuch, kam es ihr vor, als hätte der Mann genau das beherzigt und verstanden.

Aber vielleicht war es ja auch ganz anders. Könnte es nicht stattdessen so sein, dass der Besuch von Rosalinda Fervidi und ihr Gespräch über die berühmte Tasche, die Blaue Salamander aus dem Hause Lupi, die Vergangenheit für Giacomo Caputo wieder lebendig gemacht hatten? Und dass sie ihm, ohne es zu wollen, die größte Demütigung seines Lebens wieder vor Augen geführt hatte? Die ganze ungute Mischung aus Kränkungen, verpassten Gelegenheiten und Schicksalsschlägen. Wunden, von denen er geglaubt hatte, sie wären längst verheilt.

Die Morgendämmerung setzte ein, und eine Mücke summte um Cirillos nackten Fuß. Sie wartete, bis das Insekt sich gesetzt hatte und zum Stechen bereit machte. Dann schlug sie mit der flachen Hand zu. Klatsch. Das war's. Mücke tot.

Davide stockte für einen Moment der Atem – bevor er wieder regelmäßig wurde, und Cirillos Gedanken wanderten zurück zu Rosalinda Fervidi, der Blauen Salamander und der Frage, wie es möglich war, die kostbare Haut der *lucertola azzurra* für eine Handtasche zu nutzen.

Sie schaute auf ihre Uhr: Jetzt wäre die Zeit ideal. Sie wollte die Gelegenheit nicht verpassen. Sie schlüpfte in ihre Uniform. Schloss den Gürtel. Nahm ihre Mütze. An der Tür drehte sie sich noch einmal um. Wie Davide dalag, so friedlich, fast lächelnd, als gäbe es keine Gefahren. Dabei konnte der Vulkan jederzeit ausbrechen.

Sie ging noch einmal zurück und drückte ihm sanft einen Kuss auf die Lippen.

Seine Augenlider zuckten. »Willst du gehen?«, murmelte er schläfrig. »Kommst du wieder?«

»Ich hoffe«, flüsterte sie.

Davide atmete tief.

»Doch«, fügte sie hinzu. »Ich komme wieder.« Dann zog sie vorsichtig und nahezu geräuschlos die Tür hinter sich ins Schloss.

Auf den Straßen begegneten ihr Katzen und Hunde, aber keine Menschen. Wo sonst Cafés, Bars und Geschäfte mit ihren Auslagen zu sehen waren, gab es nur heruntergelassene, mit Graffiti beschmierte Rolltore. Dazu herrschte eine Ruhe, wie es sie vielleicht nur zu dieser Stunde gab, in der die letzten Nachtschwärmer ins Bett gekrochen und die Frühaufsteher noch nicht unterwegs waren. Nichts schien sich zu rühren, nur ein Leuchtkasten mit Werbung wechselte alle paar Sekunden seine Anzeige.

Cirillo bog in die Via Mezzocannone, überquerte die Piazzetta Nilo, trat in den Hof mit dem Brunnen und stieg die breite Treppe mit den ausgetretenen Stufen hinauf.

Oben angekommen, schaute sie sich um. Vor ihr am Pfeiler, hing ein Schild: *Reception,* darunter ein schlanker Pfeil, der nach links zeigte.

Der rechte Flügel der hohen Tür stand offen. Cirillo klopfte trotzdem, bevor sie eintrat. Tresen, Schreibtisch, Computer, Kalender – alles war unverändert. Auf dem Tisch lag eine Tageszeitung mit aufgeschlagenem Sportteil. Darauf stand eine Butterbrotdose, die geöffnet und leer war. Die Thermoskanne befand sich neben dem Stuhl auf dem Boden.

»Signor Caputo?«, rief Cirillo.

Vielleicht war er auf die Toilette verschwunden. Oder er machte einen Rundgang durchs Hotel. Irgendwo klappte eine Tür.

Cirillo drehte sich um und schaute den Gang hinunter, den sie von hier aus über seine gesamte Länge einsehen konnte.

»Giacomo?«, fragte sie halblaut.

Die Blätter der Topfpflanzen entlang des Geländers bewegten sich, als wäre gerade eben jemand daran entlanggestrichen. Es war natürlich der Wind, der sich hier im Atrium verfing und hier und da die Türen leise zum Klappern brachte.

Cirillo ging über den Kokosteppich und blieb abrupt stehen. Irgendwo war ein Getrippel zu hören. Als sie um die Ecke bog, sah sie am Ende des Ganges eine kleine Gestalt, vielleicht ein Kind. Es trug etwas Weißes, ein Kleid oder ein Nachthemd, und etwas Rotes auf dem Kopf und war im nächsten Moment verschwunden. Nur ein Lachen war noch zu hören, vergnügt, fröhlich und gar nicht laut.

Cirillo ging zügig an den Türen mit den Messingnummern vorbei, in denen sich nichts regte. Die Gäste schliefen. Vielleicht hatte jemand von den Angestellten, der in dieser Stunde zum Frühdienst erschienen war, sein Kind mitgebracht?

Die Tische im Saal waren mit weißen Tüchern bedeckt. Tassen standen verkehrt herum auf kleinen Tellern, und in jeder Vase befand sich eine Blume. Cirillo blieb unter dem Kronleuchter stehen. Die Gardine vor dem Fenster bewegte sich.

Sie näherte sich dem Fenster ohne Eile, und das Knarren des Parketts erinnerte sie plötzlich an ihre eigene Kindheit und daran, wie spannend und aufregend ihr das Leben damals erschien. Weil in der Fantasie alles möglich war.

Wieder dieses Lachen, kindlich vergnügt, begleitet vom Getrippel kleiner Füße. Beides verhallte, die kleinen Schritte und das Lachen. Die Stille, die sich dahinter ausbreitete, kam Cirillo unheimlich vor.

Sie schaute aus dem Fenster, die Gassen hinunter, die wohl schon damals so ausgesehen hatten, als die Firma Lupi in diesen Räumen residierte. Als hätte sie sich für Sekunden in eine Zeitmaschine begeben, schüttelte sie sich – und bemerkte in den Augenwinkeln etwas, das dort nicht hingehörte.

Es war eine Ente auf Rädern, aus schwarz-gelb lackiertem Holz. Die Schnur, an der sich das Kinderspielzeug hinterherziehen ließ, führte geradewegs zu einem Paravent und einer kleinen Tür, hinter der es auf engen Stufen steil nach unten ging. Die Vorstellung, dass hier ein Kind herumrannte und beim Versteckspielen die Treppe hinunterfallen könnte, erinnerte sie daran, dass Oscar sich beim Sturz von einer Treppe einmal die Nase gebrochen hatte.

»Komm raus!«, rief sie aufs Geratewohl. »Ich habe dich gesehen!«

Sie befand sich jetzt unten in den Wirtschaftsräumen. Es roch nach Wasserdampf und frischer Wäsche. Dass sie hier schon einmal gewesen war, verstand sie erst, als sie um die Ecke bog, die weiß gestrichenen, altertümlichen Küchenschränke sah, den Herd und den Pfeiler, an dem sie gestern Nachmittag die Striche und Namen mit den Größenangaben der Lupi-Kinder entdeckt hatte.

Giacomo Caputo stand an einem Bügelbrett und sagte, ohne aufzuschauen oder das Bügeln zu unterbrechen: »Ich habe Sie schon gesehen.« Er deutete mit dem Kinn zum Monitor im Regal.

»Kann es sein, dass hier ein Kind alleine herumläuft?«, fragte Cirillo.

»Das ist die Kleine aus der Zwölf.« Giacomo Caputo

nickte. »Stammgäste aus Mailand. Junges Ehepaar.« Er hob die weiße Serviette, drehte sie und legte sie wieder hin. »Machen Sie sich keine Sorgen. Das Mädchen kennt sich hier aus.« Er setzte das Bügeleisen wieder an. Nur das Gleiten des Eisens auf dem Stoff und der fauchende Wasserdampf waren zu hören. Giacomo Caputo trug einen weißen Kittel, der bis oben zugeknöpft war, was seinen Kopf mit den zurückgekämmten Haaren und den blauen Augen noch aristokratischer wirken ließ. »Seit unserem Gespräch gestern Abend geht mir so einiges durch den Kopf«, sagte er.

»Was?«, fragte Cirillo, als sie merkte, dass Giacomo Caputo wieder in seine Gedanken versank.

»Wissen Sie, als ich ein kleiner Junge war, aber auch noch in all den Jahren danach, stand oben auf dem Speicher immer ein riesiger Schrank.« Er fuhr fort zu bügeln. »Voll mit Zeug. Alle möglichen Kostüme. Pluderhosen, Römerhelme, venezianische Masken, Fächer, sogar eine Tunika und ein Sombrero. Wir Kinder haben uns ständig verkleidet und uns den Erwachsenen präsentiert. Daran erinnere ich mich gut.« Er faltete die gebügelte Serviette und legte sie auf den kleinen Stapel neben sich. »Doch meine Nichte hat kürzlich behauptet, sie würde den Schrank mit den Kostümen nicht kennen und hätte auch noch nie davon gehört.« Er zog ein zerknittertes Stück Stoff aus dem Korb, legte es aufs Bügelbrett und fuhr mit der flachen Hand darüber. »Und da merkte ich, dass niemand mehr vom Schrank und den Kostümen weiß, die in meiner Kindheit doch so wichtig und eigentlich unverzichtbar waren. Es wundert mich, und es erschreckt mich auch. Dass sogar zu Lebzeiten Dinge verschwinden, als hätte es sie nie gegeben.« Er schien noch etwas sagen zu wollen, schüttelte dann aber bloß seinen Kopf.

Cirillo beschloss, die Stille auszuhalten.

»Wie ist die Frau umgekommen?«, fragte Giacomo Caputo plötzlich.

»Rosalinda Fervidi?« Cirillos Herz schlug schneller. »Sie wurde erwürgt.«

»Womit?«

»Mit einem Gürtel.«

»Mit einem Gürtel«, wiederholte der Mann leise. Ein Ticken war zu hören. Das Bügeleisen heizte auf. »Sie sind doch vom Fach«, sagte Giacomo Caputo. »Wie schätzen Sie die Situation ein? War es ein Mord mit Vorsatz oder Mord im Affekt? Diese Unterscheidung trifft man doch, oder?«

»Warum interessiert Sie das?«, fragte Cirillo.

»Das sind so die Sachen, die mir seit unserem Gespräch durch den Kopf gehen.«

»Der Täter hat seinem Opfer den Gürtel um den Hals gelegt, und dann hat er den Gürtel zugezogen. Ich weiß nicht, ob man da von Affekt sprechen kann.«

»Also hat der Täter vorsätzlich gehandelt?«

»Signor Caputo«, sagte Cirillo, »wollen Sie mir etwas sagen?«

Überrascht hob Giacomo Caputo den Kopf. »Nein«, sagte er.

»Wirklich nicht?«

»Wirklich nicht.«

»Ihr Bügeleisen.«

»Wie bitte?« Er hob das Gerät vom Wäschestück hoch – gerade noch rechtzeitig.

Cirillo trat näher. »Als Rosalinda Fervidi bei Ihnen war und Sie mit ihr gesprochen haben«, begann sie, »ging es um die Blaue Salamander und darum, ob es die Tasche noch gibt oder ob wenigstens eine Zeichnung oder eine Abbildung existiert.«

»Das ist richtig.«

»Ist Rosalinda Fervidi auch einen Schritt weitergegangen und hat mit Ihnen über die Herstellung gesprochen?«

Giacomo Caputo nickte bedächtig. »Aber da konnte ich ihr nicht helfen. Von diesen Dingen habe ich keine Ahnung.«

»Sie erwähnten, dass Ihr Vater oder Ihr Großvater die Wohnräume, Geschäftsräume und Werkstätten hier an der Piazzetta Nilo unter einem Dach vereinigt hatte.« Cirillo betrachtete die eingeritzten Namen auf dem Balken. »Aber wo kam eigentlich das Leder her?«

»Aus der Gerberei. Das Leder wurde ausgewählt und geliefert.«

»Haben Sie Rosalinda Fervidi davon erzählt?«

»Allerdings.« Giacomo Caputo schaute auf. »Die Adresse habe ich ihr sogar noch nachgeliefert, sie war mir entfallen.«

»Es gibt sie also noch, die Gerberei, mit der Lupi damals zusammengearbeitet hat?«

»Das habe ich nicht gesagt.« Der Mann stellte das Bügeleisen zur Seite und begann, den Kissenbezug zu falten. »Ich weiß nicht, ob die Gerberei noch existiert. Der alte Gianfranco, der früher den Laden am Laufen gehalten hat, ist mir noch ab und zu über den Weg gelaufen. Aber jetzt, habe ich gehört, ist er umgekippt.« Er überlegte. »Das ist allerdings auch schon wieder ein paar Jahre her.« Er bückte sich. »Es ist traurig. Wir werden immer weniger. Irgendwann sind alle weg.«

»Wo ist die Gerberei?«

»Unten am Hafen. Im Industriegebiet. Via Brecce di Sant'Erasmo, um genau zu sein. Wenn es sie noch gibt, ist sie leicht zu finden: immer der Nase nach.«

Draußen auf der Treppe holte Cirillo ihr Telefon hervor und rief die zuletzt gewählten Nummern auf. Das Freizeichen ertönte. Rizzi war sofort am Apparat und fragte überrascht: »Du bist schon wach?«

»Ich bin bei Giacomo Caputo«, berichtete Cirillo und schaute auf die Uhr. »Wo bist du? Wie schnell kannst du hier sein?«

»Stell dir vor, ich hatte genau die gleiche Idee.«

Im nächsten Moment kam er in seiner Uniform über die Piazzetta Nilo, sah frisch und ausgeschlafen aus und steckte sein Telefon ein. Er schaute an ihr vorbei, die Treppe hinauf zum Eingang des Hotels. Sie folgte seinem Blick.

Giacomo Caputo kniete dort oben vor einem Kind, das einen weißen Umhang über den Schultern trug. Es handelte sich um ein Tuch, einen Bezug oder eine Serviette, frisch gebügelt. Das Kind lachte, bewegte und drehte sich mit seiner Schleppe, während Giacomo Caputo dabei war, eine Sicherheitsnadel zu befestigen. Er nahm die Sache ernst, und selbst bei dieser Tätigkeit sah er elegant und nobel aus.

27

Der graue Himmel hatte sich in ein frühmorgendliches Blau verfärbt, in dem vereinzelt Möwen kreisten. Vom Containerhafen wehte ein Geruch nach Chemikalien herüber, Ammoniak wahrscheinlich. Die Via Brecce di Sant'Erasmo war von Schlaglöchern überzogen. Die größten hatte man mit Steinen und Geröll gestopft. Zwischen den bröckelnden Fabrikgemäuern und Zäunen, die links und rechts die Straße säumten, wuchs Unkraut. Einkaufswagen parkten entlang eines Trampelpfads, der quer über eine Brache führte, und überall lagen Klamotten herum.

Die Mauer hinter der Kurve schien vor nicht allzu langer Zeit verputzt und weiß gestrichen worden zu sein. Die Einfahrt bestand aus zwei Pfeilern, einem Schlagbaum und einem Container, den man daneben als Pförtnerhäuschen aufgestellt hatte. Hinter einem Fenster und einer halb heruntergelassenen Jalousie brannte eine Lampe, wahrscheinlich schon die ganze Nacht, aber zu sehen war niemand. Rizzi und Cirillo passierten, ohne aufgehalten zu werden, aber auch, ohne fragen zu können, ob dies der richtige Weg zur Gerberei war.

Die Straße jenseits des Schlagbaums war auf ihrem ersten Stück von Blumenkübeln gesäumt. Vor einem zweistöckigen Verwaltungsgebäude parkten Autos, und an der Rampe standen riesige Tonnen, die mit Ketten und großen Schlössern gesichert waren. Es roch nach Aas und Verwesung.

Die Halle neben dem Bürogebäude war aus Backstein, die Mauer im unteren Teil vermoost und darüber von weißen Flecken übersät. Im oberen Teil war Riffelglas verbaut worden, das für den Einfall von Tageslicht sorgte, auch wenn die Fenster teilweise beschädigt und durch Wellblech oder Glasbausteine ersetzt worden waren. Auf einem Mauervorsprung und in den Regenrinnen sprossen Bäume, während die Metallrohre, wahrscheinlich für Abluft, nagelneu aussahen. Aus dem Inneren der Halle drangen dumpfe Geräusche, begleitet von einem mechanischen Klopfen. Rosalinda Fervidi musste denselben Weg gegangen sein.

Rizzi öffnete die Tür. Ein Gabelstapler hupte und raste an ihnen vorbei. Auf einer Palette lagen riesige Lappen, die in ihrer dunkelgrauen Farbe aussahen, als wären sie aus Grafit, und deren Anordnung an Artischockenblätter erinnerte. Der Gestank hier drinnen war so bestialisch, dass es ihm fast den Atem nahm und Cirillo mit angewinkeltem Arm den Stoff ihrer Uniformbluse vors Gesicht presste. Was hatte Rosalinda Fervidi hier gewollt?

In einer gigantischen Konstruktion aus Stangen und Rohren, an denen Leitern befestigt waren, drehten sich Tonnen wie Gondeln auf dem Jahrmarkt. Mit ihrer Bauweise, den zusammengeschweißten Nähten, Luken und Klappen, schienen sie aus einer anderen Zeit zu stammen, und das Volumen, das sie fassten, war so groß, dass vermutlich das gesamte Inventar aus Rizzis Wohnung, plus Keller, hineingepasst hätte. Die dumpfen Schläge, die aus dem Inneren der Tonnen widerhallten, ließen auf einen wuchtigen

Inhalt schließen. Von Zeit zu Zeit ertönte ein helles Surren, begleitet vom Zischen einer Hydraulik.

Um die Ecke ging es etwas weniger laut zu. Die Männer trugen hier lange Schürzen und standen um einen großen Tisch herum, der mit einem grauen, vor Nässe triefenden Lappen überzogen war. Mit Messern säbelten und schnitten sie im Akkord knorpelige Erhebungen und gelbliche Verfettungen von den Rändern, bevor der Lappen weiterwanderte – und Rizzi verstand, dass es sich um eine Tierhaut auf einem Fließband handelte und beim Abfall, der in den umherstehenden Mulden landete, um Fett-, Fleisch- und Knochenrückstände. Er kämpfte mit einem Gefühl von Übelkeit, während die graue, nasse und zentimeterdicke Haut im Schlitz einer Maschine verschwand.

»Polizei? Was wollt ihr? Kann ich helfen?« Der Typ in Schürze und Gummistiefeln, mit schwarzen Stoppeln im Gesicht, war hinter ihnen dabei, Zangen an den Häuten zu befestigen, massive Greifer, die an Kabeln von der Decke baumelten.

»Wir suchen den Chef«, schrie Rizzi, während von irgendwoher ein dumpfes Donnern ertönte.

»Den Chef?« Der Mann betätigte einen Knopf, ein helles Surren ertönte, und die Haut wurde vom Tisch gehoben, entfaltete sich zu ihrer ganzen Größe und schwebte wie ein nasser grauer Vorhang durch die Luft.

»Corra'!«, rief der Bärtige. »Zwei Agenti fragen nach dem Chef!« Die Haut landete auf einer Walze und wurde von Männern wie ein Tischtuch darübergebreitet. Dass die Polizei hier war und den Chef sprechen wollte, schien niemanden zu erschrecken oder besonders zu interessieren.

Es zischte, und Wasserdampf stieg auf. Der Bärtige im Nebel zeigte mit dem ausgestreckten Finger an Cirillo vorbei. Rizzi drehte sich um.

Ein Mann mit einem runden Gesicht und einer Schirmmütze auf dem Kopf kam die Gasse hinunter, blieb bei den Männern stehen, die schwere Säcke von einer Palette wuchteten, bevor er seinen Weg fortsetzte und schon von Weitem rief: »Der Chef ist nicht da. Worum geht's denn?«

»Sind Sie sein Stellvertreter?«, fragte Cirillo.

»Stellvertreter gibt's hier nicht.« Er taxierte Cirillo von oben bis unten, während ein dumpfes Donnern die Industrielampen erzittern ließ.

»Wann kommt er?«, fragte Rizzi.

»Nicht vor neun.« Der Mann fixierte Rizzi gutmütig. »Noch nicht gefrühstückt?«, fragte er. »Sie sehen blass aus.«

»Wir ermitteln in einem Mordfall.« Rizzi präsentierte seinen Dienstausweis, und auch Cirillo zeigte ihr Plastikkärtchen. Der Mann streifte die Dokumente mit einem Blick und zog ein wenig die Schultern hoch.

»Sagt Ihnen der Name Rosalinda Fervidi etwas?« Cirillo holte ihr Smartphone hervor und präsentierte dem Mann das Foto. »Haben Sie diese Frau schon einmal gesehen?«

Der Mann betrachtete die Aufnahme, die von der Website der Boutique stammte. Der Bauch unter seiner Schürze hob und senkte sich, und die grauen Haare, die unter seiner Mütze hervorquollen, sahen aus wie elektrisierte Zuckerwatte. Rizzi konnte es nicht beschwören, aber er hatte den Eindruck, als ob dem Mann Tränen in die Augen schossen.

»Sie ist tot, nicht wahr?« Der Mann wandte sich ab und

schob mit dem Fuß einen Schlauch beiseite. »Ich habe davon gelesen.«

»Kannten Sie sie?«, fragte Cirillo.

»Was sollte ich tun? Sie kam hier einfach reingestapft.«

»Wie ist Ihr Name?« Cirillo holte ihr Notizbuch hervor.

»Mein Name?« Er zwinkerte irritiert. »Corrado Izzo.«

»Wo können wir uns in Ruhe unterhalten?«

»Ich kann Ihnen nichts zu dieser Frau sagen«, erwiderte der Mann barsch. »Wirklich nicht. Und außerdem habe ich zu tun. Ich muss meine Arbeit machen.«

»Wir können Sie auch mit auf die Wache nehmen«, erklärte Cirillo.

Nicht weit von ihnen lärmten die riesigen Tonnen mit ihrem obskuren Inhalt.

Rizzi nahm den Mann am Arm und führte ihn auf die Seite. »Rosalinda Fervidi ist tot«, sagte er, »und wir müssen wissen, was passiert ist. Warum ist sie hierhergekommen, und was wollte sie hier? Jedes Detail, jede Information ist wichtig.«

»Ich arbeite hier seit mehr als fünfundvierzig Jahren.« Corrado Izzo sprach nun laut und vernehmlich. »Aber so etwas wie mit dieser Frau habe ich noch nicht erlebt. Was dachte die eigentlich?« Er zeigte auf die Arbeiter in der Halle. »Dass wir alle keine Ahnung haben? Dass uns die Tiere und die Umwelt egal sind? Dabei habe ich viel Zeit geopfert, ihr alles erklärt und jedes Detail auseinandergesetzt.«

»Worum ging es?«

»Um eine mögliche Zusammenarbeit.« Er zuckte entschuldigend die Schultern. »Ich gebe zu, ich war von ihr beeindruckt. Sie hatte so ein Feuer, eine Überzeugungsgabe. Aber es geht nun mal nicht ohne Chemie. Man braucht Schwefelnatrium und Kalk, um Haare, Eiweiße und Fette runterzukriegen. Und dann bekommt man diese wunderschönen Blößen.« Er zeigte stolz auf die grauen, glänzenden Lappen.

Rizzi und Cirillo folgten ihm durch die Halle, und Corrado Izzo erklärte, dass sich die gesäuberte tierische Haut glitschig anfühle wie Seife, und das sei eben die reine Natur. »Wer glaubt, dass hier irgendetwas verschwendet oder nicht wiederverwendet wird, irrt«, dozierte er. »Ich habe es ihr tausendmal erklärt. Auch die Unterhaut mit den Schwanzwurzeln, Kniescheiben, Knorpeln und allem, was dazugehört und fürs Leder nicht gebraucht wird, wird weiterverwendet. Sehen Sie?« Er zeigte in die Tonne mit den glibberigen Rückständen. »Das ist der Rohstoff für Leim und Gelatine und dient auch in Biogasanlagen der – wie es so schön heißt – CO_2-neutralen Energiegewinnung.« Er blieb abrupt stehen. »Wir produzieren eines der langlebigsten Produkte überhaupt«, erklärte er. »Da kann niemand mit uns mithalten. Aber auf dem Weg dahin muss gebeizt werden. Und dann muss der Kalk wieder raus – was wir mit Kohlensäure machen. Den Abbau der Eiweißstoffe übernehmen Enzyme. Der Effekt ist, dass die Fasern beweglicher werden und das Leder weicher wird. Ist doch wunderbar! Frauen lieben weiches Leder!«

»Signor Izzo«, unterbrach Rizzi. »Wo hat es zwischen Ihnen und Rosalinda Fervidi gehakt? Wieso kam es zu keiner Zusammenarbeit?«

»Der Chef ist dazwischengegangen. Er hat sie sich regelrecht gekrallt!«, rief Corrado Izzo, und seine Stimme überschlug sich vor Empörung. »Er will uns abwickeln, das ist sein Plan. Kam hierher als Praktikant, das müssen Sie sich mal vorstellen, aus Tirol. Er hat kein Interesse an der Gerberei. Aber das Projekt, der Auftrag von Signora Fervidi, wäre eine Chance gewesen. Ich wäre bereit gewesen, mit neuen umweltschonenden Methoden zu experimentieren. Absolut.« Corrado Izzo hatte Schweißperlen auf der Stirn.

»Wo waren Sie in der Nacht von Dienstag auf Mittwoch?«, fragte Cirillo.

»Wo ich war?«, wiederholte Corrado Izzo überrascht, nahm seine Mütze ab, und eine Glatze kam zum Vorschein, die von Altersflecken übersät und von der elektrisierten Zuckerwatte umkränzt war. Er strich sich mit der Hand über die Platte und murmelte: »Ich war bei meiner Schwester in Pozzuoli.«

Er schaute an Rizzi und Cirillo vorbei, durch die offene Tür nach draußen, wo sich in gemächlichem Tempo ein Auto näherte. Die Motorhaube hob und senkte sich auf der Buckelpiste. Der Wagen steuerte nicht dorthin, wo die übrigen Autos parkten, sondern fuhr an der Reihe vorbei und hielt in wenigen Metern Abstand zur Halle.

28

Die Fahrerseite war auf ganzer Front zerschrammt. Eine Radkappe fehlte, und die Farbe des Kotflügels passte nicht zur restlichen Karosserie. Ein Mann mit verstrubbelter Frisur und runder Metallbrille stieg aus. Hemd und Hose schlackerten am dünnen Körper, als er mit langen Schritten, in grasgrünen Turnschuhen, herüberkam.

Rizzi wollte ihm entgegengehen, als sich sein Telefon in der Hosentasche bemerkbar machte. Er schaute aufs Display – es war die Nummer von Teresa Villa aus dem Polizeiposten. Er nahm das Gespräch an und sagte in gedämpftem Ton: »Ich rufe zurück.«

Doch Teresa ließ sich nicht abwimmeln. »Wo seid ihr?«, rief sie am anderen Ende. »Immer noch in Neapel? Erri, das geht nicht! Was soll ich dem Ispettore sagen?«

Rizzi tat, als hätte er die Fragen nicht gehört, legte auf und ließ den Apparat in seiner Hosentasche verschwinden.

»Buongiorno, Agenti«, sagte der Mann mit unerwartet tiefer Stimme und gab Rizzi und Cirillo die Hand, ohne Corrado Izzo zu beachten. »Marco Picelli ist mein Name. Man hat mich angerufen. Was ist passiert? Wie kann ich helfen?«

»Wir haben ein paar Fragen zu Rosalinda Fervidi«, sagte Rizzi und zeigte seinen Ausweis.

Marco Picelli schob die Brille auf seiner Nase zurecht, ohne den Ausweis genauer anzusehen. »Es ist so grausam. Wissen Sie schon, was passiert ist?«

»Dann wären wir nicht hier«, erwiderte Cirillo. »Aber vielleicht können Sie uns helfen, es herauszufinden.«

Marco Picelli fuhr sich mit der Hand durch die Haare und betrachtete Cirillo interessiert. »Folgen Sie mir bitte«, sagte er.

Die gelbe Tür mit einem Fenster aus Sicherheitsglas führte in einen Zwischenraum, eine Art Schleuse, in der Arbeitsschuhe, Kittel, Eimer und Getränkekisten standen. Hinter einer zweiten Tür war die Nachbarhalle.

Vielleicht lag es am Kontrast zur Gerberei, dem Gestank dort, der Dunkelheit und Feuchtigkeit, dass Rizzi das Gefühl hatte, in ein Paradies einzutreten. In dieser Halle roch es frisch, fast ein wenig fruchtig. Die Luft war trocken, und es war ganz still. Die Eisenstützen und Verstrebungen unter der Decke waren in Grün gehalten, ebenso das Geländer der Feuertreppe und die Sicherheitsbleche, mit denen die rundum verlaufende Galerie verkleidet war. Durch große Fenster strömte Tageslicht in den Maschinenraum. Kein Mitarbeiter war zu sehen. Die Arbeit ruhte.

»Wie gut kannten Sie Signora Fervidi?«, fragte Rizzi, während sie nebeneinander durch die Halle gingen.

Marco Picelli schob die Hände in die Hosentasche und erklärte: »Sie war ein paar Mal geschäftlich hier. Privat kannte ich sie überhaupt nicht.«

»Signor Izzo sagte, Sie hätten sich Signora Fervidi ›regelrecht gekrallt‹. Das waren seine Worte.«

»Das hat er gesagt?« Marco Picelli grinste. »Sie saß vor

der Gerberei, als ich ankam, und war ganz erschüttert, was sie drüben gesehen hatte. Wir kamen ins Gespräch.« Marco Picelli überlegte und fuhr fort: »Sie hat mir von einer Tasche erzählt, die es früher einmal gab, die Blaue Salamander, ein Designklassiker, von dem nur ganz wenige Exemplare produziert wurden. Die kennt keiner mehr, aber mir war sie ein Begriff. Meine Vorgänger haben damals viel mit der Firma Lupi zusammengearbeitet, die unter anderem auch die Blaue Salamander verantwortet hat. Rosalinda wollte die Tasche wieder auf den Markt bringen, wenn möglich aus einem Lederimitat, einem Kunststoff, der außerdem noch ökologisch sein sollte.«

»Konnten Sie Signora Fervidi helfen?«, fragte Cirillo.

»Aber ja!« Das Gesicht von Marco Picelli hellte sich auf. »Bei mir war sie genau an der richtigen Adresse, weil ich veganes Leder herstelle. Aus tiefster Überzeugung.« Er blieb zwischen einem gusseisernen Kessel und einem Regal stehen, in dem Säcke, Kartons und Plastikbehälter standen, fuhr mit der Hand ins braune Pulver und roch daran, bevor er es Rizzi und Cirillo unter die Nase hielt. »Rosalinda wollte mit eigenen Augen sehen, was wir hier tun, und alles verstehen. Sie dachte, ich wolle sie verschaukeln.«

»Apfel«, stellte Cirillo fest, nachdem sie an dem Pulver gerochen hatte. »Eindeutig.«

Marco Picelli bestätigte, dass das Pulver von getrockneter Apfelhaut stamme, von Stängeln und Fasern. »Man nennt es Trester. Das ist das, was übrig bleibt, wenn Äpfel zu Saft oder Mus gepresst werden. Es wird getrocknet, gemahlen und mit Mineralien gemischt.« Er ließ das Pulver in den Behälter zurückrieseln, klopfte mit der flachen Hand auf den

Kessel und erklärte: »Hier drin sind 400 Liter einer Mixtur aus Bindemitteln und Apfelpulver. Das Zeug ist klebrig wie Honig und die Grundlage für unser Apfelleder.«

»Apfelleder?«, fragte Rizzi ungläubig.

Picelli grinste. »Genau so hat Rosalinda auch reagiert.« Er zeigte auf eine Maschine mit großen Walzen, die, mit weißem Stoff überzogen, wie riesige Rollen Küchenpapier aussahen. Der Stoff verlief straff von Walze zu Walze und verschwand im Schlitz einer Maschine, die mit ihren Knöpfen und Ampère-Anzeigen an einen Industriebackofen erinnerte.

»Fassen Sie das Leinen ruhig an«, sagte Picelli. »Rosalinda hat gestaunt, wie fest es ist.« Er stemmte die Hände in die Hüften und betrachtete stolz die Stoffbahnen. Die flüssige Mixtur, erklärte er, werde gleichmäßig auf den Stoffuntergrund aufgetragen, dadurch entstehe eine absolut reißfeste Verbindung. Um eine Verhärtung des Materials zu verhindern und gleichzeitig eine Elastizität herzustellen, die gerade für eine Tasche unerlässlich sei, würden danach die Lösungsmittel wieder herausgewaschen und das Material anschließend bei 130 Grad ausgebacken, um es widerstandsfähig und wetterfest zu machen. Je nachdem, wofür das Leder gebraucht werde, ob für Möbel, Schuhe, Buchdeckel oder eben für Taschen, sei das Leinen mal dicker oder dünner, erklärte er. »Für Handtaschen brauchen wir eine mittlere Stärke, so wie diese.«

Plötzlich trübte sich sein Blick. »Ich kann nicht fassen, dass Rosalinda tot ist«, sagte er leise. »Dass sie ermordet wurde. Es ist entsetzlich. Ich hoffe, ich kann irgendetwas dazu beitragen, dass der Täter oder die Täterin gefasst wird.«

»Hat sie denn etwas über ihre Pläne verraten?«, fragte Cirillo. »Denken Sie bitte nach. Jedes Detail ist wichtig.«

Marco Picelli strich mit der Hand über das Leinen. »Sie sagte, sie wollte kein exklusives Produkt für Superreiche auf den Markt bringen, sondern eine Tasche mit einer glamourösen Geschichte, die für normale Menschen bezahlbar ist. Das war für sie ausschlaggebend.«

Cirillo machte sich eine Notiz und fragte, ob das preislich überhaupt machbar war.

»Mit Apfelleder ja.« Marco Picelli strahlte. »Es ist nicht nur umweltschonender, sondern auch billiger als die Verarbeitung von Tierhäuten. Rosalinda hat mehrmals gesagt, wie wichtig es ihr sei, dass keine Tiere getötet werden müssten.«

»Aber Tiere werden doch schon durch die Fleischindustrie massenhaft getötet«, sagte Cirillo. »Sind dann nicht sowieso genug Tierhäute vorhanden?«

Picelli schaute Cirillo einen Moment entgeistert an und schüttelte den Kopf. »Entschuldigen Sie bitte, wenn ich das so offen sage, aber das ist leider zu kurz gedacht. Wir müssen weg vom Fleischverzehr und allem, was mit der Verarbeitung von Kühen und Rindern zu tun hat. Wissen Sie, wie viel Land nur dafür genutzt wird, um Futter für Tiere herzustellen statt Essen für die Armen? Wie viel Wald nur wegen der Weiden abgeholzt wird? Und wie viel klimaschädliches Methangas von Kühen produziert wird? Das ist alles aus den Fugen geraten. Rosalinda konnte sich bei dem Thema richtig in Rage reden.« Er stutzte. »Glauben Sie, der Mord an ihr könnte damit zu tun haben?«

»Wir können nichts ausschließen.«

»Ich mache das hier jedenfalls nur noch so lange, wie es sein muss«, erklärte Marco Picelli mit einer ausholenden Handbewegung. »Die Gerberei, meine ich. Bis alle Aufträge abgewickelt sind. Dann richte ich drüben eine Produktionsstätte für Korkleder ein. Die Pläne habe ich schon in der Schublade. Wir wollen bei der ökologischen und tierfreundlichen Lederproduktion Vorbild sein. Rosalinda hat das alles sehr gut gefallen, und als sie von mir gehört hat, dass glattes Apfelleder auf jede erdenkliche Art geprägt werden kann, hat sie sich für uns als Geschäftspartner entschieden.«

»Über die Prägung haben Sie auch schon gesprochen?«, fragte Rizzi.

Picelli nickte. »Rosalinda wollte eine Prägung, die wie Eidechsenhaut aussieht. Das ist kein Problem. Aber das Leder sollte blau schimmern, ja regelrecht glitzern, und das ist dann schon eine andere Nummer. Aber was soll ich Ihnen sagen? Wir haben alles ausprobiert und haben tolle Resultate erzielt. Wollen Sie es sehen?«

Sie gingen zu einem langen Tisch am Fenster, auf dem ein Stapel mit blauen Materialien lag. Marco Picelli zog ein Stück daraus hervor, hielt es ins Licht und betrachtete es versonnen.

»Schauen Sie«, sagte er und hörte sich plötzlich ganz heiser an. »Was sagen Sie dazu?«

Der Stoff hatte eine Oberfläche, die Rizzi an etwas Verknittertes oder sehr Altes erinnerte. Marco Picelli wendete ihn hin und her, bis die Strahlen der Morgensonne auf die Oberfläche trafen und von ihr reflektiert wurden.

Das Meer vor Capri, dachte Rizzi. Es war magisch. Je

nach Lichteinfall schimmerte das Lederimitat in allen möglichen Blau- und Türkisschattierungen.

»Die Blaue Salamander«, sagte Cirillo leise.

»Veganes Leder«, erklärte Marco Picelli. »Nachhaltig und zu einhundert Prozent abbaubar.« Er nahm seine Brille ab. »Die Probe in dieser Qualität ist leider erst gestern Abend zustande gekommen.« Er ließ Schultern und Kopf hängen. »Verstehen Sie? Rosalinda hat sie nicht mehr gesehen. Sie wird die neue Blaue Salamander nicht mehr sehen.«

Irgendwo klappte eine Tür, und Marco Picelli setzte seine Brille wieder auf. »Glauben Sie, der Mord an Rosalinda könnte etwas mit diesem Projekt zu tun haben?«, fragte er noch einmal.

Cirillo ging nicht darauf ein. »Hat sie irgendwann mal eine Bemerkung fallen lassen«, fragte sie, »die rückblickend vielleicht eine Bedeutung haben könnte?«

»Was glauben Sie, was ich mir schon den Kopf zermartert habe.« Marco Picelli verzog verzweifelt das Gesicht. »Ich habe Rosalinda einmal gefragt, wie es eigentlich mit den Rechten aussieht. Ob sie sich abgesichert hat, damit das Projekt nicht plötzlich von irgendeiner Seite gestoppt wird.«

»Und?«, fragte Rizzi. »Konnte Rosalinda Ihre Bedenken zerstreuen?«

»Sie meinte, sie hätte alles im Griff. Aber vermutlich war das Gegenteil der Fall.«

»Wie kommen Sie darauf?«, fragte Cirillo.

Marco Picelli schaute durch die Halle: »Sie hätten sie mal sehen sollen, wenn sie hier ankam. Immer gestresst, immer mit tausend Sachen im Kopf. Aber hier kam sie runter. Wir haben gut zusammengearbeitet.« Er lächelte versonnen. »Die Blaue Salamander war ihr Projekt, ihr Baby. Das gab ihr Kraft. Wenn sie wieder von hier wegging, war sie eine völlig andere Person.« Er hob die Hände. »Ich weiß nicht, was los war, ob sie private Probleme hatte oder berufliche. Sie hatte wahrscheinlich einfach wahnsinnig viel auf dem Zettel.«

»Was passiert jetzt mit dem Projekt?«, fragte Rizzi.

»Die Sache geht weiter.« Picelli schob seine Hände in die Hosentaschen. »Rosalindas Werkstatt hat sich gemeldet.«

»Ihre Werkstatt?«, fragte Rizzi.

»Auf Capri.«

»Wer genau hat sich gemeldet?«

»Das kann ich Ihnen leider nicht sagen. Eine Frau. Wir haben nur kurz gesprochen. Sie wollte sich wieder melden, sobald etwas mehr Ruhe eingekehrt ist.«

»Könnte es sich um Alessandra Nobile gehandelt haben? Sagt Ihnen der Name etwas?«

»Ja.« Marco Picelli nickte. »Kommt mir bekannt vor. Vielleicht hat die Person diesen Namen genannt. Aber ich war im Auto unterwegs, es war laut.«

Rizzi schaute Cirillo fragend an.

»Haben Sie eine Rückrufnummer?«, fragte Cirillo. »Oder irgendeine gespeicherte Nachricht?«

»Die Nummer war unterdrückt.« Marco Picelli schaute unruhig suchend umher. »Ich habe mich noch gewundert. Aber den Namen Alessandra Nobile habe ich definitiv schon einmal gehört.«

»Agenti!«, ertönte plötzlich eine Stimme, scharf und schneidend.

Durch die Halle kam ein Mann, der auf den ersten Blick eine elegante Erscheinung war, was wohl vor allem daran lag, dass er das Sakko an einem Finger lässig über der Schulter trug, als laufe er gerade über die Strandpromenade. Auf den zweiten Blick sah man jedoch, dass Giacomo Caputo sein geblümtes Hemd weit aufgeknöpft hatte und sich unter den Achseln Schweißflecken abzeichneten, während ihm das graue gewellte Haar an der Stirn klebte. Die staubigen Schuhe ließen vermuten, dass er die ganze Strecke vom Centro Storico bis hierher ins Industriegebiet zu Fuß gegangen war.

»Ich möchte sie sehen«, rief er, »die Blaue Salamander.«

»Wer sind Sie?«, fragte Marco Picelli.

»Mein Name ist Giacomo Caputo«, erklärte er laut. »Ich bin ein Nachkomme der Familie Lupi. Mein Vater und mein Onkel haben die Tasche entworfen und hergestellt. Ich habe die echte noch gesehen und in den Händen gehalten, da wart ihr alle hier noch gar nicht auf der Welt.« Er schaute sich hektisch um und schien dabei in einem Moment fast das Gleichgewicht zu verlieren. »Wo ist sie?«, rief er.

»Sie sind ein Nachkomme der Lupi-Familie?«, fragte Marco Picelli ungläubig. »Das wusste ich nicht. Verzeihung, das ist ja unglaublich.«

»Setzen Sie sich, Signor Caputo.« Rizzi stellte einen Stuhl bereit und wollte den alten Mann am Arm fassen und ihm beim Hinsetzen behilflich sein. Doch Giacomo Caputo hob abwehrend die Hand.

»Ich will mich hier nicht lange aufhalten«, sagte er, ließ sich auf dem Stuhl nieder und nahm das Glas Wasser, das Marco Picelli eilig gefüllt hatte und ihm reichte.

»Hat Rosalinda Ihnen von unserem Projekt erzählt?«, fragte Picelli. »Was sagen Sie dazu? Ist die Idee nicht genial? Die Blaue Salamander wieder zum Leben zu erwecken?«

Giacomo Caputo schloss beim Trinken die Augen. Seine Hand zitterte, doch ein wenig kehrte die Farbe in sein Gesicht zurück. Gleichzeitig schoss ihm der Schweiß aus den Poren und lief in kleinen Sturzbächen an den Schläfen hinunter. Auch an Stirn und Hals glitzerten Tropfen.

Nachdem er sich mit dem Einstecktuch abgetupft und Marco Picelli ihm das Glas abgenommen hatte, saß er ein paar Sekunden lang regungslos da, bis er würdevoll ein Bein über das andere schlug und mit einer ungeduldig wedelnden Handbewegung sagte: »Wo ist sie? Na los, junger Mann. Her damit. Ich will sie sehen.«

Marco Picelli ging zum Tisch, nahm das Muster aus veganem Leder in die Hand, betrachtete es, zögerte kurz – und überreichte es dem alten Mann. Wie ein Schüler stand er da und erwartete das Urteil.

Giacomo Caputo betrachtete die Blau- und Türkisschattierungen, drehte und wendete das Material, hielt es ins Licht und schaute immer wieder aus wechselnden Perspektiven darauf. Es sah wirklich aus wie das Meer, dachte Rizzi, ein kleines Stück Meer, hergestellt aus einer Mixtur von Apfelresten und Bindemitteln. Es war unglaublich.

Plötzlich, als hätte ihn die Kraft verlassen, ließ Giacomo Caputo die Arme sinken, und das Muster fiel zu Boden. »Was für ein Kitsch«, ächzte er und zog verächtlich die Mundwinkel herunter. »Es tut mir leid, aber dieses Machwerk hat nichts mit der wahren Blauen Salamander zu tun.

Es ist ein billiger Abklatsch. Öde und flach. Es ist nichts. Absolut nichts.«

Marco Picelli bückte sich, hob das Probestück vom Boden auf und betrachtete es, als sähe er es zum ersten Mal. »Ich kann Ihnen nicht folgen, Signore«, erklärte er erschüttert. »Wirklich nicht. Es ist doch – wunderschön.« Hilfesuchend schaute er zu Rizzi und Cirillo.

»Eins verstehe ich nicht, Signor Caputo.« Cirillo füllte sein Glas noch einmal mit Wasser auf. »Sie kommen hierher, wollen die Blaue Salamander sehen oder das Material, aus dem sie einmal gemacht werden sollte.« Sie reichte ihm das Glas. »Aber woher wussten Sie überhaupt von dem Projekt mit dem veganen Leder? Und warum haben Sie es uns gegenüber nicht erwähnt, spätestens heute Morgen, als ich bei Ihnen war?«

Giacomo Caputo nahm das Glas Wasser. Er sah müde aus. »Rosalinda Fervidi wollte mich über den Tisch ziehen, das ist mir jetzt völlig klar«, erklärte er mit brüchiger Stimme. »Sie wollte den Namen der Blauen Salamander benutzen und damit billigen Kitsch verkaufen.«

»Darum geht es jetzt nicht«, fuhr Cirillo unbeirrt fort. »Sie haben vor ein paar Stunden noch behauptet, nicht zu wissen, ob es die Gerberei überhaupt noch gibt. Und von dem Projekt mit dem veganen Leder haben Sie uns nichts gesagt. Kein Sterbenswort. Warum?«

»Ich halte nichts davon. Ganz einfach.« Giacomo Caputo erhob sich. »Nichts für ungut«, sagte er zu Marco Picelli, »aber Sie sollten das Projekt vergessen. Sie ersparen sich eine Menge Ärger. Ihre Projektpartnerin ist tot, die Blaue Salamander bringt Ihnen kein Glück.«

»Wollen Sie mir Angst machen?«, fragte Marco Picelli ungläubig.

»Setzen Sie sich bitte wieder hin, Signor Caputo«, sagte Cirillo und blätterte durch die Seiten ihres Notizbuchs. »Wer hat Ihnen von dem Projekt erzählt?«

»Ich verstehe nicht, was Sie wollen und wovon Sie sprechen.« Giacomo Caputo sank langsam wieder auf seinen Stuhl zurück.

»Hat Alessandra Nobile sich mit Ihnen in Verbindung gesetzt? Hat sie gesagt, sie wolle das Projekt fortführen?«

»Alessandra Nobile?« Giacomo Caputo zwinkerte irritiert. »Wer soll das sein?«

»Die Witwe der Verstorbenen.«

»Ich kenne keine Witwe, und der Name sagt mir nichts.« Giacomo Caputo wollte wieder aufstehen.

»Bleiben Sie bitte sitzen«, sagte Rizzi.

»Ich denke nicht daran. Ich möchte jetzt gehen.«

»Setzen Sie sich, bitte.«

Giacomo Caputo schielte unsicher zu Rizzi hinüber – und gehorchte.

»Wie haben Sie es eben Signor Picelli erklärt?« Rizzi schaute nachdenklich auf das vegane Leder und die schillernden Blautöne. »Sie sind ein Nachkomme der Familie Lupi. Ihr Vater und Ihr Onkel haben die Tasche entworfen und hergestellt.«

»So ist es.« Giacomo Caputo warf sich in die Brust. »Und ich finde, das gibt mir auch das Recht zu sagen, was ich von diesem Machwerk halte, bevor es am Ende noch in Produktion geht.«

»Natürlich haben Sie das Recht«, pflichtete Rizzi ihm

bei. »Sie haben jedes Recht der Welt, Ihre Meinung zu sagen, und vielleicht haben Sie als Nachkomme der Familie Lupi sogar das Recht, die Herstellung und Neuauflage der Blauen Salamander zu untersagen. Das müsste ein Jurist prüfen. Ich will auf etwas anderes hinaus.« Rizzi überlegte, wie er den Faden wieder aufnehmen konnte. »Sie sind Ihrer Familie noch immer sehr verbunden. Und heute ist Freitag«, sagte er. »Freitags, haben Sie uns gestern Abend berichtet, kommt Ihre Nichte zu Ihnen nach Hause zum Putzen. Ihre Großnichte. Und wenn dann noch Zeit ist, spielen Sie zusammen eine Partie Backgammon.«

»Dame«, korrigierte Giacomo Caputo.

»Wie bitte?«

»Wir spielen Dame.«

»Richtig.« Rizzi nickte. »Sie pflegen ein gutes Verhältnis zueinander. Wie Sie ist auch Ihre Großnichte eine Lupi-Erbin. Das Dumme ist nur, dass es nichts zu erben gibt. Außer, theoretisch, die Blaue Salamander, die zwar ein Designklassiker ist, für die sich aber niemand mehr interessiert hat. Bis Rosalinda Fervidi auf die Idee kam, sie wieder auszugraben.« Rizzi trat näher. »Ist es so?«

Giacomo Caputo presste die Lippen zusammen.

»Wie heißt Ihre Großnichte?«, fragte Cirillo und klappte ihr Notizbuch zu.

»Lassen Sie das Mädchen aus dem Spiel.«

»Wo lebt sie?«, fragte Cirillo. »Was tut sie, wo arbeitet sie?«

Giacomo Caputo schüttelte unwillig den Kopf.

»Wussten Sie, dass es auf Capri eine Boutique gibt, die in Anlehnung an die blaue Eidechse Lucertola Azzurra heißt?

Man verkauft dort Lederwaren, Gürtel, Taschen, solche Dinge.«

»Die Damen können machen, was sie wollen.«

»Sie kennen die Damen?« Cirillo zückte interessiert ihren Kugelschreiber. »Seit wann? Sind Sie mal rübergefahren und haben sich den Laden angeschaut?«

»Das ist lächerlich. Capri interessiert mich nicht und der Laden schon gar nicht.«

»Aber Ihre Nichte hat sich vielleicht dafür interessiert.« Cirillo trat näher. »Pendelt sie Abend für Abend, oder hat sie eine Unterkunft auf der Insel? In Anacapri, wo die Werkstatt ist, oder in Capri-Stadt, wo sich die Boutique befindet?«

»Lassen Sie meine Nichte aus dem Spiel«, brauste Giacomo Caputo auf. »Ich habe ihr gesagt, sie hat dort nichts verloren, und daran hält sie sich. Mehr sage ich dazu nicht. Ende der Diskussion.«

»Dann verraten Sie uns ihren Namen.«

»Ihr Name tut nichts zur Sache.«

»Wo ist sie jetzt?« Rizzi schaute auf die Uhr. »Bei Ihnen zu Hause? Ist sie schon am Putzen – wie jeden Freitag?«

»Sie hat keine Ahnung, dass ich hier bin«, erklärte Giacomo Caputo leise. »Und dabei bleibt es. Sie wird aus der Geschichte herausgehalten. Haben Sie verstanden?« Er rang die Hände. »Ich wünschte, ich wäre nicht hierhergekommen. Macht mit der Blauen Salamander, was ihr wollt, aber lasst mich gehen.« Er fixierte Cirillo wütend. »Sie sind schuld«, zischte er. »Weil Sie mich nach der Gerberei gefragt haben, nur deshalb bin ich auf die Idee gekommen, der Sache nachzugehen.«

»Sagen Sie uns den Namen Ihrer Nichte.« Cirillo klopfte mit dem Kugelschreiber auf ihr Notizbuch.

Giacomo Caputo schüttelte müde den Kopf.

»Stehen Sie auf.« Rizzi trat vor, fasste Caputo unter den Schultern, hob ihn hoch und stellte ihn hin wie eine Puppe auf die Füße. Er klopfte ihn von oben bis unten ab. Ein Telefon hatte er nicht bei sich, aber einen zerknitterten alten Personalausweis aus Papier.

»Die Adresse lautet: Vico I Gravina«, las Cirillo aus ihrem Notizbuch vor.

»Ich habe die Hausnummer.« Rizzi gab Giacomo Caputo seinen Personalausweis zurück und wandte sich an Marco Picelli, der eingeschüchtert auf einem Hocker in der Ecke saß.

»Ich brauche zwei Dinge von Ihnen«, sagte Rizzi. »Ihr Telefon und Ihren Autoschlüssel. Bitte fragen Sie nicht, warum. Ich erkläre es Ihnen später.«

Marco Picelli übergab Rizzi widerspruchslos die gewünschten Gegenstände.

Cirillo war schon auf dem Weg zum Ausgang, und Rizzi ging ihr hinterher, als er stehen blieb, sich zu den Männern umdrehte und sagte: »Vertreiben Sie sich die Zeit, Signori. Sie, Signor Caputo, könnten einmal erzählen, wie es damals zur Blauen Salamander kam – und dass dahinter eine romantische Liebesgeschichte steht, von der eine alte Dame auf Capri heute noch zehrt. Und Sie, Signor Picelli, sollten erklären, warum die Blaue Salamander wieder Avantgarde sein könnte und um was für eine fantastische und innovative Erfindung es sich bei veganem Leder handelt.«

29

Rizzi entschied, den Verkehr am Hafen zu umfahren und stattdessen hinter der Via Amerigo Vespucci über die Piazza del Carmine und Piazza Mercato zu kommen. Wie sich herausstellte, war seine Entscheidung goldrichtig. Sie kamen so gut durch, dass es am Ende auch egal war, dass das Auto von Marco Picelli bei durchgedrücktem Gaspedal nicht schneller als 45 Stundenkilometer fuhr.

Cirillo hielt sich bei jedem Spurwechsel an ihrer Beifahrertür fest und stellte zur Diskussion, ob es nicht ratsam wäre, in der Questura anzurufen, um sich bei Commissario Serra grünes Licht für die Aktion geben zu lassen – aber Rizzi, die Hand an der Hupe, riet ab. Das Risiko, vom Commissario zurückgepfiffen zu werden, war seiner Meinung nach zu groß. Oder Neapel übernahm den Einsatz am Ende selbst und vermurkste es. Oder – noch wahrscheinlicher – die Aktion wurde ganz abgeblasen. Nein, Rizzi war sich sicher, die Gelegenheit war jetzt da, und nur jetzt. Das Überraschungsmoment würde verpuffen, sobald Giacomo Caputo seine ominöse Großnichte warnen oder sich mit ihr besprechen konnte.

Cirillo widersprach nicht, schaute stattdessen auf die Uhr und sagte: »Gib Gas.«

Rizzi tat, was er konnte.

Es war 10.45 Uhr, als er in die Vico I Gravina bog, eine enge Gasse, und Cirillo ausstieg, bevor Rizzi das Auto dicht an der Hauswand auf dem Gehweg geparkt hatte.

Vor dem Lebensmittelgeschäft im Erdgeschoss wirbelte eine Frau im Kittel mit einem Reisigbesen Staub auf und unterbrach ihr Gespräch mit dem bärtigen Mann, der das Gemüse in den Kisten unter der Markise mit Wasser besprengte.

»Wollen Sie zu Signor Vavorini?«, rief die Frau, als Cirillo an der Haustür rüttelte. »Da kommen Sie ein bisschen zu spät, Agenti. Der ist verreist. Und die Götter wissen, wann er zurückkommt.«

Ein Typ in kurzer Jogginghose, mit Helm auf dem Kopf, kam aus dem Haus, klappte das Visier herunter und stieg auf das Motorrad, das den Gehweg vor dem Haus blockierte.

Cirillo stellte ihren Fuß in die Tür. Der Name Caputo stand auf dem Klingelbrett ganz oben, und die Buchstaben waren so verblasst, dass sie fast nicht mehr zu lesen waren.

»Erster Stock«, rief die Frau. »Wenn Sie mir nicht glauben wollen, bitte, versuchen Sie eben Ihr Glück.«

Rizzi hob dankend die Hand und zog die Tür hinter sich zu.

Im Hausflur roch es süßlich nach Nelken, als hätte der Typ mit dem Helm sich hier gerade noch einparfümiert. Oder es handelte sich um ein Mittel gegen Ungeziefer.

Vor der Treppe stand im Halbdunkel eine Waschmaschine mit dem Zettel *verrà ritirata* – wird abgeholt. Darauf stand ein Karton voller alter Bücher.

Sie stiegen hintereinander die Stufen hinauf, schnell und

leise. Niemand begegnete ihnen. Nur im zweiten Stock drängte sich furchtsam eine Katze an die Wand und sprang die Stufen hinunter, als sie an ihr vorbei waren.

Im dritten Stock standen ein Eimer mit Putzwasser in der offenen Wohnungstür und Mülltüten, die oben zugeknotet waren und wohl hinuntergebracht werden sollten. Die Großnichte war also noch da.

»Hallo?«, rief Rizzi halblaut, aber Cirillo schüttelte energisch den Kopf und legte mahnend den Zeigefinger an die Lippen.

Im Flur lag ein bunter Läufer, und an der Wand hingen großformatige Bilder, Plakate von Ausstellungen. Im Wohnzimmer waren die Stühle verkehrt herum hochgestellt, mit der Sitzfläche auf dem Tisch. Auf dem Büfett standen Nippesfiguren aus Glas, um ein Spitzendeckchen und eine Kerze gruppiert, und Padre Pio als Gipsfigur. Vielleicht lag es an der vergilbten Tapete oder an den getrockneten Blumen in der Vase, dass der Raum seltsam leblos und unbewohnt wirkte. Das Schlafzimmer befand sich dahinter. Ein Ventilator drehte sich vor dem Fenster, und die Krawatten, die neben dem gemachten Bett am stummen Diener hingen, bewegten sich leise im Wind. Das Sakko in Altrosa hing in durchsichtiger Folie am Haken.

Der Kleiderschrank war offen. Unterwäsche, ordentlich gefaltet. Hemden auf Bügeln. In einem unten abgetrennten Teil zwei Reihen eleganter Lederschuhe, und in allen steckten Schuhspanner. Durch das geöffnete Fenster war in der Ferne der Verkehr zu hören und noch etwas. Cirillo hörte es auch. Ein Summen, ganz leise.

Eine Frau stand im Badezimmer vor dem Spiegel. Sie war

dabei, ohne Eile, fast verträumt, mit dem Schwamm das Waschbecken zu streicheln, während sie leise die Musik, die sie über Earplugs hörte, mitsang. Sie war barfuß, trug einen kurzen Rock und ein Bikini-Oberteil mit schwarzen Punkten.

Rizzi stand im Schlafzimmer neben dem Bett, als ihre Blicke sich trafen. Sekundenlang geschah nichts.

Sie starrte wie versteinert, mit dem Schwamm in der Hand, in den Spiegel, Rizzi ins Gesicht. In ihren Augen lag ein Schimmer, der sich verstärkte, ein Unglaube, in der Wohnung ihres Großonkels in Neapel den Mann in Uniform zu sehen, der sie an den Tagen zuvor auf Capri in der Werkstatt kaum beachtet hatte.

Dann senkte sie den Kopf und fuhr fort zu putzen.

»Buongiorno«, grüßte Rizzi und kam näher.

Die Frau mit dem weißblonden Haar, das auf kunstvolle Weise mit Spangen am Kopf befestigt war, polierte den fleckigen Wasserhahn.

»Warum haben Sie nicht gesagt, dass Sie aus der Familie Lupi stammen?«, fragte Rizzi und sah im Spiegel, dass Cirillo hinter ihn trat.

Zoe stellte das Wasser an und begann, emsig und immer schneller die Keramik zu schrubben.

»Kommen Sie«, sagte Rizzi, streckte seine Hand aus und stellte das Wasser ab. »Wir müssen uns unterhalten.«

Statt zu antworten, wandte Zoe sich summend ab, verschwand hinter der offen stehenden Tür und bückte sich nach einem Gegenstand.

Bevor sie auf dumme Gedanken kommen konnte, packte Rizzi sie am Arm und riss sie zurück.

Ein Klodeckel fiel scheppernd auf die Schüssel. Die Bürste in der Hand, nahm Zoe überrascht ihre Earplugs heraus und fragte: »Haben Sie etwas gesagt?«

»Wir haben Fragen«, sagte Rizzi. »Sie müssen uns ein paar Dinge erklären.«

»Ich habe zu arbeiten«, erwiderte Zoe. »Tut mir leid. Vielleicht ein andermal.« Sie öffnete den Klodeckel, bückte sich und stach wütend mit der Klobürste ins Wasser.

»Es reicht«, sagte Rizzi.

Er versuchte, ihr die Klobürste aus der Hand zu nehmen, aber sie umklammerte den Griff, als hinge ihr Leben davon ab. Sie rangelten, und Zoe keuchte, bis sie plötzlich losließ. Im nächsten Moment knallte die Tür gegen Rizzis Kopf.

Er fluchte, bekam Zoe zu fassen, drehte ihr den Arm auf den Rücken und führte sie durchs Schlafzimmer in den Wohnraum zum Tisch.

Ohne sie loszulassen oder den Griff zu lockern, nahm er einen Stuhl runter, drehte ihn um, stellte ihn hin und zwang Zoe, sich hinzusetzen.

»Es ist vorbei«, sagte er. »Haben Sie verstanden?«

Cirillo hatte in der Zwischenzeit die Wohnungstür geschlossen. Jetzt machte sie auch die Zimmertür zu, lehnte sich dagegen und sagte: »Was ist zwischen Ihnen und Rosalinda Fervidi vorgefallen?«

»Nichts.« Zoe saß kerzengerade und aufrecht. Ihr schmales Gesicht glich einer Maske. »Überhaupt nichts.«

»Warum haben Sie uns nicht erzählt, dass Sie zur Familie Lupi gehören und Ihre Vorfahren die Blaue Salamander erfunden haben?«

»Sie haben mich nicht gefragt.«

Rizzi holte nacheinander die Stühle vom Tisch, tippte kurz auf seinem Smartphone herum und legte es dann vor Zoe hin. »Da haben Sie recht. Wir haben Sie nicht gefragt. Unser Fehler. Und deshalb fragen wir Sie jetzt.«

»Ich habe Ihnen nichts zu sagen.«

»Das sollten Sie sich noch einmal überlegen.« Rizzi ging um den Tisch herum und fuhr dabei mit dem Finger über das Mahagonifurnier. »Wir verdächtigen Sie, Rosalinda Fervidi ermordet zu haben.«

Zoe verzog spöttisch das Gesicht. »Haben Sie dafür irgendwelche Beweise?«

»Sie haben ein starkes Motiv. Sie haben kein Alibi. Und Sie haben Ihre Emotionen nicht unter Kontrolle.«

Zoe schüttelte den Kopf. »Das ist lächerlich.«

»Wie kam es zu Ihrem Job auf Capri?«, fragte Cirillo. »Warum haben Sie für Rosalinda Fervidi und Alessandra Nobile gearbeitet?«

»Ich suchte einen Job und dachte, die Arbeit bei den beiden in der Werkstatt könnte interessant sein. Aber es war die Hölle.«

»Warum?«

»Weil die beiden überhaupt nicht wussten, was sie wollten. Die eine ist rasend eifersüchtig und leidet unter Kontrollzwang. Die andere steht unterm Pantoffel und ist gleichzeitig davon besessen, groß rauszukommen. Und beiden zusammen steht das Wasser bis zum Hals. Es klappt nicht, weil sie sich gegenseitig blockieren. Ihre verdammte Werkstatt ist eine Klitsche, und die Boutique existiert nur, weil Grazia Nobile, dieser Drachen, ihnen ständig die Miete erlässt. Unter größten Schmerzen. Denn jeder Euro, der ihr durch die Lappen geht, tut ihr in der Seele weh.« Zoe verschränkte die Arme vor der Brust. »Es ist nur eine Frage der Zeit, bis die Boutique an der Via Vittorio Emanuele dichtmacht, weil Grazia entscheidet, den Laden anderweitig zu vermieten. An jemanden, der ihr das Vermögen zahlt, das gewisse Leute auf Capri bereit sind, für ein Loch zu zahlen, wenn es sich nur in der Via Vittorio Emanuele befindet.«

»Wenn es so ein mieser Betrieb ist, warum haben Sie dann nicht schon längst gekündigt?«, fragte Cirillo.

»Weil ich es war, die Rosalinda überhaupt auf die Idee mit der Tasche gebracht hat!«, blaffte Zoe wütend.

Unten auf der Straße war zu hören, wie jemand eine Tonne oder einen Kasten über den Gehweg schleifte. Rizzi stellte sich einen Stuhl zurecht, nahm seine Mütze ab und setzte sich. »Das müssen Sie uns erklären«, sagte er.

»Ich gebe zu, ich wusste nicht viel über diese Tasche. Onkel Giaco hatte sie manchmal erwähnt, und ich bin nie richtig schlau daraus geworden. Tasche? Blauer Salamander? Zwei, höchstens drei Exemplare, von denen niemand weiß, wo sie sind? Es hörte sich immer an wie ein Märchen. Und dieses Märchen habe ich Rosalinda irgendwann erzählt. Als sie wieder einmal durchhing und nicht wusste, wie es weitergehen sollte. Rosalinda war wie elektrisiert, aber das habe ich in dem Moment noch gar nicht richtig verstanden. Was ich da losgetreten hatte, wurde mir erst klar, als ich mal wieder einen Streit zwischen Rosalinda und Alessandra mitanhören musste. Wenn Rosalinda und Alessandra stritten, sind regelmäßig die Fetzen geflogen. Und hinterher dann die Versöhnung mit allem Drum und Dran. Alles hinter der dünnen Schiebetür.« Zoe stützte ihre Arme auf der Tischplatte ab und barg das Gesicht in ihren Händen. »Ich wünschte, ich hätte einfach nicht hingehört.«

»Was haben Sie gehört?«

»Es ging um die Idee, die Blaue Salamander wiederaufleben zu lassen. Alessandra war dagegen. Sie war immer zuerst gegen alles. Kein Risiko, keine Investitionen. Alles bleibt, wie es ist. Und nach dem Geschrei dann das Gesäusel, wie toll Rosalinda ist und dass sie wirklich geniale Ideen hat. Aber wie gesagt: Es war meine Idee.«

»Was ist dann passiert?«

»Rosalinda hat angefangen, das Ding durchzuziehen, ohne mir einen Ton davon zu sagen. Sie müssen mir glauben: Ich habe ihr nie von Onkel Giaco erzählt, und sie hat ihn trotzdem gefunden. Keine Ahnung, wie sie es angestellt hat. Sie stand irgendwann vor ihm, hat ihn gelöchert und ihm nicht gesagt, dass sie meine Chefin ist. Das kam erst später heraus, als er mir von dem Besuch erzählt hat und ich eins und eins zusammengezählt habe. Das war schon mal der erste Vertrauensbruch.«

»Und der zweite?«

»Sie wollte alles vor mir geheim halten. Sie dachte, ich bin bescheuert und kriege es nicht mit. Aber ich war über jeden ihrer Schritte informiert. Ich wusste auch, dass sie ständig bei der alten Signora De Lulla in der Villa auf dem Sofa hockt. Alessandra hat natürlich, wie immer, eine Affäre gewittert.« Zoe schüttelte müde den Kopf. »Alessandra ist so dumm. Sie rafft wirklich gar nichts.«

»Warum haben Sie die Sache laufen lassen und sind nicht eingeschritten?«

»Erst konnte ich es gar nicht glauben, dass Rosalinda,

diese Kuh, versucht, mich auszubooten. Dann dachte ich, dass sie es sowieso nicht hinbekommt, das Projekt zu verwirklichen. Und zuletzt brauchte ich Beweise, handfeste Beweise, dass sie wirklich die Tasche eins zu eins kopieren wollte.« Zoe biss auf ihren Fingernagel. »Glauben Sie, es macht Spaß, sich bei der Alten in Gradola nachts im Garten herumzudrücken? Es war nicht gerade großes Kino. Die Alte und Rosalinda auf dem Sofa. Stundenlang. Ich saß draußen im Gartenstuhl und habe durchs Fenster die Schleimspur gesehen, die Rosalinda produziert hat. Aber Signora De Lulla hat die Blaue Salamander trotzdem nicht rausgerückt. Hat sie ihr dann irgendwann endlich mal gezeigt – und gleich wieder wegbringen lassen von ihrem vollkommen verpeilten Gärtner.«

»Und Sie?«

»Ich wusste, dass Rosalinda – wenn sie die Blaue Salamander einmal gesehen hätte – sich die Tasche nicht mehr wegnehmen lassen würde.« Zoe zuckte mit den Schultern. »Während der Gärtner gepennt oder Filmchen geguckt hat, bin ich rein. Und sehe tatsächlich, wie Rosalinda still und leise die Treppe in die Privatgemächer raufschleicht. Da bin ich hinterher. Mir war klar, dass sie da oben nicht auf die Toilette geht. Ich habe Rosalinda auf frischer Tat ertappt. Wie sie sich die Blaue Salamander gekrallt hat. Wir waren beide aufgewühlt und gleichzeitig wie elektrisiert. Da war die Blaue Salamander. Wir konnten sie anfassen. Die historische Handtasche. Aus meiner Familie. An der Tasche hing für Rosalinda mittlerweile alles. Sie war so verdammt ehrgeizig und so verdammt skrupellos. Und dass ich sie jetzt so kurz vor dem Ziel erwischte, ausgerechnet ich, wo sie das

Projekt doch vor mir geheim halten wollte – ich gebe zu: Das war schon ein Highlight.«

»Warum?«

»Warum?«, wiederholte Zoe überrascht. »Weil sie zu Tode erschrocken war. Mir wurde zum ersten Mal klar, dass sie gar nicht so stark ist, wie sie immer tut. Und dass ich Ansprüche stellen kann. Ihr sagen kann, wo es langgeht.«

»Und das haben Sie getan«, stellte Cirillo fest.

Zoe schüttelte unwillig den Kopf. »Es war nicht so einfach, wie es sich jetzt vielleicht anhört. Sie hat versucht, mich hinzuhalten.« Zoe drehte ihren Kopf und schaute an Rizzi vorbei zum offenen Fenster. »Am nächsten Morgen hatte ich die Kündigung.«

»Ah, ja?«, warf Cirillo ein.

Zoe presste die Lippen zusammen. »Und damit nicht genug. Sie sagte, zum Abschied wolle sie mich zum Essen einladen. Sie wolle sich mit mir aussprechen, und ein kleines Geschenk habe sie auch für mich.« Zoe schnaubte. »Alessandra und Emma wussten nichts von der Kündigung, und ich habe ihnen auch nichts gesagt. Irgendwie war mir klar, dass hier noch nicht das letzte Wort gesprochen wurde. Das wusste, glaube ich, auch Rosalinda. Bei der Einladung zum Abendessen hat sie mich behandelt wie ein rohes Ei. Bloß kein Aufsehen, keine Szene. Aber ich war kurz davor zu platzen. Ich meine, für wie blöd hält sie mich eigentlich, wenn sie glaubt, mich mit einem dummen Gürtel als Abschiedsgeschenk abspeisen zu können? Wir sind durch die Gassen getigert, haben uns angezischt, und Rosalinda hätte mich am liebsten von der nächsten Klippe ins Meer geworfen, das können Sie mir glauben.«

Zoe starrte mit Tränen in den Augen auf die Glasfiguren, die auf dem Büfett ums Spitzendeckchen herum gruppiert waren. »Ich weiß überhaupt nicht, wie wir in die Kirche hineingekommen sind«, sagte sie leise. »Ich weiß nur noch, wie Rosalinda ihre Hände um meinen Hals gelegt und mich angeschaut hat, dass ich in einem Moment dachte, sie wollte mich küssen. Aber das Gegenteil war der Fall. Hau ab, hat sie gesagt. Verschwinde von der Insel. Ich solle mir nichts auf meinen Namen einbilden und aufhören, ihr ständig schöne Augen zu machen. Dabei wollte ich gar nichts von ihr. Ich wollte nur die Tasche. Meine Tasche. Mein Projekt. Nicht ihres. Doch sie wollte es nicht verstehen. Und dann« – Zoe hob das Kinn, schaute zur Decke, und in ihren Augen lag ein Ausdruck von großer Verwunderung –, »habe ich mein Abschiedsgeschenk genommen, den Gürtel mit der hässlichen Schnalle, und habe ihn ihr um den Hals gelegt. Rosalinda war überrascht – und hat endlich den Mund gehalten. Irgendwann fing sie an zu schreien. Hat nicht mehr aufgehört. Sie hat einfach nicht mehr aufgehört zu schreien. Ich musste es tun. Damit sie aufhört zu schreien.«

»Und als sie tot war?«, fragte Cirillo leise.

»Musste sie aus dem Weg«, flüsterte Zoe.

»Was haben Sie getan?«

»Ich musste mit ihr irgendwohin«, flüsterte Zoe so leise, dass sie fast nicht zu verstehen war. »Ich habe sie in den Beichtstuhl gesetzt. Habe, glaube ich, noch den Vorhang vorgezogen und bin weggelaufen. Einfach nur gelaufen.«

Rizzi hatte sich während des Geständnisses nicht bewegt und fast den Atem angehalten. »Was haben Sie mit dem Gürtel gemacht?«, fragte er.

Zoe zögerte. »Den habe ich in der Nacht darauf in Salvatores Zimmer gelegt. Er stand ja unter Verdacht.«

»Sie waren also kurz vor mir da«, stellte Cirillo klar.

Zoe nickte. »Ich habe Ihre Schritte gehört und mich in der Dunkelheit im Kreuzgang versteckt. Sie haben mich zwar gesehen, aber nicht erkannt.«

»Sie waren schnell«, sagte Cirillo.

»Ich war in Panik.«

Rizzi stellte die Aufnahme an seinem Smartphone ab und stand auf. »Ich verhafte Sie wegen Mordes an Rosalinda Fervidi.«

Zoe starrte ihn an, als würde sie aus einem Traum erwachen, und zwinkerte verwirrt.

Cirillo war mit ihrem Telefon in den Flur gegangen, sprach wahrscheinlich mit Commissario Serra. »Der Fall ist gelöst«, war ihre gedämpfte Stimme zu hören.

»Kommen Sie«, sagte Rizzi und nahm Zoe am Arm.

Sie erhob sich gehorsam. Ihr glasiger Blick wanderte zum Fenster.

»Es ist vorbei.« Rizzi hielt sie ein wenig fester. »Haben Sie verstanden? Sie werden jetzt noch einmal von der Kriminalpolizei vernommen und dann dem Untersuchungsrichter vorgeführt.«

In der Wohnungstür war ein Schlüssel zu hören und gleich darauf Cirillos Stimme im Flur: »Signor Caputo.« Dann ein Flüstern, mit dem sie ihm wohl die schlechte Nachricht überbrachte.

Im nächsten Moment stürzte er herein. »Ich möchte ein Geständnis ablegen«, schrie Giacomo Caputo – und prallte zurück.

Aus Zoes reglosem, versteinertem Gesicht war alle Farbe gewichen.

Giacomo Caputo straffte sich und sagte beinahe zärtlich: »Mein Liebling, was erzählst du für einen Unfug?« Hilfesuchend wandte er sich an Rizzi. »Agente, nehmen Sie mich fest«, befahl er. »Ich habe Rosalinda Fervidi getötet. Zoe ist unschuldig. Bitte verhaften Sie mich.«

Er streckte Rizzi seine gekreuzten Handgelenke entgegen. »Worauf warten Sie?«, fragte er heiser. »Machen Sie schon. Es war Mord, verstehen Sie? Mord mit Vorsatz.« Er verstummte, und es war so still, dass sein leise rasselnder Atem zu hören war.

Plötzlich hob Zoe ihren Arm, streckte langsam ihre Hand aus und berührte ihren Großonkel an der Wange. Mit dem Finger wischte sie die Träne weg, die dort über seine eingefallene, von Runzeln zerfurchte Haut lief. Doch es nützte nichts. Es kamen immer mehr Tränen nach, ein ganzer Strom, und ein Schluchzen, von ganz tief, hervorgestoßen durch einen Mund mit trockenen, schmerzverzerrten Lippen.

Im nächsten Moment riss Zoe sich los und stürzte zum Fenster. Wie bei einem Bocksprung stützte sie sich am Rahmen ab – und verschwand.

Fassungslos schaute Rizzi auf das leere Fenster.

Dann war ein Aufprall zu hören, dumpf und schwer. Holz krachte. Und, seltsam zeitverzögert, ein Aufschrei.

Rizzi beugte sich aus dem Fenster. Auf der gestreiften Markise des Lebensmittelladens lag Zoe in ihrem Rock und dem Bikini-Oberteil mit Punkten wie in einer Hängematte. Sie schlug verzweifelt die Hände vors Gesicht, während zwei Polizeiwagen mit Blaulicht vorfuhren. Vier Beamte stiegen aus und wurden von der Frau bestürmt, die dort gefegt hatte und ihre kaputte Markise beklagte. Die Beamten schauten hoch, und Rizzi am Fenster hob die Hand.

»Alles in Ordnung?«, schrie einer der Männer.

»Alles in Ordnung«, murmelte Rizzi, »ist nicht der richtige Ausdruck.«

30

Cirillo ging über die Piazza Europa, sah die Gemüsereste, die hier am Morgen beim Umladen aus den Kisten gefallen und liegen geblieben waren, machte einen Bogen um die Tauben und suchte in der Tasche nach ihrem Telefon, das klingelte.

Auf dem Display leuchtete *Carlo Pescatore*.

Sie nahm das Gespräch an: »Schön, dass Sie sich auch mal melden«, rief sie ironisch. »Haben Sie vielleicht eine hübsche Ersatzwohnung für mich?« Sie trat einen Schritt zur Seite, damit das mit Koffern beladene, piepende *carrello* vorbeikam. »Sie würden mir eine schwere Demütigung ersparen. Mein Sohn ist bereits im Anmarsch.«

Carlo sprach von schrecklichen Missverständnissen, dummen Zufällen und entschuldigte sich so wortreich und laut, dass Cirillo den Hörer vom Ohr weghielt.

»*Basta*, Carlo!«, unterbrach sie schließlich. »Es ist, wie es ist. Finden Sie mir eine Wohnung. Wenn nicht heute, dann morgen.« Damit beendete sie das Gespräch, ließ das Telefon in ihrer Tasche verschwinden und atmete einmal tief durch.

Sie ging hinüber zum Geländer, das den äußersten Rand des Platzes begrenzte, bevor es den Abhang hinunterging. Beim Blick auf den Golf sah Cirillo, wie sich ein kleiner weißer Punkt, von Neapel kommend, durch das Meer auf die Insel zubewegte – das Boot mit Oscar. Ihr Herz klopfte schneller.

Er hatte ihr vom Flughafen in Neapel geschrieben, dass er gut gelandet sei und das *aliscafo* um zwölf Uhr von Molo Beverello nehmen würde. Die nächste Nachricht war dann, dass der Akku seines Smartphones gleich leer sein würde. Danach hatte sie nichts mehr von ihm gehört.

Sie ließ ihren Blick über das Festland nach Bacoli und Neapel wandern und weiter zum Vesuv, über den sich der Himmel wie ein flirrendes hellblaues Tuch breitete, und zum ersten Mal empfand Cirillo den Vulkan nicht als bedrohlich, sondern als schön. Vielleicht würde sie in den nächsten Tagen sogar mit Oscar zusammen eine Tour machen, den Vulkan besteigen und vom Rand hineinschauen. Auf die Idee war sie bislang noch gar nicht gekommen.

Sie musste runter zum Hafen, wenn sie Oscar pünktlich abholen wollte. Der weiße Punkt wandelte sich immer deutlicher in die Form eines Schiffes, aber sie rührte sich nicht von der Stelle. In den warmen Wind und den Duft von Zedern mischte sich der Benzingeruch von einer vorbeiknatternden Ape, in den Bäumen rauschte es leise, ein vielstimmiges Flüstern, und mitten darin glaubte sie, Oscars Stimme zu hören: »Mamma!«

Der Wind nahm ab, mit ihm das Flüstern, irgendwo hupte ein Auto, und da war sie wieder, Oscars Stimme, ganz real: »Mamma! Dreh dich mal um!«

Wie ferngesteuert gehorchte sie. Im Gegenlicht sah sie seine Silhouette, den schlaksigen Gang.

»Oscar?«, rief sie.

Er war es wirklich. Er umarmte sie – und sie umarmte ihn. Wenn es nach ihr gegangen wäre, hätten sie sich nie wieder losgelassen.

»Ich habe ein früheres Boot erwischt«, berichtete Oscar, dessen Stimme etwas tiefer und abgeklärter klang als bei ihrem letzten Treffen, das gefühlt Jahre zurücklag. »Ich habe mich einfach durchgefragt. Die Menschen sind sehr freundlich hier.«

Einen Moment noch hielt sie ihn ungläubig an den ausgestreckten Armen von sich, dann fragte sie, ob er etwas essen wolle oder trinken, oder vielleicht einen Espresso?

»Weißt du, am liebsten würde ich erst mal meine Sachen abstellen«, sagte er. »Ich bin auch schon so gespannt auf die Wohnung.«

»Klar«, antwortete sie. Sie hatte unsinnigerweise insgeheim gehofft, dass die Wohnung kein Thema sein würde und ihre dummen Ankündigungen auf geheimnisvolle Weise vergessen wären. Jetzt sah sie das Leuchten in Oscars Augen und bekam die Wahrheit einfach nicht über die Lippen.

»Komm«, sagte sie stattdessen, »wir nehmen meine Vespa.«

»Du hast eine Vespa?«, fragte Oscar erfreut.

Cirillo zeigte auf den Roller an der Mauer. »Wenn du willst, kannst du fahren.«

Oscar lachte. »Ich glaub's ja nicht!«

Als hätte er nie etwas anderes gemacht, stieg Oscar auf und ließ den Motor an. Cirillo schnallte sich seinen großen Rucksack auf den Rücken und setzte sich hinter ihn. Mit einem Ruck fuhren sie los.

Der Roller wackelte, und sie bereute schon, dass sie ihren

Sohn an den Lenker gelassen hatte, ohne zu wissen, wie gut er das konnte. Sie wusste nur, dass er den Führerschein gemacht hatte. Aber als sie die Serpentinen erreichten, fuhr er auf angenehme Weise entschieden. Mit gedrosseltem Tempo hinein in die enge Kurve, dann, im richtigen Moment, gab er wieder Gas. Cirillo hielt sich an ihm fest und achtete darauf, ihn nicht zu sehr zu drücken.

Als sie sich der Via Pagliaro näherten, rief sie gegen den Fahrtwind: »Da vorne rechts!«

Oscar setzte den Blinker, und Cirillo hatte eine Idee. Kurz bevor sie die Abzweigung erreicht hatten, rief sie: »Nein, fahr weiter geradeaus!«

Oscar reagierte cool, schaltete den Blinker aus, gab Gas, fuhr an der Via Pagliaro vorbei und fragte: »Warum?«

»Das siehst du gleich! Einfach immer geradeaus, bis ans Ende.«

Am Straßenrand stand Signora Spirelli, die neugierig den Hals reckte. Was sie wohl dachte?

Die Straße führte in Kurven bergab, vorbei an Oleander, Pinien und kleinen Mauern, bis sich plötzlich vor ihnen Punta Carena und das Meer erstreckten. Oscar fuhr einen eleganten Bogen, bremste und hielt auf dem Parkplatz neben einer Reihe von Motorrädern und Rollern.

»Wow!«, rief er, während er seinen Helm abnahm.

Von der Strandbar wehte Musik herüber, aus der Badebucht hallten Gelächter und Jauchzen. Junge Menschen mit Getränken in der Hand standen beieinander, saßen auf den Felsen oder sprangen ins Wasser.

Oscar nahm seinen Rucksack. Sie gingen hinüber zur Bar, mussten nicht lange anstehen und setzten sich kurz darauf mit zwei Flaschen Bier nebeneinander auf einen der warmen Felsen.

Nebenan, wo der Steinboden mit Beton zu einer glatten Fläche geebnet war, hatten sich Leute auf Handtüchern niedergelassen, spielten Karten, lasen oder schauten mit dem Fernglas zu den Booten hinüber, die auf dem Wasser schaukelten.

»Wie ist es dir ergangen?«, fragte Oscar mit dem Ernst eines Erwachsenen.

Es war das erste Mal, dass ihr Sohn ihr so eine Frage stellte. Es berührte sie und machte sie auch stolz. Ihre Antwort war nicht ganz ehrlich, aber nahe dran, als sie schlicht und einfach sagte: »Gut. Capri ist okay.« Tatsächlich hatte sie hier viele einsame und ratlose Stunden, Tage, Wochen und Monate verlebt, aber sie hatte sich davon nicht unterkriegen lassen, und das war die Hauptsache.

»Es ist wunderschön hier«, stellte Oscar unvermittelt fest und blickte verträumt zum Horizont.

»Du wirst das Meer hier noch oft sehen«, sagte Cirillo, und dann brach es einfach aus ihr heraus: »Aber es gibt einen Ort, wo du es leider nicht sehen kannst.«

Oscar schaute sie fragend an.

»Von der Wohnung kann man es nicht sehen. Und nicht nur das.« Sie fasste ihn entschuldigend am Arm. »Wir haben vorläufig nur ein Zimmer.«

»Echt jetzt?«, erwiderte er überrascht.

»Und außerdem musst du auf einer Luftmatratze schlafen.« Cirillo biss sich auf die Lippen.

Oscar schaute sie mit einem Blick an, den sie nicht deuten konnte. Dann breitete sich auf seinem Gesicht ein Grinsen aus. Er lachte laut. »Wie du mich anschaust. Ich finde es total geil hier! Mir doch wurscht, wo ich schlafe!«

Als sie kurze Zeit später in die Wohnung in der Via Pagliaro kamen, schaute Oscar sich neugierig um – und lächelte sogar, als sie ins Zimmer traten, das Cirillo jetzt noch kleiner vorkam als sonst. Er stellte seinen Rucksack ab und schaute ins Bad, als plötzlich im Flur eine laute Stimme ertönte. Signora Spirelli stand in der Zimmertür und schaute empört von Cirillo zu Oscar und wieder zurück.

»Ich habe ja schon gehört, dass Sie einen jungen Liebhaber in Neapel haben, Signora Cirillo, aber ich wusste nicht, dass er noch minderjährig ist.«

Cirillo spürte Oscars Blick im Rücken. Sie konnte nicht fassen, dass Signora Spirelli das gesagt hatte. Ein junger Liebhaber in Neapel – wie sich das anhörte! Sie würde ihrer Vermieterin ein für alle Mal den Kopf abreißen.

Sie ging auf sie zu – blieb dann aber in einem Abstand von einem Meter vor ihr stehen und sagte in einem Ton, wie er freundlicher nicht sein könnte: »Darf ich Ihnen meinen Sohn vorstellen? Das ist Oscar.« Und zu Oscar sagte sie: »Schatz, das ist meine hochgeschätzte Vermieterin, Signora Spirelli.« Dann setzte sie ein liebenswürdiges Lächeln auf und fügte hinzu: »Sie ist eine der nettesten Frauen von Capri.«

Das ungläubige Staunen in Signora Spirellis Gesicht verwandelte sich in etwas fast Liebenswürdiges. »Oh«, stieß sie hervor und setzte ein Lächeln auf, wie Cirillo es noch nie an ihr gesehen hatte. »Sie besuchen Ihre Mamma. Wie schön. Willkommen auf Capri!«

»Signora Spirelli«, setzte Cirillo noch einmal an. »Mein

Sohn braucht ein Zimmer, und ich habe ihm schon viel von Ihnen und Ihren Möglichkeiten vorgeschwärmt. Hätten Sie vielleicht etwas Bezahlbares?«

Signora Spirelli versuchte ihr Lächeln beizubehalten, während sie überlegte.

Oscar, stellte Cirillo fest, hatte nun seine treuherzige, ja unwiderstehliche Miene aufgesetzt, mit der er als Kind bei seiner Mutter viel zu oft durchgekommen war.

»Das Zimmer gegenüber wird morgen frei«, erklärte Signora Spirelli. »Für zwei Wochen. Da können Sie gerne einziehen. Und was den Preis betrifft« – sie wedelte beschwichtigend mit den Händen –, »werden wir uns schon einig, junger Mann. Das bespreche ich dann vielleicht noch mal gesondert mit Ihrer Mamma.«

»Vielen Dank, Signora Spirelli«, antwortete Oscar, lächelte erfreut – und ging mit ausgestreckter Hand auf sie zu. Signora Spirelli schlug ein.

Als die Frau wieder verschwunden und die Zimmertür geschlossen war, legte er sich mit dem Rücken auf Cirillos Bett, verschränkte die Arme hinter dem Kopf und sagte: »Ich bin so froh, hier zu sein.«

»Ich freue mich auch sehr, dass es geklappt hat«, sagte Cirillo. »Es gibt ja auch einiges zu besprechen.«

»Ich weiß«, sagte Oscar, starrte an die Decke und nickte. Dann drehte er den Kopf, schaute zum Fenster hinaus, in den blauen Himmel, an dem keine einzige Wolke zu sehen war, und sagte: »Aber nicht jetzt.«

31

Als Rizzi die letzte Kurve nahm und von der Via Marina Grande in die Cristoforo Colombo bog, sah er bereits das *aliscafo* aus Neapel, wie es auf die Hafeneinfahrt und die korinthische Säule zuhielt. Er beschleunigte auf der geraden Strecke, drehte voll auf, überholte die Ape von Giuseppe Ruffini, den Bus und ein Auto und bremste erst kurz vor der Piazza Vittoria.

Wie Ameisen irrten die Leute über den Platz, suchten den Eingang zur *funicolare,* den Ticketschalter oder einen freien Stuhl vor dem Café, wo die Kellner im Getümmel mit geschmeidigen Bewegungen Espresso und Cappuccino servierten. Am Taxistand wurden Gepäckstücke aus- und eingeladen, Sonnenhüte zurechtgerückt und Küsschen verteilt. Kinder sprangen umher, während das *aliscafo* an Pier drei mit dröhnenden Motoren und einer schwarzen Dieselwolke das Anlegemanöver beendete.

Die Schiffsschrauben kamen zum Stillstand, das schäumende Wasser im Hafenbecken beruhigte sich, und Rizzi bockte seinen Motorroller auf.

»Ich habe dein Foto gesehen«, rief Dario, der die Gangway bereitstellte und mit dem Fuß die Stopper an den Rollen betätigte. »Gratulation!«

Rizzi legte seinen Helm auf den Sattel. »Wie geht's der

Mamma?«, fragte er und lehnte sich ans Drängelgitter, hinter dem die Leute standen, die aufs Schiff wollten. »Hat sie alles gut überstanden?«

Dario schaute Richtung Krankenhaus, nach Capilupi, wohin seine Mutter vergangene Woche gebracht worden war, und sein Gesicht mit dem silbernen Nasenring und den Piercings an Ober- und Unterlippe schien vor Sorge ganz klein zu werden. »Sie muss sich schonen, sagt der Dottore.« Dario hob hilflos die Schultern. »Aber wie soll das gehen?«

Rizzi tätschelte ihm mitfühlend den Nacken, als am *aliscafo* die Kabinentür aufschwang. Der Steward in weißer Uniform grüßte herüber, trat zur Seite, und die Leute begannen von Bord zu strömen – fast alle bepackt mit Taschen, Koffern und großen Erwartungen.

»Siehst du ihn?« Giuseppe Ruffini, der Blumenhändler, hatte seine Ape unrechtmäßig am Ende der Mole geparkt, trat hinzu und hatte sogar einen Strauß Nelken dabei. »Pina hat heute früh noch bei ihm sauber gemacht«, berichtete er. »War ein einziger Saustall.« Er reckte den Hals. »Wo ist er?«

Auch Rizzi konnte Salvatore nirgends entdecken, und die Abstände zwischen den Leuten, die von Bord gingen, wurden immer größer. Die letzten Ankömmlinge, die über die Gangway getippelt kamen, waren zwei Nonnen in grauer Tracht, denen Rizzi mit ihren Rollköfferchen über die Schwelle half.

Schon löste Dario die Kette und wollte mit der Fahrkartenkontrolle beginnen, als der Steward auf dem *aliscafo* warnend die Hand hob. Es gab auf dem Schiff wohl irgendeinen Wortwechsel oder ein Missverständnis, und die

Schatten hinter den Fenstern sahen aus, als würden zwei Menschen miteinander rangeln oder auch nur aneinander vorbeigehen wollen.

Der letzte Fahrgast, der verspätet in der Kabinentür erschien, sah mindestens so proper aus wie der Mann, den Rizzi gestern in Neapel, im Keller der Questura, verhört hatte.

»Ist er das?«, murmelte Giuseppe Ruffini verblüfft. Dann hob er den Arm und winkte mit dem Blumenstrauß: »Salvatore!«

Er war ordentlich gekämmt und rasiert, und sein Hemd leuchtete so blau in der Sonne wie der Himmel über dem Monte Tiberio, als er wie ein Filmstar über die Gangway kam, und selbst die Leute hinter der Absperrung verstummten und starrten, als ahnten sie, dass hier etwas ganz Besonderes passierte. Salvatore Greggi, der Straßenkehrer, der noch nie länger als einen Tag fort gewesen war, kehrte nach Capri zurück.

Giuseppe überreichte die Blumen, und Rizzi streckte ihm für die letzte Stufe die Hand hin. Salvatore trat an Land, schaute sich gerührt um und sagte tadelnd, mit Blick auf die Mülleimer, aus denen der Abfall quoll: »Wie sieht's denn hier aus?«

»Es ist ein Desaster«, konstatierte Rizzi, legte ihm einen Arm um die Schulter und geleitete ihn mit Giuseppe Ruffini zur Ape. Salvatore berichtete derweil, wie er freigelassen wurde. Man habe ihn zur Hintertür gebracht, da habe er gar nicht gewusst, wo er war, und sich dann am Vesuv orientiert, um zum Hafen zu finden.

Rizzi öffnete ihm die Beifahrertür zur Ape, gab ihm einen Klaps und sagte: »Wir sehen uns später«, worauf Salvatore wie ein König in der kleinen Fahrerkabine Platz nahm. Rizzi drückte die Tür zu und klopfte zum Abschied aufs Dach.

Die Fahrt auf die andere Seite der Insel, nach Gradola, dauerte knapp dreißig Minuten. Obwohl Rizzi sich telefonisch angekündigt hatte, war das Tor geschlossen. Rizzi stoppte, stieg ab und klingelte.

»Polizei«, rief er, als es in der Gegensprechanlage zu knistern begann, und schaute, mit dem Helm auf dem Kopf, durch seine Sonnenbrille in die Überwachungskamera.

Das Tor ging im Zeitlupentempo auf, und Rizzi fuhr über den Weg, der in mehreren Windungen zum Haus führte. Vor den Stufen parkte der alte Fiat von Signora De Lulla, und zwischen den Säulen stand die Eingangstür offen.

Rizzi stellte seinen Roller ab, öffnete das Handschuhfach und nahm die Plastiktüte heraus.

»Sie erwartet Sie auf der Terrasse«, brummte Roberto Esposito, der in kurzen Hosen und Badelatschen um die Ecke kam.

Bevor Rizzi im Haus verschwand, blieb er stehen und drehte sich um. Roberto Esposito hatte die Autotür geöffnet.

»Erinnern Sie sich an den letzten Besuch von Rosalinda Fervidi?«, fragte Rizzi. »An den Abend, als Sie die Blaue Salamander aus dem Ankleidezimmer geholt haben?«

Roberto Esposito holte die Fußmatten aus dem Auto. »Natürlich erinnere ich mich«, antwortete er missmutig.

Rizzi kam zurück, ging die Stufen hinunter. »Zur gleichen Zeit hielt sich eine zweite Person im Haus auf. Diese Person hat Rosalinda Fervidi dabei ertappt, wie sie die Blaue Salamander entwenden wollte, was sie dann ja auch getan hat. Und Sie haben davon anscheinend überhaupt nichts mitbekommen.«

»Was wollen Sie?«, fragte Roberto Esposito. »Ich bin kein Bodyguard, und das Haus ist groß. Ich kann meine Augen nicht überall haben.«

»Aber Sie sollten die Bilder der Überwachungskameras im Blick haben.«

»Die Kameras funktionieren nicht.«

»Dann kümmern Sie sich darum, dass sie repariert werden. Und dass nach Einbruch der Dunkelheit Fenster und Türen verschlossen sind.« Mit der Tüte unterm Arm stieg Rizzi wieder die Stufen zur Haustür hinauf.

»Sonst noch etwas?«, rief Roberto Esposito ihm hinterher.

»Allerdings.« Rizzi blieb stehen. »Kleine Anregung: Sie sollten die Bewegungsmelder am Haus und im Garten an die Außenlichtanlage koppeln.«

Roberto Esposito zog seine Hose über den Bauch. »Wenn ich nur für den Garten und die Reparaturen zuständig wäre, würde ich mich darum kümmern. Aber seit Elena gekündigt hat und Paolo in Rente gegangen ist, muss ich alles alleine machen. Die Einkäufe, die Wäsche, und Gesellschaft soll ich ihr außerdem noch leisten.« Roberto Esposito sah plötzlich so verzweifelt aus, dass Rizzi klar wurde: Der Mann war am Ende seiner Kräfte, und lange würde es so nicht mehr weitergehen.

Signora De Lulla saß im Korbstuhl auf der Terrasse und starrte zwischen den Zypressen hindurch aufs Meer. Ein Schmetterling flog um ihren Kopf und die auftoupierten Haare herum, die immer noch an die Frisur der jungen Ludovica Ferretti auf dem Gemälde in der Eingangshalle erinnerte.

Auf dem Tischchen stand eine Etagere, auf der sich hauchdünne Sfogliatelle mit Ricotta, Marzipan-Cassatine und frittierte Cannoli türmten. Erdbeeren waren in einer gesonderten Schale angerichtet, und Champagnerschalen standen bereit. In der Ferne waren Stimmen zu hören, Geschrei, Gelächter und Ansagen durch ein Megafon, der übliche Trubel, der auf den Booten vor der Blauen Grotte herrschte.

»Buongiorno«, grüßte Rizzi und legte die Tüte auf den Tisch.

Signora De Lulla schaute überrascht auf, als wäre sie eingenickt oder mit den Gedanken ganz weit weg gewesen, und brauchte ein paar Sekunden, bis sie sich orientiert und an den Termin mit Rizzi erinnert hatte.

»Setzen Sie sich«, sagte sie mit belegter Stimme. »Und bedienen Sie sich.«

Sie machte eine Handbewegung, die alles einbegriff: Die *dolci* auf der Etagere, den Champagner im Sektkühler, das Haus, den Garten und den Pool.

»Ich habe gute Nachrichten«, sagte Rizzi.

»Sind Sie befördert worden?« Signora De Lulla griff zum Glas und signalisierte, dass sie etwas zu trinken haben wollte.

Rizzi schenkte ein, versenkte die Flasche wieder im Kühler und schob Signora De Lulla die Tüte hin. »Die Blaue Salamander konnte bei Rosalinda Fervidi sichergestellt werden und ist mir, verschweißt in dieser Tüte, mit dem Auftrag übergeben worden, sie Ihnen zurückzubringen.«

Signora De Lulla fixierte die Tüte über den Glasrand, trank noch einen Schluck und stellte dann den Kelch ab. Sie schien sich innerlich zu wappnen. »Ist sie in einem sehr schlimmen Zustand?«, fragte sie, während sie mit zitternden Fingern versuchte, die Tüte zu öffnen.

»Mir wurde gesagt, sie sei völlig unversehrt, im Originalzustand«, erklärte Rizzi, während er half, das Plastik aufzureißen.

Vielleicht lag es am grellen Tageslicht und am steilen Winkel, in dem die Sonnenstrahlen auf die Blaue Salamander trafen, oder daran, dass die Erwartungen, die Rizzi an diese Tasche hatte – nach allem, was er über sie und ihre Geschichte gehört hatte –, sehr hochgeschraubt waren. Vielleicht war es aber auch einfach nur der Zahn der Zeit, der über die Jahrzehnte an der Tasche genagt hatte.

Die Oberfläche war nicht leuchtend blau, sondern eher grau und erinnerte weniger an das Meer als an Asche oder Stein und überhaupt nicht an die *lucertola azzurra* oder den sogenannten blauen Salamander. Auffällig und besonders war die Oberfläche insofern, als sie aus unendlich vielen winzigen Fetzen bestand, wahrscheinlich einzelnen Häuten der *lucertola azzurra,* die wohl von Hand, in mühevoller Kleinarbeit, auf das Leder aufgetragen worden waren.

»Ist sie nicht wunderschön?«, flüsterte Signora De Lulla andächtig. Sie hatte Tränen in den Augen. »Ich bin so froh, dass sie wieder da ist. Ich hatte es auch schon Signora Fervidi gesagt: Ich werde sie mit ins Grab nehmen.«

Rizzi trank seinen Champagner in einem Zug aus und stellte sein Glas ab. »Sie sollten sich um eine Haushaltshilfe kümmern«, schlug er vor. »Roberto ist heillos überfordert mit all den Aufgaben, die er bei Ihnen zu erledigen hat.«

»Dann besorgen Sie mir jemanden«, sagte Signora De Lulla im Befehlston. »Aber jemanden, der zuverlässig ist und kochen kann und es nicht bloß auf mein Geld abgesehen hat.«

»Ich denke darüber nach«, versprach Rizzi und stand auf. »Passen Sie auf Ihre Tasche auf.«

Als er zurück nach Capri-Stadt fuhr, schob sich eine Wolke vor die Sonne. Er sah in der Ferne das Meer, und plötzlich erinnerte ihn die Wasseroberfläche an etwas Zerknittertes oder sehr Altes. In diesem Moment klingelte sein Telefon.

Ohne anzuhalten oder langsamer zu fahren, nahm er das Gespräch an und schob den Apparat zwischen Helm und Wange, während sein Vater am anderen Ende rief: »Wo bleibst du? Du hast gesagt, du kommst gegen Nachmittag und hilfst mir. Fünfzehn Kisten haben wir zu verladen. Auberginen, Tomaten, Zucchini –«

»Bin unterwegs«, unterbrach Rizzi.

»Beeil dich.«

Rizzi beendete das Gespräch, und während er beschleunigte, brach die Sonne wieder hervor, und das Meer begann wieder in tausend Blau- und Türkistönen zu glitzern und zu glänzen.

Schade, dachte Rizzi, dass es die Blaue Salamander aus Apfelleder wahrscheinlich nie geben würde. Er hätte auf jeden Fall ein Exemplar gekauft und es Gina geschenkt – zum Geburtstag oder einfach nur so, als Überraschung.

Krimi
336 Seiten
Auch erhältlich als eBook, Hörbuch und Hörbuch-Download

Der Inselpolizist Enrico Rizzi hat es auf Capri zumeist mit kleineren Delikten zu tun und daher genügend Zeit, seinem Vater in den Obst- und Gemüsegärten hoch über dem Golf von Neapel zu helfen. Bis mitten im August ein Toter in einem Ruderboot an den felsigen Strand getrieben wird: Jack Milani, Spross einer Industriellenfamilie und Student der Ozeanologie. Es ist der erste Mordfall für den jungen Rizzi, ein Fall, bei dem es neben der Aufklärung eines Verbrechens auch um die Zukunft der Weltmeere geht.

Luca Ventura
Bittersüße
Zitronen
Der Capri-Krimi

Roman · Diogenes

Krimi
320 Seiten
Auch erhältlich als eBook, Hörbuch und Hörbuch-Download

Auf der schönsten Insel der Welt reifen die Zitronen für den berühmten Limoncello von Capri. Doch plötzlich liefert die Familie Constantini nicht mehr, sie will auf Bio-Früchte umstellen und diese mit Crowdfarming vertreiben. Als Elisa Constantini bei einem mysteriösen Unfall auf den Serpentinen Capris stirbt, leiten der junge Polizist Enrico Rizzi und seine tatkräftige Kollegin Antonia Cirillo Ermittlungen ein und blicken in einen Abgrund von fatalen Liebschaften und Familienfehden.